MEG CABOT
Na passarela

OBRAS DA AUTORA PUBLICADAS PELA RECORD

Avalon High
Avalon High – A coroação:
a profecia de Merlin
Cabeça de vento
Sendo Nikki
Na passarela
Como ser popular
Ela foi até o fim
A garota americana
Quase pronta
O garoto da casa ao lado
Garoto encontra garota
Todo garoto tem
Ídolo teen
Pegando fogo!
A rainha da fofoca
A rainha da fofoca em Nova York
A rainha da fofoca: fisgada
Sorte ou azar?
Tamanho 42 não é gorda
Tamanho 44 também não é gorda
Tamanho não importa
Liberte meu coração
Insaciável
Mordida

Série O Diário da Princesa
O diário da princesa
Princesa sob os refletores
Princesa apaixonada
Princesa à espera
Princesa de rosa-shocking
Princesa em treinamento
Princesa na balada
Princesa no limite
Princesa Mia
Princesa para sempre

Lições de princesa
O presente da princesa

Série A Mediadora
A terra das sombras
O arcano nove
Reunião
A hora mais sombria
Assombrado
Crepúsculo

Série As leis de Allie Finkle
para meninas
Dia da mudança
A garota nova
Melhores amigas para sempre?

Série Desaparecidos
Quando cai o raio
Codinome Cassandra

MEG CABOT
Na passarela

Tradução de
REGIANE WINARSKI

1ª edição

GALERA RECORD
RIO DE JANEIRO • SÃO PAULO
2012

CIP-BRASIL. CATALOGAÇÃO NA FONTE
SINDICATO NACIONAL DOS EDITORES DE LIVROS, RJ

Cabot, Meg, 1967-
C116n   Na passarela / Meg Cabot; tradução de Sabrina Garcia. –
Rio de Janeiro: Galera Record, 2012.
(Cabeça de vento; 3)

Tradução de: Runaway
Sequência de: Sendo Nikki
ISBN 978-85-01-09895-5

1. Literatura juvenil americana. I. Garcia, Sabrina de Lima e Silva.
II. Título.

CDD: 028.5
2-5217   CDU: 087.5

Título original norte-americano:
Runaway

Copyright © 2010 by Meg Cabot, LLC

Todos os direitos reservados.
Proibida a reprodução, no todo ou
em parte, através de quaisquer meios.

Texto revisado segundo o novo Acordo Ortográfico da Língua Portuguesa.

Fotografia da capa © 2008 by Michael Frost
Fotografia da autora de Ali Smith
Capa adaptada do design de Elizabeth B. Parisi

Direitos exclusivos de publicação em língua portuguesa somente para o Brasil
adquiridos pela
EDITORA RECORD LTDA.
Rua Argentina 171 – Rio de Janeiro, RJ – 20921-380 – Tel.: 2585-2000
que se reserva a propriedade literária desta tradução.

Impresso no Brasil

ISBN 978-85-01-09895-5

Seja um leitor preferencial Record.
Cadastre-se e receba informações sobre nossos
lançamentos e nossas promoções.

EDITORA AFILIADA

Atendimento e venda direta ao leitor:
mdireto@record.com.br ou (21) 2585-2002.

PARA BENJAMIN

UM AGRADECIMENTO EXTRAESPECIAL A JENNIFER BROWN.

E TAMBÉM A BETH ADER, MICHELE JAFFE, LAURA LANGLIE,

ABBY MCADEN E BENJAMIN EGNATZ.

UM

ENTÃO, DE ACORDO COM OS TABLOIDES, ESTOU FUGINDO COM MEU amor secreto (mas não mais tão secreto agora, não é? Obrigada, *US Weekly*), Brandon Stark, único herdeiro do bilionário Robert Stark, atualmente a quarta pessoa mais rica do mundo, depois de Bill Gates, Warren Buffett e Ingvar Kamprad (que fundou a IKEA— caso você não saiba).

Os paparazzi vigiam a mansão à beira-mar onde Brandon e eu estamos hibernando. Eles se escondem nas dunas ao longo da praia. Estão nas valas que cercam a estrada, com as lentes das câmeras fotográficas a postos entre os tufos de grama, na esperança de conseguir uma foto minha fazendo topless numa espreguiçadeira à beira da piscina (como se isso fosse acontecer).

Eu, inclusive, vi um em cima de uma árvore tentando tirar uma foto minha e de Brandon Stark quando saímos de casa para buscar quentinhas numa barraca de frutos do mar.

É uma boa matéria, acho, a garota-propaganda da Stark e o herdeiro da fortuna Stark ficando durante as férias. Minha colega de quarto, Lulu, me enviou um torpedo dizendo que ouviu dizer que uma foto nossa pode custar mais de dez mil dólares... contanto que eu esteja olhando para a câmera e sorrindo.

Até agora, segundo Lulu, não teve uma única foto minha encarando a câmera e sorrindo. Em nenhuma revista ou site.

Sei que as pessoas estão se perguntando como isso é possível. Sou a garota que tem tudo, certo? O pequeno poodle branco, bocejando delicadamente aos meus pés; o cabelo louro denso e majestoso, o corpo perfeito, o lindo namorado com cartão de crédito ilimitado que parece se importar tanto comigo que vai comprar todas as roupas do meu tamanho na loja de moda feminina da região só porque eu disse que não poderia sair para jantar porque não tinha o que vestir.

Esse mesmo lindo namorado, neste momento, estava andando de um lado para o outro no corredor em frente ao meu quarto, tão ansioso para eu me juntar a ele, que mal podia esperar para me acompanhar até a moderna mesa de metal e vidro suntuosamente preparada.

— Como estamos indo aí? — perguntou, batendo na porta pela enésima vez na última hora, pelo menos.

— Não muito bem — respondi, rouca. Olhei para o meu reflexo no espelho pendurado sobre a penteadeira à frente. — Acho que estou com febre.

— Sério? — O tom de voz de Brandon era doce e preocupado. O melhor namorado que uma garota poderia pedir. — Talvez eu devesse ligar para um médico.

— Ah — disse eu através da porta. — Não acho que seja necessário. Acho que só preciso beber bastante líquido. E repousar. Provavelmente seria melhor se eu ficasse no quarto essa noite.

Eu sabia que qualquer um que pudesse estar assistindo à cena, no caso, através da lente altamente poderosa de uma câmera, só poderia estar pensando "Qual é o problema dessa garota?". Afinal, eu fingia estar doente para não sair com um cara sexy, filho de um dos caras mais ricos dos Estados Unidos enquanto estava hospedada na sua majestosa mansão inspirada no estilo do arquiteto Frank Lloyd Wright. Tinha até uma enorme piscina aquecida a céu aberto (com bordas invisíveis, que fazem a água parecer cair no horizonte). Junto a uma parede havia um aquário grande o suficiente para conter a arraia e o tubarão de estimação de Brandon (quem diria que Brandon Stark teria um tubarão de estimação, não é?); uma sala com um *home theater*, construída para 20 pessoas; e uma garagem para quatro carros que abrigava a coleção europeia de Brandon, com um Lamborghini Murciélago amarelo, novo em folha, presente de Natal do papai, do qual Brandon se orgulhava imensamente.

Qualquer garota teria trocado de lugar comigo em um segundo.

Mas nenhuma outra garota tinha os mesmos problemas que eu.

Bem... talvez uma outra garota.

— Não pense que isso significa que gosto de você — informou-me Nikki, irrompendo pelo meu quarto através da porta que se conectava ao quarto dela, usando um vestido comprido bem colorido, uma jaqueta de couro, sapatos com franjas e um colar bem chamativo e enorme, que mais fazia parecer que um garoto bêbado de uma fraternidade estudantil tinha vomitado no peito dela.

— Não se preocupe — falei. Nikki deixou mais do que claro que não gosta de mim, que não quer gastar um minuto do seu tempo comigo a não ser que seja obrigada a fazê-lo.

— É que o seu espelho é maior que o meu — disse ela, batendo os saltos pelo quarto para checar seu reflexo no espelho. — E eu quero ver como fico nesse.

— Você está ótima — falei.

Eu estava mentindo.

Nikki sorriu com o elogio que fiz, no entanto. Aquilo foi um alívio. Era a primeira vez que sorria para mim, ou pelo menos na minha direção, desde que o jatinho particular que fretamos para chegar naquele resort subtropical pousou há alguns dias.

E quem poderia culpá-la, na verdade? Era entediante para ela ficar presa naquela casa, mesmo sendo um palácio. Ela não podia ir à cidade ou um dos paparazzi poderia tirar uma foto sua.

E mesmo que não tivessem a menor ideia de quem ela era, caso sua foto aparecesse em alguma revista, alguém que a conhecesse da vida anterior, com o antigo corpo, poderia reconhecê-la e se perguntar que diabos uma garota que deveria estar morta estava fazendo andando por aí viva e usando um colar chamativo e feio.

Porque, assim como eu, Nikki é um membro dos Mortos-Vivos.

Mas, ao contrário de mim, o corpo de Nikki deveria estar morto e *enterrado*.

— Você acha? — Nikki se olhou no espelho de corpo de inteiro na parede do outro lado do quarto, em frente às janelas que iam do chão até o teto com vista para as ondas do Atlântico, negro e ameaçador durante a noite, a apenas algumas dúzias de metros de distância.

Depois ela colocou distraidamente uma mecha do cabelo ruivo de comprimento médio atrás da orelha e fez uma careta.

— Eca — disse. — Qual o objetivo? Por que eu ainda tento?

— Do que você está falando? — perguntei. — Você está incrível.

Tudo bem, eu estava exagerando. Mas só um pouco. Na verdade, se ela tivesse usado uma maquiagem que combinasse com o novo tom de pele, parasse de alisar tanto o cabelo até deixá-lo ensebado e colocasse algumas roupas diferentes das que não descartei da loja que Brandon atacou por minha causa, as quais ela não pareceu perceber estarem muito apertadas e compridas, Nikki teria ficado bem bonitinha.

Mas de jeito nenhum eu iria falar para ela algo que não fosse cem por cento positivo. Eu queria Nikki do meu lado até mais do que Brandon queria.

— Mas você acha que Brandon vai gostar de mim assim? — perguntou Nikki, ansiosa.

Agora estávamos chegando à raiz do problema: toda a razão pela qual eu estava fingindo estar doente... para que ela conseguisse um tempo sozinha com o Brandon, sem que eu estivesse lá para roubar os holofotes dela.

— Claro que vai — menti.

Era melhor que gostasse. Eu sabia como ela desejava desesperadamente a atenção de Brandon.

Não que eu pudesse culpá-la. Sério, quem não estaria apaixonada por Brandon Stark? Ele tinha tudo o que a maioria das garotas poderia querer em um cara: uma beleza estonteante, uma coleção de carros esportivos invejável, uma casa em Greenwich Village *e* uma casa de praia nos trópicos, sem mencionar o acesso a um jatinho particular para ir de uma para a outra.

Brandon realmente seria um ótimo namorado.

Exceto pelo fato de ele ser uma cobra de duas caras desprezível.

Olhei para a parte de trás do crânio de Nikki quando ela se virou em direção ao espelho novamente. Não consegui evitar levantar minha mão para cutucar o lugar no meu próprio couro cabeludo onde, mais de três meses atrás, cirurgiões do Instituto Stark de Neurologia e Neurocirurgia haviam aberto minha cabeça, retirado o cérebro de Nikki e inserido o meu.

Soava como algo tirado de um filme barato para a televisão, desses fantásticos para se assistir encolhida na frente da TV em uma tarde chuvosa de domingo com uma grande tigela de pipoca.

Mas aquilo estava realmente acontecendo na minha vida real.

E eu mal sabia que no instante exato em que meu cérebro estava sendo inserido no corpo de Nikki, um daqueles cirurgiões estava pegando o cérebro de Nikki secretamente e enfiando dentro da cabeça da garota parada diante de mim.

Nikki, ou seu cérebro, pelo menos, deveria ter morrido.

E o segredo que carregava deveria ter morrido com ela.

Infelizmente para o Sr. Stark, mas felizmente para Nikki, ela ainda estava bem viva. Tanto seu cérebro como seu corpo. Só que em lugares diferentes.

E o segredo que ela guarda? Ainda é um segredo.

E Brandon não tem feito um bom trabalho a bajulando para arrancá-lo dela... principalmente porque ele tem estado muito distraído, tentando *me* bajular.

E Deus sabia, Nikki me odiava tanto por causa disso que era incapaz de proferir uma palavra civilizada sequer para mim, não importando o quanto eu tivesse tentado fazê-la se abrir.

Fiquei me perguntando se aquilo não acontecia porque sua cicatriz ainda doía às vezes, do jeito que a minha dói.

— Garanto que você está certa — disse Nikki, empinando o nariz ao sair do meu quarto. — Brandon ama azul.

Ele ama? Isso era novidade para mim.

Mas eu estava descobrindo que tinha muita coisa sobre o ex-namorado de Nikki que era novidade para mim. Sua cor favorita era o de menos, na verdade.

E o fato de ele ter um esconderijo na praia onde gosta de levar garotas que sequestrou, do mesmo jeito que fez comigo, ou que pretende seduzir e depois chantagear para conseguir o que quer, como faz com Nikki...

... o que, nesse caso, é uma informação a ser usada contra seu pai para que Brandon assuma a empresa? Legal!

Sim. Se por acaso eu descobrisse que Brandon Stark também gosta de se vestir de Moranguinho enquanto joga críquete com sua coleção de minipôneis, não me surpreenderia.

— Em? — Brandon bateu à minha porta de novo.

— O quê? — falei mais bruscamente do que pretendia. Eu estava com uma dor de cabeça real, não era fingimento.

— Acho que encontrei a cura para seu problema — disse Brandon atrás da porta.

Levantei a cabeça, surpresa.

Porque não há cura para o meu problema, porque o que tenho é cem por cento falso.

— Sério? — retruquei. — O que é?

— Chama-se é melhor você vir aqui — disse Brandon, com um tom de voz diferente —, ou vai se arrepender.

Ah. Certo. Esqueci.

Porque os tabloides entenderam errado.

Eu não fugi com meu amor secreto. Talvez eu não esteja exatamente atrás das grades.

Nem usando correntes ou algemas.

Nem mesmo há homens usando ternos pretos ao meu lado e falando em minimicrofones presos nas mangas.

Mas sou prisioneira de Brandon Stark, o que dá na mesma.

DOIS

Abri a porta e fiquei parada ali, enfiada no longo vestido de veludo preto que Brandon havia me dado para usar nas cerimônias à noite, um jantar preparado pelo Cordon Bleu, um chef treinado que Brandon surrupiou de um hotel cinco estrelas próximo para trabalhar para ele durante a semana.

Uma coisa sobre Brandon Stark: ele não brinca quando está tentando impressionar uma dama.

A questão era: por que ele não optava por impressionar a garota certa? Porque o certo seria ele conquistar Nikki, e não eu.

Não que ele precisasse fazer muito esforço para fisgá-la. Se ele gastasse com ela *metade* da energia que gastava comigo, ele a teria nas mãos.

Por que ele não conseguia entender isso?

Provavelmente pelo mesmo motivo que o faz achar ser legal vestir camisetas Ed Hardy e sair com estrelas de reality show no iate do pai: ele é meio idiota.

E, ainda assim, ao mesmo tempo, é completamente perverso.

Acontece que as duas coisas juntas são mortais. Bem, pelo menos para mim.

Brandon não disse nada por um instante. Ele só me encarou, com seus olhos vazios iguais à "bola colorida da morte" que sempre aparece para os usuários do Mac quando um aplicativo não está respondendo.

O que era bom. Significava que o plano B, que eu usaria no caso de o plano A (fingir de doente) não dar certo, estava funcionando. Eu posso parecer uma loura indefesa por fora, mas na verdade tenho algumas armas no meu arsenal.

Uma delas era o Armani que eu estava usando. Percebi no momento que o vi na arara de roupas, que foi enviada pela loja cara que Brandon decidiu atacar por minha causa, que aquele vestido seria meu aliado.

Eu talvez não conhecesse nada sobre moda há alguns meses, quando era a garota mais mal vestida de todo o primeiro ano do colégio Tribeca Alternative.

Mas sempre aprendi rápido.

— Brandon — falei. O longo corredor, que era de vidro de um lado para proporcionar vista para o oceano e as dunas (quando não estava tão escuro), estava vazio com exceção de nós dois (e os paparazzi, claro. Mas eu estava bem certa de que os seguranças particulares contratados pelo Brandon, que estavam patrulhando a casa, tinham expulsado os fotógrafos de seus esconderijos). Fechei a porta do quarto de hóspedes atrás de mim para que não houvesse nenhuma chance de Nikki ouvir o que eu estava prestes a falar para Brandon.

Imaginei que provavelmente seria inútil. Já havia tentado argumentar com ele antes.

Mas nunca usando um Armani.

— Isso é ridículo — continuei. — Você deveria tentar seduzir Nikki e não a mim. Ela é a pessoa que carrega o segredo pelo qual seu pai tentou matá-la. Aquele que você quer descobrir para poder dar um pé no traseiro do seu pai e assumir seu lugar?

Brandon apenas olhou para mim. Ele não é mais inteligente, em alguns aspectos, que Jason Klein, o rei dos Mortos-Vivos (também conhecidos como os atletas) da minha escola.

Apenas mais rico e com menos moral.

— O que é ótimo, mas eu tenho que voltar para a cidade — disse a ele. Estava tentando falar lenta e claramente para ter certeza de que ele ia me entender. — Tenho o desfile de moda Stark Angel em alguns dias. Você sabe que não posso perder. Essa fuga romântica com Brandon Stark durante as férias? A imprensa está engolindo.

Mas a verdade era que eu não conseguia imaginar minha mãe muito feliz com aquilo. Não que eu tivesse falado com ela. Eu estava deixando as ligações dela caírem na caixa postal. Eu sabia que, se falasse com ela, a mágoa que ouviria em sua voz — *"Sério, Em. Passando a semana com um menino? Qual é o seu problema?"* — seria como uma punhalada no peito.

Mas o pior de tudo era que ninguém além dela — e, claro, Lulu e minha agente, Rebecca, que tinha me ligado aproximadamente um zilhão de vezes — tinha deixado uma mensagem de voz.

Ninguém mais, ou seja, a única pessoa cujos sentimentos eu estava mais angustiada por ter ferido quando fugi com Brandon Stark.

Certo: Christopher Maloney, o amor da minha vida, não havia ligado.

Não sei por que achei que fosse ligar depois do que eu tinha feito com ele: mentir e dizer que eu não o amava mais... que, em vez disso, amava Brandon. Não era como se eu *merecesse* uma ligação. Ou um e-mail, ou um torpedo ou qualquer coisa dele.

Acho que só pensei que ele fosse tentar *algum* tipo de contato... mesmo que fosse somente uma carta repleta de recriminações e amargura ou algo assim. Claro, eu não teria gostado de ser a destinatária de um *"Cara Em, obrigado por arruinar a minha vida"*. Quero dizer, Christopher não sabia que Brandon tinha me forçado a dizer o que eu disse.

Mas até mesmo uma carta assim seria melhor do que esse silêncio sepulcral...

Mas não. Nada.

Melhor não pensar nisso agora.

Ou nunca.

— Mas no devido tempo — me forcei a continuar falando para Brandon —, as pessoas próximas a mim vão começar a suspeitar. Elas sabem, Brandon, que eu e você não estamos... bem, o que você está tentando fazer com que pensem.

Eu estava mentindo, claro. As pessoas da minha vida não faziam ideia de que eu não estava apaixonada pelo Brandon e de que era tudo fingimento. Elas não sabiam. Não fui eu que, basicamente, fiquei com cada cara bonito com quem esbarrei desde que meu cérebro foi colocado neste novo corpo sexy? Como alguém poderia saber com quais desses garotos eu realmente me importava e com quais não? Certo: eu tinha criado a confusão onde estava metida agora.

E eu era a pessoa que precisava me tirar dessa.

O que eu realmente estava tentando fazer no momento. Embora não parecesse.

— Preciso voltar para a cidade — disse novamente para Brandon, tentando ganhar tempo. — Apenas me deixe...

Brandon levou um dedo aos meus lábios. E o deixou lá.

— Shhhh — disse ele.

O-oh. Aparentemente seu sistema havia sido completamente reconectado. Suas pupilas não mais se pareciam com duas "bolas coloridas da morte" gêmeas. Ele havia dado um passo à frente.

Agora estava a apenas alguns centímetros de mim, me olhando com uma expressão que eu não conseguia decifrar.

Mas, assim como muitas coisas a seu respeito ultimamente, aquilo me assustou um pouco.

— Tudo vai ficar bem — disse ele com o que eu suponho que tenha pensado ser um tom de voz calmo.

Exceto pelo fato de eu estar tão calma quanto um filhote de dálmata na casa da Cruella de Vil.

— Sei o que estou fazendo — continuou ele.

— Uh — disse por trás de seu dedo. — Na verdade, não acho que saiba. Porque Nikki não vai te contar nada se você não começar a prestar menos atenção em mim e mais atenção...

Então ele tirou o dedo e começou a inclinar a cabeça para pousar os lábios onde, um segundo atrás, seu dedo havia estado.

Eca, não. Sério? De novo?

Fiquei arrepiada, e não porque estava usando um vestido sem mangas.

Olha, eu não podia culpar Brandon. Tenho lhe enviado sinais confusos há meses. E terminei usando-o, basicamente. Esse era o tipo de garota no qual eu havia me transformado desde que virara Nikki. Não era bom admitir tal fato, mas era a verdade.

Mas as coisas eram diferentes agora. Eu finalmente estava com a cabeça — que piada — no lugar.

No entanto, sabia o que tinha que fazer. O que tinha feito durante toda a semana.

É o que as modelos precisam fazer o tempo todo: fingir que estamos realmente nos sentindo confortáveis com o que estamos vestindo, gostando do que estamos comendo ou que não estamos congelando totalmente no meio do oceano com as ondas batendo em cima da gente.

Não é a coisa mais difícil do mundo. Na verdade, me tornei muito boa nisso.

E, nesse caso em particular, isso era uma coisa realmente boa.

Porque prisioneiras são mais bem tratadas quando se dão bem com seus carcereiros.

E com isso há mais chance de o carcereiro talvez cometer um lapso e baixar a guarda caso pense que sua prisioneira talvez goste realmente um pouco dele.

E aquilo iria permitir que a prisioneira escapasse.

O problema é que eu não posso fugir até conseguir o que quero. Que por acaso é a mesma coisa da qual Brandon precisa: a informação que me colocou nessa confusão, para começar.

O que significa que não importa o quanto Nikki seja sacana comigo, eu tenho de aguentá-la até ela cuspir tudo que sabe.

E não importa o quanto Brandon me deixe enojada, eu preciso aturá-lo.

Ninguém disse que era fácil ser uma prisioneira.

Então eu fiz o que tinha de fazer: deixei Brandon me beijar.

Felizmente, assim que vi os lábios do Brandon se aproximando cada vez mais e mais dos meus, ouvi uma porta se abrindo por perto.

Este não era o plano C.

Mas foi o suficiente.

Joguei minha cabeça para trás apressadamente, aliviada por ter uma desculpa, pois até Brandon teria de admitir que não podia se dar ao luxo de deixar que Nikki o visse ficando comigo.

Passos pesados, em vez do barulhinho do sapato com franjas, soaram no piso de mármore polido e me virei para ver o irmão mais velho de Nikki, Steven, vindo em nossa direção.

— Ei — disse ele, balançando a cabeça para nós dois de uma só vez.

— Oi — disse Brandon, a resposta quase cômica devido à falta de entusiasmo no tom de voz.

A atitude dele para com o Steven naquela semana havia sido muito fria. Enquanto ele precisava fingir pelo menos um pouco de entusiasmo ao ver Nikki, cada vez em que ela pisava na sala, não precisava fingir estar entusiasmado por ver seu irmão.

— Então — disse Steven enquanto caminhava lentamente em nossa direção. — Qual é a boa?

— O jantar será servido lá embaixo, na sala de jantar — disse Brandon friamente. O seu tom de voz sugeriu claramente *Então porque não vai lá embaixo e nos deixa sozinhos?*

— É? — Steven não parecia estar com nenhuma pressa. E por que estaria? Steven, como sua irmã, não podia deixar a casa, pois temia que também pudesse ser fotografado e rastreado por Robert Stark, que não deveria saber onde Steven ou sua mãe estavam... ou poderia eliminá-los também, da mesma forma que tentou fazer com Nikki.

— E com que delícia culinária você vai nos surpreender esta noite, Brandon? — perguntou Steven.

A parte engraçada era que Brandon era burro demais para perceber que Steven estava sendo totalmente sarcástico. Tive que esconder o sorriso. Steven não se importava com o que tinha para o jantar. Ele odiava Brandon tanto quanto eu. Ele nunca disse isso...

... mas eu totalmente podia notar.

— Sopa de caranguejo — disse Brandon — e uma salada de caranguejo com alguma coisa, caranguejo-de-pedra, acho, servido com *foie gras* ou algo assim.

Enquanto Brandon estava falando, Steven seguia em direção à escada que dava para o primeiro andar. Porque ele normalmente ia embora enquanto Brandon estava falando. Isso mostrava o quanto ele odiava Brandon.

Na minha cabeça, eu gritava *Não vá embora, Steven! Não me deixe sozinha com ele!*

Mas, obviamente, eu não podia dizer nada daquilo. Tinha de ser educada. Superficialmente.

— E depois — continuou Brandon, num tom entediante — filé mignon. E temos um suflê de chocolate de sobremesa.

— Parece ótimo — disse Steven, olhando para trás.

Ele estava usando algumas das roupas que Brandon havia comprado para ele, uma calça jeans preta e um suéter de cashmere cinza escuro, com as mangas arregaçadas até os cotovelos. Todos nós, com exceção de Nikki e sua mãe, que tiveram tempo de jogar algumas coisas em sacolas antes de deixarem a casa do Dr. Fong, tínhamos chegado à casa de Brandon sem nada além da roupa no corpo (e nossos cachorros... aqueles que tinham cachorros), tentando escapar de Robert Stark.

Brandon tinha sido mais que generoso garantindo que Steven e a mãe dele tivessem as coisas das quais pudessem precisar, já que não podiam usar seus cartões de crédito por temerem que a Stark Enterprises fosse capaz de rastreá-los.

Mas eu conseguia perceber que Steven parecia aborrecido por ter uma dívida com o filho de um homem que havia causado tanta tristeza à sua família. Na verdade, ele nunca *disse* nada muito rude para Brandon.

Mas *fez* coisas que talvez alguém um pouco mais consciente do que Brandon teria considerado rude. Como sair da sala enquanto Brandon ainda estava falando.

— Filé mignon de novo. Ótimo — falou Steven, ainda olhando para trás enquanto descia as escadas. — Ah, ei, Brandon — acrescentou casualmente. — Você sabe que seu Lamborghini está pegando fogo, certo?

A mão do Brandon foi ao corrimão suspenso de aço e congelou.

— O quê?

— O seu novo Lamborghini — disse Steven. — Acabei de perceber ao olhar para fora em direção à garagem. Está em chamas.

Sim. *Finalmente.* Plano C em ação.

Brandon deu uma olhada através das janelas que davam pra frente da casa, parecendo um pouco desdenhoso, tipo, *Sim, certo. Meu carro está pegando fogo.*

Um segundo depois, sua atitude mudou completamente. Ele deixou sair um palavrão que arrebentou meus ouvidos.

— Meu carro — berrou. — Está pegando fogo!

— Foi o que eu disse. — Steven balançou a cabeça, olhando para mim do final da escada, como se dissesse *Que idiota.* — Não foi isso que acabei de dizer?

Brandon soltou outro palavrão e, segurando o cabelo com as mãos, passou por mim, quase me empurrando escada abaixo em meio à pressa, e depois passando correndo por Steven.

— Liguem para a emergência! — gritou.

TRÊS

NIKKI ESCOLHEU AQUELE MOMENTO EXATO PARA SAIR DO QUARTO.

— Qual é o problema do Brandon? — perguntou ela enquanto estalava os saltos pelo corredor em minha direção.

— O carro dele está pegando fogo — disse Steven dando de ombros.

— O quê? — A voz de Nikki atingiu um elevado tom agudo. — Não o Lamborghini novo!

Tive de me espremer na parede para não ser derrubada quando ela saiu apressada atrás de Brandon, os saltos fazendo um barulho enorme no assoalho de mármore brilhante.

— Brandon — gritou ela, correndo atrás dele. — Espere! Estou indo!

Eu queria lembrá-la de não sair ou os paparazzi podiam tirar uma foto, mas era tarde demais. Ela já havia saído.

Cosabella, que tinha me seguido desde o quarto, desceu correndo os degraus atrás de Nikki, as patas deslizando no chão liso. Ela deu alguns latidos empolgados e depois, quando Nikki bateu a porta da frente em seu focinho, deu uma boa sacudida e voltou trotando para a sala de estar, parecendo orgulhosa de si pelo trabalho bem-feito.

— Então. — Steven cruzou os braços e me olhou enquanto eu descia a longa escadaria. Achei um pouco traiçoeiro ter de me equilibrar usando saltos e um vestido Armani justo. — Você colocou fogo no carro do rapaz?

Aquilo me fez congelar.

— Eu? — Arrumei uma conveniente expressão de choque em meu rosto. — O que o faz pensar que fui *eu* e não um dos paparazzi, tentando atraí-lo para o lado de fora para que pudessem fotografá-lo?

— Porque achei o seu fusível — disse ele, segurando o que costumava ser um colar de contas de madeira que Brandon havia me dado...

Pelo menos era um colar antes de eu envolvê-lo numa mistura que incluía água quente, açúcar e outra substância para que secasse durante a noite.

— Mentiroso — falei quando cheguei ao final das escadas. Arranquei o colar chamuscado da mão dele. — Você disse que viu o carro pegando fogo pela janela.

— Na verdade — disse Steven —, eu vi. E saí para investigar. Isso foi um pouco antes. Achei tão interessante que deixei seguir em frente para ver o que iria acontecer. Onde *você* aprendeu a fazer uma bomba caseira?

— No YouTube — respondi. Joguei o colar queimado no pescoço de uma ânfora grega que estava apoiada na borda da escada. — E fico ressentida com a dedução de que uma garota não saberia mexer com explosivos. Frequento uma escola alternativa, sabia?

— Claro. — Steven assentiu. — Burrice da minha parte. Mas deixe-me perguntar uma coisa — falava ele enquanto me seguia em direção à sala de jantar, para onde estava indo para se sentar à mesa maciça já posta. — Por que você iria querer explodir o carro novo de Brandon Stark?

Porque ele está nos prendendo aqui. E Christopher não me ama mais.

— Não vai explodir — falei. — Só criei um desenho decorativo no capô com fluido de isqueiro. E existem vários extintores de incêndio lá fora. Verifiquei. Se Brandon tiver algum bom senso, vai apagar o fogo antes que faça um estrago permanente em alguma coisa além da pintura.

E eu não tinha cronometrado corretamente o tempo do fogo. Era para ter queimado *antes* que ele tivesse a chance de me beijar.

— Você não precisava ter destruído o carro dele — disse Steven, juntando-se a mim à mesa. — O cara é um idiota, mas você foi longe demais, não acha?

— Não — retruquei rapidamente. Cosabella enrolou-se aos meus pés embaixo da mesa.

— Uau. — Steven me encarou. — Você realmente o odeia.

Imaginei o rosto de Christopher ficando cada vez menor por causa da distância, enquanto a limusine onde Brandon me obrigou a entrar serpenteava pela estrada.

Você não tem mensagens, a voz robótica da minha caixa de mensagens de voz repetia em minha cabeça.

Sim. Acho que eu odiava Brandon.

— Eu te disse — falei. — Estava apenas tentando estragar um pouco a pintura.

Steven balançou a cabeça.

— Eu não vou cair nessa, Em.

Claro que ele não ia. O irmão de Nikki é um oficial da marinha treinado. Ele não é idiota.

Mas eu arregalei os olhos e me fiz de inocente assim mesmo. Por causa do que Brandon disse que iria acontecer caso eu não o fizesse.

— Não estou te entendendo — falei.

— Convincente — disse Steven. — Mas agora ponha tudo pra fora, enquanto ainda temos cinco minutos a sós pela primeira vez. Você não está apaixonada por Brandon Stark. O que está acontecendo, Em? Por que você está fingindo ser apaixonada pelo Brandon enquanto taca fogo no carro dele pelas costas?

Seja lá o que Nikki Howard sabe sobre a Stark Quark que fez com que valesse a pena tentarem matá-la — e depois fazerem um transplante do seu cérebro para manter sua imagem viva — vale a pena saber. Acredite em mim. E quero descobrir, Brandon havia sussurrado para mim naquela manhã fria e cinzenta de volta a Nova York, apenas uma semana atrás.

Por que eu deveria ajudá-lo? Eu quis saber.

Porque, ele dissera, *se você não me ajudar, contarei ao meu pai onde a verdadeira Nikki Howard está.* E sobre Christopher, acrescentou: *não quero mais saber daquele outro cara, aquele de jaqueta de couro, que parece tão ligado a você. Apenas eu. Você é minha agora. Entendeu?*

Olhei para ele como se fosse louco.

Mas agora entendo melhor. Brandon Stark não é maluco. Burro, talvez. Desesperado para deixar sua marca no mundo, da mesma forma que o pai fez, mas sem nenhuma ideia sobre como fazer isso.

Mas não louco.

E se você disser a eles que eu a estou forçando a fazer isto, conto ao meu pai sobre a garota.

Ele faria isso? Brandon contaria?

Ele com certeza não ligava para Nikki, ou para o Steven ou para a Sra. Howard. Claro, estava oferecendo casa — e roupas — a eles, pois não tinham para onde ir, graças à empresa do seu pai que os estava perseguindo.

Mas ele só estava fazendo aquilo por causa da vantagem que iria obter: eu (só que não a verdadeira eu. E sim, a que ele achava que eu era, essa garota fabricada cujo nome ele nem realmente sabia, que se parecia com Nikki Howard).

Ah, e seja lá qual fosse o segredo de Nikki, ele achava que iria fazê-lo ganhar muito dinheiro.

— Em. — Steven estava me encarando, seu rosto, tão parecido com aquele que eu via refletido no espelho toda manhã quando passava maquiagem, só que masculino, tenso de ansiedade. — Seja lá o que ele esteja usando para te ameaçar, eu juro, posso te ajudar. Você só tem que me contar o que está acontecendo.

Eu queria acreditar nele. Realmente queria. Nunca tive um irmão mais velho antes, mas estava realmente começando a me afeiçoar ao da Nikki. Ele era tão reconfortante, com aqueles ombros largos e olhar firme. Quase acreditei que ele poderia tornar as coisas melhores.

Mas claro que não poderia. Ninguém poderia.

E se você contar a eles que eu a estou forçando a fazer isso, conto ao meu pai sobre a garota.

Só que Brandon não ia contar ao pai nada sobre Nikki. Ele não podia. Precisava muito dela. Ela era a chave que o levaria para todos os lugares.

Mas Christopher. Ele contaria ao pai sobre Christopher.

— Ah, aí estão vocês — chamou a mãe de Nikki enquanto descia a escadaria flutuante, segurando cuidadosamente o corrimão enquanto os dois poodles, irmãos de Cosabella, deslizavam pelos degraus na sua frente. — Está tudo bem? O que foi todo aquele tumulto que ouvi antes?

Salva pelo gongo... aliás, por uma verdadeira beleza sulista: a mãe de Nikki e Steven tinha o jeito lento de falar e a
beleza delicada de uma sulista. Podia se ver a quem Nikki e
Steven tinham puxado. A Sra. Howard ainda era o que meu
pai chamaria de pedaço de mau caminho.

Mas antes que alguém pudesse dizer qualquer outra coisa,
o assistente do chef saiu da cozinha segurando uma bandeja
de prata.

— Sopa de caranguejo — disse ele, tentando ignorar a
dança irritante que os poodles faziam aos seus pés. Os bichi-
nhos pareciam esperar ser capazes de fazê-lo tropeçar, para
que um pouco daquilo que ele estava carregando espirrasse.
Ele parecia mais desconcertado por sermos somente três do
que com o alvoroço dos cachorros. — Ah — disse ele. — O
Sr. Stark ainda não está pronto para jantar?

— Houve uma pequena emergência — falei. — Ele estará
de volta em alguns minutos. Acho que você pode dizer ao
chef para ir em frente e servir.

O assistente assentiu, segurando a bandeja para Steven e
a mãe, servindo-os a entrada e depois se retirando de volta
à cozinha com os tamancos de borracha silenciosos no piso
de mármore preto. Cosabella e os cachorros da Sra. Howard,
Harry e Winston, foram atrás dele ainda esperando avida-
mente que derrubasse alguma coisa.

— Que tipo de emergência? — perguntou a Sra. Howard.

— Em colocou fogo no carro dele — disse Steven.

A Sra. Howard, prestes a suspender a pequena tigela de
sopa em direção à boca, acabou engasgando.

— Em! Por que você faria algo assim?

Dei de ombros. Não podia contar a ela que eu havia feito
aquilo porque Brandon era um grande mentiroso falso que
fizera com que eu e meu namorado terminássemos para sem-

pre. Ela achava, como todo mundo, que eu estava apaixonada por Brandon e que ele estava protegendo a ela e a filha do Sr. Stark, o pai maligno.

E, de algum modo, estava.

Eu não queria fazê-la se sentir mais preocupada do que já estava. Ela havia deixado tudo para trás: o negócio, a casa, os amigos, a vida, em favor da filha.

Que, na verdade, não parecia nem um pouco grata por isso, se quer saber.

— Não devíamos ligar para os bombeiros? — perguntou a Sra. Howard, ainda parecendo assustada.

No momento em que ela disse aquilo, uma das portas de vidro da lateral da casa se abriu e Brandon entrou; Nikki vinha logo atrás, tropeçando nos calcanhares dele.

— Estou te falando, foram aqueles idiotas da revista *OK!* — disse Brandon. — E não vou aceitar isso. Nem mais um segundo. Vou ligar para os meus advogados. Vou processá-los para que me deem um carro novo.

— Você está certíssimo, Brandon. — Nikki cambaleou nas plataformas muito altas, e muito maiores do que seus pés. — Devem ser eles. Quem mais faria algo assim?

— Está tudo bem? — perguntou a Sra. Howard. — Ninguém se machucou, certo? O fogo apagou? Nikki, ninguém tirou foto sua lá fora não, né?

— Ah, apagou — disse Brandon enquanto Nikki balançava a cabeça. Brandon estava com seu iPhone colado no rosto. — E Nikki está bem. Mas a pintura do meu carro está arruinada. Arruinada! Alô, Ken? — começou a gritar ao telefone. — Ken, é o Brandon. Eles destruíram meu carro. O quê? O Murciélago. Por quê? Por que eu deveria saber o motivo? Para conseguirem alguma reação minha para colocar nas capas das revistas, é esse o motivo. O que mais seria?

— Não sei como qualquer um de nós poderia ser capaz de comer — disse Nikki com um suspiro enquanto se sentava, desdobrando o guardanapo de linho de forma abrupta —, depois do que acabou de acontecer. Os paparazzi ficaram totalmente fora de controle. Como eles podem ter feito uma coisa dessas ao pobre Brandon?

— O que a faz pensar que foram os paparazzi? — perguntou Steven, sem olhar de novo em minha direção enquanto o assistente do chef entrava na sala de jantar carregando outra bandeja. Ele estava tentando com todas as forças não tropeçar nos cachorros novamente.

— Não sei quem mais poderia ter sido — disse Nikki. — Brandon nunca fez mal a ninguém. Ele é totalmente doce e adorável.

Engasguei um pouco da água com gás que tinha acabado de bebericar. Se Brandon era doce e adorável, eu era a noiva de Satã.

— Talvez — falei quando me recuperei — tenha sido o pai dele.

— O quê? — Nikki parecia confusa. — Por que o pai dele daria um ótimo carro de presente de Natal e depois colocaria fogo nele?

— Porque — falei — talvez o Sr. Stark saiba que você está aqui.

Nikki ficou visivelmente pálida.

— Você acha que ele sabe? — perguntou ela.

Sim. Eu era maligna. Eu era uma supermodelo que incendiava carros e contava mentiras. Tanto faz. Eu não ligava mais. Eles já haviam feito um transplante de cérebro em mim, me obrigaram a dar um fora no meu namorado e dentro de alguns dias iriam fazer com que eu desfilasse em rede nacional usando um sutiã de um milhão de dólares. O que mais poderiam fazer comigo? Me matar?

Bem, adivinha? Eu já estava morta.

— Ele poderia suspeitar — falei. — E se isso estiver acontecendo, nós não temos muito tempo. Precisamos saber por que ele tentou te matar. Assim poderemos conseguir a prova de que precisamos para processar o pai de Brandon e prendê-lo em algum lugar onde ele não poderá te machucar mais.

Nikki projetou o queixo teimosamente.

— Como contei para a minha *mãe* — falou ela, colocando uma ênfase desagradável na palavra *mãe* —, quando ela tentou falar sobre isso outro dia: o pai de Brandon não tentou me assassinar. Não sei por que vocês todos ficam contando essa história...

— Porque todos nós estávamos na mesma sala com o Dr. Fong — explicou pacientemente a Sra. Howard. — E o ouvimos revelar que você não teve uma embolia, Nikki...

— Mas eles o forçaram a fazer a cirurgia, de qualquer forma — interrompeu Steven. — Eles iam *jogar seu cérebro no lixo*. Ele salvou sua vida transplantando-o para o corpo que você tem agora. Por que você não entende isso? Apenas nos conte o que é que você ia usar para chantagear Robert Stark e todos nós poderemos voltar a viver nossas vidas.

— Ah. — De repente, os olhos de Nikki estavam brilhando por causa de lágrimas não derramadas. — Poderemos? Nós todos poderemos viver nossas vidas, Steven? Desculpa, mas você parece ter se esquecido de que isso não será possível para alguns de nós. Porque *existe outra garota vivendo no meu antigo corpo*.

Ela lançou um olhar que me causou calafrios na espinha. Ninguém — nem mesmo Whitney Robertson, voltando ao Tribeca Alternative, que, tenho certeza, me detestava mais do que qualquer outro ser humano no universo inteiro, e só porque, quando eu estava no seu time de vôlei durante a aula de Educação Física, eu às vezes perdia a bola — nunca tinha me dado um olhar com tanto ódio puro e autêntico.

— Então não posso voltar a viver minha antiga vida — disse Nikki ao irmão. — Aquela garota ali está vivendo no meu apartamento, usando meu dinheiro, fazendo meus trabalhos; até o *meu cachorro* gosta mais dela do que de mim. — Ela apontou através do tampo da mesa de vidro para Cosabella, que estava sentada ao lado da minha cadeira, farejando ansiosamente, esperando que eu talvez pudesse lhe dar um pedaço de qualquer comida que fosse ser servida (o que, eu tinha de admitir, seria avisado a mim quando chegasse a ocasião).

— Então desculpem-me — continuou Nikki —, se eu não estou exatamente com pressa para sair daqui. Acontece que gosto das coisas exatamente como estão, considerando as opções. Porque se vocês acham que vou voltar para casa para viver na rústica Gasper, Estados Unidos, com você e mamãe, Steven, bem, é melhor pensarem de novo. Nunca voltarei para lá. *Nunca.*

— Nikki — falei. Eu me sentia terrível pelo que havia acontecido a ela. Realmente. Mesmo que nada daquilo tivesse sido minha culpa — ei, eu definitivamente não havia escolhido ser o novo cérebro por trás da garota-propaganda da Stark — sentia como se devesse algo a ela.

Mas eu tinha de me livrar do controle de Brandon Stark antes que ficasse maluca.

Ou colocasse fogo em alguma outra coisa dele. Como sua calça, por exemplo.

— Talvez a gente possa planejar alguma outra coisa. — Baixei a voz no caso de Brandon, mesmo que envolvido em seu telefonema como parecia estar agora, me ouvir.

Ela estreitou os olhos para mim.

— O que você quer dizer com planejar outra coisa?

— Bem — comecei a sussurrar. — Assim, eu poderia te devolver o dinheiro. O dinheiro da sua conta bancária. Eu também te ofereço uma parte de qualquer coisa que eu faça no futuro. Você sabe, de trabalhos futuros.

Nikki se recostou outra vez na cadeira. O assistente do chef havia colocado pratos decorativamente armados de salada de caranguejo diante de cada um de nós, incluindo o lugar em frente à cadeira vazia de Brandon. Brandon ainda estava andando ao pé da escadaria, falando ao telefone com o advogado. De vez em quando, um berro da sua conversa chegava até nós. Soava como "O que você quer dizer com precisar de provas?" e "Não, não vejo por que eu deveria fazer isso!" Ele estava claramente perdido no próprio mundinho.

— Parece justo, Nikki — disse a Sra. Howard, remexendo um pouco da sua salada de caranguejo pelo prato. — Você realmente deveria pensar no assunto.

— Não tenho que pensar em nada — disse Nikki. — Ela não está me oferecendo nada que eu não teria se nada disso tivesse acontecido, para começar. Ela está me oferecendo menos, na verdade, do que eu teria.

— Mas você acabou com a sua carreira — apontou Steven, levantando um pouco a voz em frustração —, tentando chantagear seu chefe. E por isso ele devia ter demitido você. Mas, em vez disso, tentou te matar. De qualquer forma, Emerson é quem estaria fazendo todo o trabalho.

Nikki o encarou como se ele fosse idiota.

— Você acha que ser modelo é trabalho? — perguntou. — Ser paga para ficar por aí usando vestidos de cinco mil dólares para posar para fotos enquanto as pessoas passam maquiagem em você e a elogiam? Isso não é trabalho. É só pura diversão, cara.

Eu não tinha ideia do que ela estava falando. Ser modelo era um trabalho e tanto. Claro, não era como ficar em frente a uma fritadeira no McDonald's vestindo um uniforme de poliéster, ficando toda engordurada em troca de um salário mínimo enquanto as pessoas gritavam com você que queriam Coca-Cola diet, Big Mac, batatas fritas, McNuggets e tortas de maçã. Tamanho grande.

Mas eu nunca trabalhei tão duro na minha vida como na maioria das sessões de fotos para onde fui enviada. Aquela coisa que a modelo e apresentadora Tyra Banks falou sobre sorrir com os olhos? No fim não é tão fácil quando você está de pé, vestindo um biquíni na água gelada até a altura do bumbum, tremendo, e tudo o que quer é ir para casa e chorar.

— Olha, Nikki — disse, sentindo que estávamos fugindo do assunto. — Com esse dinheiro você não teria que morar em Gasper. Você poderia morar num apartamento de dois andares com porteiro e academia no SoHo.

— E faria o quê? — perguntou Nikki.

— Iria para a faculdade — disse a Sra. Howard prontamente.

Nikki bufou de novo.

— Ah, claro, mãe — falou, revirando os olhos.

— O que há de errado com essa ideia? — perguntou a mãe. — Tem um monte de coisas que você poderia estudar, coisas que já sabe e nas quais poderia se especializar por causa do seu conhecimento... fotografia, moda ou propaganda, negócios, publicidade, mídia, leis voltadas para o mercado do entretenimento...

Nikki interrompeu a mãe:

— Só tem uma coisa que eu quero — chiou.

— E o que é? — perguntei.

O cachorro não, rezei. Eu não tinha certeza se seria capaz de ficar sem Cosabella. Durante os meses que tive para conhecê-la, nós duas ficamos bastante ligadas. Verdade, era um pouco irritante ter uma pequena sombra de quatro patas me seguindo por todo lugar que eu fosse.

Mas eu meio que tinha me acostumado àquilo.

Mas o que mais Nikki poderia querer? Eu já havia oferecido a ela todo o dinheiro que eu tinha e uma parte dos meus ganhos futuros. Deveria oferecer a ela tudo que eu ganhasse daqui em diante? Seria difícil imaginar como eu iria pagar a hipoteca do apartamento...

Espere. Nikki queria o *apartamento*? Eu teria de me mudar? E Lulu? Lulu me pagava um aluguel para morar no apartamento.

Bem, acho que teríamos de encontrar algum outro lugar para viver.

— O que eu *quero* — disse Nikki, com a voz mais nojenta que já ouvi na vida, e isso inclui a vez em que Whitney Robertson me perguntou se eu já ouvira falar em condicionador — é o meu antigo corpo de volta.

QUATRO

ASSUSTADA, OLHEI PARA O CORPO SOBRE O QUAL A NIKKI ESTAVA falando. O corpo *dela*. O corpo no qual eu acordei muitos meses atrás, muito confusa. Onde tive de me acostumar a me ver, a andar, a *viver*. O corpo que havia me causado tanta dor, mágoa e espanto enquanto tentava me acostumar a ele.

O corpo que eu havia odiado, contra o qual havia protestado, recusando-me a acreditar que agora era meu; o corpo que eu havia amaldiçoado.

O corpo que convictamente tinha arruinado a minha vida.

E depois, o corpo com o qual eu havia experimentado tantas risadas fazendo guerras de chantilly com Lulu na cozinha. Com o qual fiquei maravilhada quando vi o que ele poderia fazer em uma esteira, experimentando correr de verdade pela primeira vez na minha vida (eu com certeza nunca tinha me exercitado no meu antigo corpo, principalmente na aula de Educação Física... exceto para tentar me esquivar das bolas que Whitney Robertson cravava na minha cabeça nos jogos de vôlei).

E, finalmente, a alegria, enquanto eu deitava sob Chistopher e sentia sua boca se movimentando sobre os meus lábios, o coração dele batendo de encontro ao meu.

Então percebi com um choque, como quando senti a água fria do mar ao cair do penhasco, que eu não estava abandonando este corpo.

Não mesmo.

Talvez o tenha odiado algumas vezes; posso até ter desejado minha antiga vida de volta.

Mas essa era a minha vida nova. A única vida que eu tinha. Eu não ia desistir dela.

— Só por cima do meu cadáver — exclamou a Sra. Howard, basicamente resumindo os meus sentimentos com exatidão.

— Bem — disse Nikki olhando para a mãe. — Que bom que não estamos falando do seu corpo, não é? Então que tal você parar de se meter?

— Nikki — disse a Sra. Howard, empurrando a cadeira para trás e levantando da mesa de maneira irritada —, o Dr. Fong e eu passamos semanas cuidando de você depois que você quase *morreu* na última vez em que eles fizeram a cirurgia. Seu novo coração não aguentaria a tensão de ser anestesiado por tanto tempo. É um milagre que tenha sobrevivido, na verdade. E sem danos no cérebro.

— Eu não estou certo de que ela *não* sofreu dano cerebral — comentou Steven, com o sarcasmo que só um irmão poderia demonstrar.

— Cale a boca. — Nikki bateu nele. Seu queixo estava empinado novamente, um sinal de que, eu havia decifrado, ela estava decidida. Para a mãe, ela disse: — Eu estou disposta a arriscar. Quero minha antiga vida de volta. *Tudo*. E isso inclui o meu ex-corpo. Devolvam-me ou não haverá acordo.

Uau.

Eu já tinha visto Nikki com vários humores desde que nos mudamos para quartos vizinhos...

Mas eu nunca a vira tão inflexível sobre qualquer coisa.

— Você está sendo ridícula. Não vejo como esta cirurgia seria possível — continuou a Sra. Howard, lançando um olhar de súplica ao Brandon —, considerando o fato de que os únicos médicos que podem fazer isso trabalham para o pai de Brandon no Instituto Stark de Neurologia e Neurocirurgia. E como ele poderia conseguir que fizessem isso sem o pai descobrir?

— O Dr. Fong pode fazer isso — disse Nikki. — Ele fez uma vez por mim. Ele pode fazer de novo.

Bem. Aquilo era verdade.

Olhei para as mãos elegantes que me acostumei a ver ao final dos meus pulsos esbeltos. As mãos que tinham tremido tanto na primeira vez em que tentei me alimentar. As mãos com as quais tinha sido obrigada a aprender a escrever um nome novo — o de Nikki, não o meu — em todas as tiras de papel que os caçadores de autógrafos tinham arremessado em mim a cada vez que eu saía em público. As mãos que tinham escorregado por debaixo da jaqueta de couro de Christopher — isso realmente só aconteceu há algumas noites? — e sentido sua pele queimando sob a minha.

Mas acho que nunca foram as minhas mãos, afinal de contas.

Eram as mãos dela. As mãos de Nikki.

E agora ela as queria de volta.

Cerrei os punhos de Nikki.

Talvez fossem as mãos dela.

Mas era o *meu* cérebro que tinha feito todas aquelas coisas.

— O Dr. Fong não tem meios para executar um procedimento complicado como este — estava dizendo a Sra. Howard. — Você sabe que não. Por que acha que sua recuperação foi tão mais demorada do que a da Em, além do fato de você quase ter morrido, pois o corpo que tem agora não é tão forte quanto o antigo? Porque ele não teve acesso a...

— Bem — disse Nikki. — Podemos armar uma sala de cirurgia aqui. Se Brandon quer tanto essa informação, ele pagará o que for para me dar o que quero. Certo, Brandon?

— Ah, Nikki — disse a mãe. — Não seja tão...

— Certo, Brandon? — repetiu Nikki, interrompendo a mãe.

Brandon, que havia colocado o iPhone no bolso e caminhado para sentar-se no seu lugar à cabeceira da mesa de jantar, olhou e disse as palavras que causaram um calafrio no meu coração... Coração da Nikki.

— Hum... acho que sim.

Espere... ele estava realmente *cogitando* fazer aquilo? Ele sequer sabia do que estávamos falando?

— Viu? — Nikki voltou os olhos brilhantes para nós. — Está tudo acertado, então. — Seus olhos, pude ver, não brilhavam porque estavam cheios de lágrimas. Estavam reluzentes de triunfo. *Maravilha*, pareciam dizer. — Agora que está resolvido...

— Nikki — disse Steven, levantando a cabeça e a girando para mandar um olhar fuzilante na direção da irmã. — Não.

A palavra era simples. E derradeira. Apenas *não*.

Percebi então o quanto eu amava Steven. Ele podia ser o irmão de Nikki.

Mas era o meu herói.

— O que você quer dizer com "não"? — quis saber Nikki, chicoteando a cabeça na direção do irmão. Ninguém nun-

41

ca disse não a Nikki. Eu deveria saber. — Se eles tiraram, podem pôr de volta. Você perguntou o que eu queria em troca de dizer o que sei e é isso o que quero. Quero o meu corpo de volta.

— Bem, você não pode tê-lo de volta — disse Steven. O tom era rude. — Isso pode matá-la. E pode matar você também. Você não pode pedir a ela para arriscar a própria vida. Ela já fez isso uma vez. Você não pode pedir que faça de novo.

— Sim — disse Nikki estreitando os olhos. — *Eu posso.*

E com aquele *Eu posso*, finalmente vi a garota da cidade pequena que era tão determinada a fazer sucesso que se dispôs a partir o coração da mãe declarando-se emancipada antes dos dezesseis anos.

Assinando seu primeiro contrato milionário uma semana depois.

— *Não* — disse o irmão com a mesma determinação. E enxerguei nele o homem que venceu pelos próprios esforços, o soldado por quem minha companheira de apartamento, Lulu, estava tão apaixonada e por quem perguntava esbaforidamente toda vez que telefonava. — Você está pedindo demais.

Agora o brilho que eu via nos olhos de Nikki eram realmente lágrimas. Ela olhou para todos nós.

— Ninguém pensa em *mim* — disse. A insensibilidade não tinha ido embora. Estava apenas sendo direcionada para outro lugar. Para conseguir parecer simpática ao chorar, eu suspeitava. — Como *eu* me sinto. Quero dizer, como vocês acham que é para *mim*, saber que terei que passar o resto da minha vida *neste* corpo, parecendo uma bruxa horrenda?

Ela atirou-se na cadeira mais perto, abaixando a cabeça na mesa e soltando soluços dramáticos.

Brandon e Steven trocaram olhares incrédulos, enquanto a Sra. Howard apressou-se para confortar a filha chorona.

— Nikki — disse a Sra. Howard. — Como você pode dizer isso? Você é uma garota normal e de aparência saudável. Não, você não se parece como antes. Mas não é horrenda. Você ainda é bonita para mim, só diferente do que costumava ser...

— *Normal?* — ecoou Nikki em um tom que sugeria que a mãe tivesse dito uma palavra suja. — *De aparência saudável?* Está brincando comigo, mãe? Não quero ser *normal*. Não quero parecer *saudável* ou *linda* para *você*. Quero ser linda de morrer, como eu costumava ser! Não quero ficar presa nesse corpo atarracado, com essa cara comum e esse cabelo feio e inútil! Quero ser linda! Quero ser sexy! *Quero ser Nikki Howard!*

Não sei se foi minha imaginação ou não, mas a frase *Quero ser Nikki Howard* pareceu repercutir nas janelas pesadas e frias ao nosso redor, ecoando em seguida pela sala. *Quero ser Nikki Howard! Quero ser Nikki Howard! Quero ser Nikki Howard!*

— Bom, você não pode — disse a Sra. Howard, exasperada. — E não vai chegar a lugar algum se não parar de se colocar para baixo. Apenas olhe seu reflexo naquela janela ali e veja o que vejo: uma jovem brilhante, com muito a oferecer...

Mas Nikki não iria olhar. Estava ocupada demais chorando em cima do seu colar chamativo.

Já que Nikki não iria olhar, eu olhei. O que vi foi meu próprio reflexo... o reflexo que Nikki costumava ver.

Perfeito. Nenhum traço, nem sequer um fio de cabelo fora do lugar. Exatamente o que se esperaria ver na capa de uma revista ou desfilando com um vestido caro ou usando uma joia em um anúncio. Dizendo o que você tem de comprar, aonde ir ou o que está na moda.

E por ela parecer tão perfeita, ou ser do jeito que nos foi dito por tanto tempo que uma pessoa perfeita deveria ser, você acreditaria nela. Você iria querer comprar qualquer coisa que estivesse vendendo ou ir aonde ela te dissesse para ir. Você iria querer se assegurar de que teria tudo o que ela estava te garantindo estar na moda no momento.

Se você não fosse uma dessas pessoas, como eu costumava ser, que a odiava desde a primeira vez em que a vi. Por que eu precisava que Nikki Howard me dissesse o que vestir, comprar ou aonde ir? Nunca fui capaz de suportar a visão do seu rosto e corpo perfeitos e insípidos, elevando-se sobre mim nas laterais dos edifícios ou piscando pra mim nas páginas de revistas.

E agora aquele rosto e aquele corpo eram meus. Eu não podia fugir deles. Não importava onde eu fosse ou para o quão longe tentasse correr. Seu rosto era o meu rosto. Eu tocava o que ela tocava. Eu vivia o que ela vivia.

Mas o problema era que eu não me imaginava *não* sendo ela. Não mais. Ela e eu éramos uma...

E, eu tinha de admitir, eu *gostava* de ser ela. Gostava. Não era sempre fácil ser a Nikki.

Mas era eu. Eu era a Nikki agora.

Embaixo de mim, senti Cosabella, percebendo que eu não ia deixar cair nenhuma comida esta noite, desistindo de ficar parada de vigilância ao meu lado e repousando a cabeça no meu pé com um suspiro. Era onde ela deitava em todas as refeições. Era quente e natural ter sua cabeça lá, macia como veludo...

Meu coração estremeceu.

Se o que Nikki desejava realmente acontecesse, eu nunca mais sentiria a cabeça de Cosabella no meu pé de novo.

Ah, imaginei que poderia conseguir uma nova cadela... se eu sobrevivesse à cirurgia. Ela não seria exatamente como Cosabella, mas tudo bem.

Será?

Mesmo se eu fugisse, mesmo se eu fosse embora à noite, com Cosabella, eles me encontrariam. Para onde eu poderia ir para que Brandon não pudesse me encontrar? Eu tinha o rosto mais reconhecível do mundo. Talvez existisse alguma aldeia tribal na Amazônia onde eles nunca tivessem visto Nikki Howard.

Mas quanto tempo eu iria durar sem TV a cabo? Nem estou falando dos canais premium, mas e a Bravo e a BBC America? Eu começava a surtar até mesmo depois de algumas horas sem internet.

Eu precisava encarar: estava ferrada.

— *Não* — disse Steven novamente. — Nikki. Isso não vai acontecer. É muito perigoso. E não há uma razão médica para tal. Nenhum cirurgião sensato faria isso. Nem mesmo o Dr. Fong.

— Por que — soluçou Nikki, levantando a cabeça e revelando que seu rímel tinha começado a escorrer pelo rosto — todo mundo me odeia?

— Nikki — disse a mãe. — Ninguém te odeia. Não é isso. É porque vocês duas não são...

— *Não cabe a você decidir* — gritou Nikki no momento em que o assistente do chef chegou com uma bandeja para recolher os pratos vazios da segunda rodada. — *Brandon decide!*

O assistente deu meia-volta e se dirigiu em direção à cozinha enquanto Harry e Winston lançavam um olhar desapontado para ele. Aparentemente, ele percebera que não era o melhor momento para interromper a conversa.

— Hum — disse Brandon se ajeitando em seu assento ao perceber que todos os olhares estavam sobre ele. — Se Nikki quer seu corpo de volta, então é o que Nikki terá. Ela é o que importa aqui.

Um frio, como o frio do tampo de vidro da mesa debaixo dos meus dedos, começou a penetrar meu coração. Parecia que tal frio estava deixando meu coração e se espalhando por cada um de meus membros. Logo o único calor no meu corpo era o calor que irradiava da cabeça de Cosabella descansando no meu pé.

— E o Dr. Fong fará a cirurgia — continuou Brandon. — Ou eu o entregarei à Associação Médica Americana por violar dez mil éticas médicas diferentes por fazer essa coisa de transplante, para começar. Certo, Nik?

Agora? Ele decide ser o melhor amigo de Nikki *agora*, justamente quando eu mais preciso dele?

Ai meu Deus. Eu tinha certeza de que ia vomitar.

Nikki parou de chorar imediatamente. Em vez disso, deu um grito de emoção. Ela pulou do seu lugar e correu para onde Brandon estava sentado, se atirando em seu colo para lançar os braços ao redor do pescoço dele.

— Ah, obrigada, obrigada — gritou. — Eu te amo tanto, Bran!

— Não acredito nisso — murmurou Steven. Ele se levantou e saiu sem dizer outra palavra, indo em direção às escadas e voltando para o quarto.

Não vá Steven, eu queria dizer. *Não vá.*

Mas não consegui falar. Porque meus lábios, assim como o restante do meu corpo, estavam congelados.

Nikki, percebendo que ele estava indo embora, perguntou confusa:

— Steven? Você não vai comer o filé mignon? Quero dizer... temos algo para comemorar.

— Não — disse Steven. — Não temos, não.

Alguns segundos depois, ouvimos uma porta bater.

Nikki, ainda no colo de Brandon, olhou de maneira acusadora para a mãe.

— Qual o problema dele?

— Ele está chateado, Nikki — disse a Sra. Howard, parecendo aflita. — Também estou chateada. Não acho que você ou Brandon realmente pensaram nisso direito. Ou levaram a pobre Em em consideração. É um absurdo completo, sem mencionar a falta de ética, fazer uma cirurgia arriscada em duas meninas perfeitamente saudáveis por causa de *vaidade*...

— Não é vaidade, mãe — falou Nikki friamente. — É a minha vida. E eu a quero de volta. Steven pode fazer cara feia o quanto quiser, mas ele nunca esteve nessa situação. Ele não *sabe* como é. Sabe, Brandon?

— Hum... — disse Brandon. Ele estava mandando mensagem via celular para alguém pelas costas de Nikki enquanto ela falava. — O que foi, querida?

Ela virou a cabeça.

— Brandon, você está *mandando torpedos*?

— Desculpa — disse ele, mostrando seu sorriso masculino perfeito. — É o meu advogado. Sobre o carro. Ele acha que talvez eu possa levar esse assunto ao tribunal.

— Ah. — Nikki deu um sorriso fraco para ele. — Em vez disso, você poderia ligar para o Dr. Fong e começar a trazer os equipamentos médicos para cá.

— Hum — disse Brandon. — Claro. Podemos comer primeiro?

Carinhosamente, Nikki pôs a mão na bochecha dele.

— Claro, querido — disse ela, e beijou-o na boca de maneira apaixonada.

Fiquei lá sentada. Tudo em que eu conseguia pensar era no peso e no calor da cabeça de Cosabella no meu pé. Eu não ousava me deixar pensar em mais nada. Caso o fizesse, sabia que iria começar a soluçar como Nikki tinha feito alguns minutos antes.

Se tinha alguma coisa que poderia romper meus canais lacrimais congelados, era isso.

Não sei realmente o que eu estava esperando. Eu era uma prisioneira, afinal de contas. Sempre fui, desde a cirurgia. Acho que não tinha percebido até agora. Não tinha direitos, não podia opinar sobre o que havia acontecido comigo. Se Brandon quisesse montar alguma sala de cirurgia maluca em sua garagem e fazer com que um cirurgião removesse meu cérebro e o colocasse no corpo de outra garota, acho que eu tinha que permitir.

Tinha?

Bem, não tinha?

Se eu não me sentisse tão isolada, tão rígida, como se tivesse gelo nas minhas veias, talvez pudesse ser capaz de pensar direito.

Mas, enquanto estava sentada ali, olhando para o meu reflexo nas janelas de vidro, com vista para aquele mar negro frio, não conseguia pensar em nada, exceto em como estava completamente congelada e sozinha...

Eu só podia contar comigo mesma, e não havia realmente ninguém capaz de me ajudar a sair dessa.

CINCO

Eu estava na minha cama na casa de praia do Brandon e estava sonhando.

No meu sonho, Christopher tinha vindo me resgatar. Ele não se mostrou chateado por causa de todas as coisas que eu havia dito sobre amar Brandon, e não ele.

Foi bem o oposto, na verdade. Nosso encontro foi alegre... e apaixonado. Estava transformando o gelo que corria em minhas veias em sangue novamente... sangue denso e quente que estava me deixando com calor... me fazendo empurrar o cobertor para baixo e fazendo o cabelo grudar na minha nuca quente.

No meu sonho, Christopher estava me beijando... primeiro delicadamente, com beijos brincalhões nos lábios, leves como as penas do meu edredom que eu já havia empurrado abaixo pelas minhas coxas nuas.

Então, enquanto eu retribuía o beijo — provando que era verdade, eu nunca tinha amado Brandon. Como eu poderia? —, os beijos ficavam mais longos... profundos...

mais apaixonados. Meus lábios se entreabriam sob os dele enquanto suas mãos encontravam o caminho dos meus cabelos, espalhados como um leque pelo travesseiro, sua boca era gélida de encontro à minha devido ao frio lá fora, o zíper da sua jaqueta de couro estava quase insuportavelmente gelado conforme pressionava minha pele quente enquanto ele pousava em minha cama, sussurrando meu nome...

Eu estava tão aliviada por saber que ele não tinha acreditado em mim naquela manhã cruelmente fria do lado de fora da casa do Dr. Fong, quando eu disse que não o amava. Ele sabia que Brandon havia me forçado a dizer aquilo.

Ele só não sabia o motivo.

A razão pela qual ele não havia acreditado era porque me amava, a verdadeira Em, o tempo todo. Não a mim, Nikki, a garota que havia arrancado seu coração para fora do peito, jogado no chão e esmagado com seus Louboutins.

Eu, Em. A garota da foto que ele manteve na sua escrivaninha por todos esses meses.

A garota que ele pensava estar morta durante tantos meses.

Mas se isso fosse verdade... se Christopher não tinha acreditado em mim... por que ele não havia ligado?

Porque, uma voz dentro da minha cabeça me lembrou, *Christopher não te ama mais*.

Espere um minuto. No fim das contas, eu não estava realmente gostando desse sonho.

Abri os olhos num sobressalto e flagrei a mão pressionando a minha boca. Não era um sonho. Aquilo estava realmente acontecendo.

Eu sabia quem era, claro. Quem mais poderia ser? Quem mais vinha forçando a maçaneta do meu quarto (sem sucesso, pois eu tinha sido cuidadosa e trancado a porta todas as noites) durante toda a semana? A mão sobre a minha boca era masculina. Eu podia dizer apenas pelo seu tamanho e peso mesmo se, na escuridão do meu quarto, não conseguisse ver de quem era.

Então, é claro, fiz a única coisa da qual eu era capaz: cravei os dentes na mão o mais forte que pude.

O que mais eu poderia fazer? Brandon tinha entrado no meu quarto no meio da noite para fazer o que garotos como Brandon faziam com garotas quando estavam dormindo. Como ele ousa tirar vantagem de mim quando eu estava sonhando com outra pessoa? Com alguém de quem eu realmente *gostava*...

Mordi e não soltei até ouvir os ossos estalarem.

— Jesus, Em! — gritou a voz num sussurro rouco. Ele arrancou a mão do meu rosto e, por um segundo, escutei o som de couro esfregando no couro... a manga se afastando de um corpo que usava uma jaqueta enquanto alguém balançava a mão de um lado para o outro.

Espere. Minha mente sonolenta tentou achar algum sentido naquilo. Por que Brandon estaria usando uma jaqueta de couro *por dentro*?

— Por que você me *mordeu*? — perguntou Christopher.

Minha mente titubeou. Christopher? No meu quarto? Ali, na casa do Brandon? O que Christopher estava fazendo aqui? Como ele havia entrado? Eu não estava sonhando no final das contas? Ele estava realmente me beijando?

Sentei tão rapidamente que empurrei Cosabella, que estava enrolada de encontro ao meu pescoço.

— Christopher? — sussurrei. — É você mesmo? Ai meu Deus, eu te machuquei? Você está sangrando?

— Claro que sou eu — sussurrou. Ele soou tão irritado que eu quis agarrar seu rosto e voltar a beijá-lo, assim como

no sonho... se realmente *havia sido* um sonho e não realidade. Somente Christopher poderia soar tão irritado comigo.
O maravilhoso, incrível e facilmente irritável Christopher.

— Quem mais poderia ser? E não me diga que o Stark tem
tentado entrar aqui. Era por isso que a porta estava tranca-
da? Tive que usar meu cartão da biblioteca para arrombar a
porta. Sério, se ele tem tentando entrar aqui, vou matá-lo...

Esqueci que eu devia tratar Christopher friamente ou
Brandon destruiria tudo e todos que eu amava.

Esqueci que deveria estar fingindo que Brandon e eu éramos um casal agora.

Estava tão impressionada por encontrar Christopher sentado na minha cama, como no sonho, que joguei meus braços
nele, puxando-o para perto e jurando para mim mesma que
nunca o deixaria partir. Eu nem ligava se o zíper gelado da
sua jaqueta de couro encostava-se à minha pele exposta pelo
conjuntinho de camiseta e short rosa que eu estava usando.
Assim como no meu sonho.

— Ai meu Deus, Christopher — sussurrei, inspirando o
perfume do orvalho fresco que ainda estava no seu cabelo
curto. — Estou tão feliz em ver você.

— Também estou feliz em ver você — disse ele, colocando
os braços ao meu redor e me abraçando de volta. Forte. — E
não se preocupe com a minha mão. Tenho certeza de que só
machucou superficialmente.

Eu ri. Acho que estava meio histérica.

Mas eu não me importava. Era tão bom ser abraçada
por ele.

Christopher. Christopher estava *aqui*.

— Mas o que você está *fazendo* aqui? — sussurrei.

Ele suavizou o abraço apenas o suficiente para encarar
meu rosto. Em algum momento enquanto eu estava dormin-

do, a lua deve ter surgido parcialmente... eu conseguia ver seu brilho fraco pela brecha nas cortinas do outro lado do quarto. Não havia claridade o suficiente para eu vê-lo porque ele estava contra a luz, portanto o brilho da lua só mostrava a silhueta dele. Mas ele, eu sabia, conseguia me ver.

— Você realmente acha que eu acreditei que logo você estava apaixonada por Brandon Stark? — perguntou ele com um tom suave de repreensão. — Talvez tenha levado algum tempo para eu descobrir quem você realmente é agora, Em. Mas me dê algum crédito. E agora que sei quem é você, definitivamente não vou deixar você partir facilmente.

Meu coração deu uma pequena cambalhota dentro do peito. Continuei abraçada a ele. Não acho que conseguiria deixá-lo ir, mesmo se ele quisesse. O que, graças a Deus, ele não queria.

Ele se inclinou e me beijou, e eu percebi, quando nossos lábios se tocaram, que eu *não estava* sonhando... que ele realmente *tinha* me beijado. Um beijo para me despertar. Não era surpresa eu estar com tanto calor...

E seus beijos estavam novamente me causando o que tinham causado antes, me fazendo sentir aquecida e protegida de um jeito que eu não sentia desde... bem, desde a última vez em que estive em seus braços, voltando brevemente ao meu quarto, no apartamento durante a festa de final de ano da Lulu.

E tal qual naquela época, eu estava totalmente ciente do que estava acontecendo, as mãos de Christopher embalavam gentilmente meu rosto enquanto seus lábios se movimentavam sobre os meus.

E então eu estava afundando... afundando lentamente de volta nos travesseiros macios atrás de mim, com Christopher em cima de mim. De alguma forma, ele tinha largado aquela jaqueta de couro irritante e estava metade na cama e metade para fora.

Mas definitivamente uma metade estava em cima de mim, causando uma sensação que eu não podia negar ser agradável. Eu sabia que havia coisas que precisávamos dizer. Coisas que eu precisava saber, coisas que eu precisava contar a ele.

Mas como eu poderia fazê-lo quando os lábios dele estavam fazendo coisas tão interessantes com os meus, e suas mãos, ah, suas mãos, tinham saído do meu rosto para dar um puxão na minha...

— Christopher — falei sem ar, afastando meus lábios dos dele. Acho que foi a coisa mais difícil que já tive de fazer. No quarto sob a penumbra, não havia nada que eu quisesse mais do que simplesmente deixá-lo continuar o que estava fazendo.

Mas eu não podia. Alguém precisava ser sensato. E eu tinha uma noção bem nítida de que não seria ele.

— Temos que manter o foco — falei.

— Manter o foco — repetiu ele. Eu podia ver que seus olhos azuis, tão perto dos meus, estavam meio fechados e pareciam atordoados. — Definitivamente.

Ele baixou a cabeça para me beijar novamente.

Mas por mais que eu quisesse permitir, eu sabia que não podia.

— Não. — Tirei minha cabeça de debaixo dele e fui para o lado distante da cama, onde Cosabella estava sentada, se lambendo. Eu a puxei para o meu colo para usá-la como um escudo canino de defesa contra garotos. — Estou falando sério. Estou feliz em te ver também. Mas temos que conversar. O que você está *fazendo* aqui?

Christopher pareceu recompor-se. Ele não estava mais com o olhar atordoado... bem, um pouco... e, sentando-se e aprumando o corpo, disse:

— Acho que isso deveria ser óbvio, Em. Estou aqui para te resgatar.

Meu coração deu outra daquelas cambalhotas malucas. Sério, tudo o que aquele garoto dizia, e fazia, incitava meus órgãos internos a fazerem acrobacias.

— Me resgatar? — Nunca na minha vida alguém tinha dito algo tão doce. Ele tinha vindo de Nova York para me *resgatar*? Justamente quando eu tinha desistido de manter qualquer esperança de alguém que eu conhecia estar sequer pensando em mim. Com exceção da Lulu e da minha mãe. E minha agente, Rebecca, claro. — Ah, *Christopher*...

Era tudo que eu podia fazer para evitar atravessar rastejando para o outro lado da cama até os braços dele.

Mas aquilo, eu sabia, seria um grande erro. Porque eu não teria forças para sair de seus braços novamente... não até as coisas irem além de algo com o qual qualquer um dos dois estivesse pronto para lidar... pelo menos por agora.

Tirando uma mecha de cabelo da frente dos olhos, resolvi seguir meu próprio conselho e manter o foco.

— Como é que você conseguiu entrar aqui? — perguntei. — Brandon mantém esse lugar mais trancado do que o Fort Knox.

Ele puxou uma caixa polida pequena do bolso do casaco.

— Quebrador de códigos universal — disse. — Apenas a última das invenções de hacker que meu primo Felix vem trabalhando para se manter entretido. Essa pode fazer algo como um milhão de combinações de códigos em potencial um segundo antes de achar o correto. Eu a usei para abrir a porta da garagem de Brandon.

Olhei para a pequena caixa de metal na sua mão. Tudo bem. *Aquilo* definitivamente era algo com o qual eu nem sonharia que existisse. Não estava certa de que o primo de

Christopher, Felix, vivesse em prisão domiciliar no porão da casa da mãe. Acho que provavelmente ele devia trabalhar para alguma corporação de tecnologia no Vale do Silício.

— Suponho que também tenha sido assim que você passou pelo sistema de segurança — falei.

— Ah, não — disse Christopher, enfiando casualmente a caixa de volta ao bolso. — Apenas digitei a senha de Brandon assim que entrei. Imaginei que ele fosse idiota o suficiente para usar seu próprio nome... e eu estava certo.

Não consegui não sorrir ao ouvir aquilo.

— Então deveríamos simplesmente sair andando daqui — falei —, do mesmo jeito que você entrou?

— Basicamente — disse ele. — Está pronta?

Tive de rir diante da ideia de sair da casa de Brandon com Christopher e de fugir dos meus problemas como... bem, como se fosse tão fácil.

Para onde poderíamos ir? Não era como se, com aquele rosto, não fôssemos reconhecidos instantaneamente onde quer que a gente estivesse.

E Steven, Nikki e a mãe deles? Sei que não sou da família deles, a não ser pelo sangue, mas eu devia alguma coisa a eles por terem lutado por mim, mesmo que não tivesse funcionado. Steven tinha ficado tão chateado com Brandon por concordar com o plano insano de Nikki que precisou, finalmente, abandonar a sala de jantar por temer, ele me contou depois, quebrar o rosto de Brandon. Mais tarde, ele viria até o meu quarto, dizendo que tínhamos de sair de lá antes que Nikki e eu terminássemos mortas.

Mas ir para onde? Steven sempre poderia reingressar à sua unidade na Marinha quando quisesse mergulhar de novo no fundo do mar no submarino que ele havia deixado para procurar pela mãe desaparecida. Mas e a Sra. Howard, que não podia nem mesmo usar seus cartões de crédito ou pagar uma conta por temer que a Stark Enterprises a rastreasse?

Ou Nikki, que escolhera permanecer tão cegamente ignorante em relação à sua responsabilidade ao causar toda essa dor?

Eu queria dizer a Christopher todas essas coisas.

Mas, primeiro, eu precisava dizer a ele a coisa mais importante de todas; além do fato de que eu estava loucamente apaixonada por ele, coisa que, eu tinha bastante certeza, ele já devia saber, considerando os últimos cinco minutos de amassos que demos.

— Christopher — falei sem fôlego —, Nikki nos contou. Ela nos contou com o quê ela tentou chantagear o pai de Brandon. O que ela escutou que levou a sua morte... e me colocou nessa confusão.

Ele estendeu a mão e tirou um pouco de cabelo da frente do meu rosto. Fechei os olhos por um ou dois segundos, apreciando o calor de seus dedos enquanto passavam pela minha pele. Uma onda de desejo me arrebatou com tanta força quanto uma bola arremessada por Whitney Robertson.

Doida. Eu era doida por esse garoto.

— Continue — disse ele.

— É só que... — falei, abrindo os olhos novamente quando ele tirou a mão do meu rosto. — Não faz o menor sentido. Nikki diz que ouviu o Sr. Stark e um grupo de colegas rindo no seu escritório porque o novo Stark Quarks ia chegar com algum tipo de software espião indetectável, empacotado com a nova versão do *Journeyquest*, que pode carregar toda a informação que o usuário digitar, toda informação que colocar em qualquer site: Priceline, Facebook, e-mails, esse tipo de coisa. E tudo isso vai ficar armazenado no sistema da Stark Corporate. Tudo.

Olhei para Christopher e encolhi os ombros.

— É isso? — perguntou, levantando as sobrancelhas.

— É isso — falei, assentindo. — Nikki jura. Ela não os ouviu dizer mais nada. Ela diz que estavam todos se parabenizando e brindando a isso. Assim, acho que o rastreador indetectável é algo bem avançado, mas um em cada três PCs nos Estados Unidos tem softwares espiões e nem sabem. Qual é a utilidade de toda essa informação, e estamos falando de dados de centenas e centenas de casas, talvez milhões, porque o Stark Quark será o laptop mais barato da história, se a Stark somente vai armazená-la no sistema? Não é como se tivessem dito que vão usá-las para alguma coisa. E você sabe que as pessoas que vão comprar os Quarks, eles são bem acessíveis, não são ricas. Não é como se a Stark fosse pegar os números dos cartões de crédito de milionários ou algo assim. É por isso que não entendo por que esse seria um bom motivo para compensar matar Nikki Howard. O que tem demais?

A lua tinha se deslocado. Agora o eixo da sua luz estava todo sobre o rosto de Christopher, e eu finalmente conseguia vê-lo direito pela primeira vez desde que tinha acordado e o encontrado em meu quarto... e na minha cama.

E, por um segundo, achei que tivesse identificado um relance do vilão sombrio que eu havia me convencido que ele se tornara depois das notícias sobre a minha "morte" e sua decisão de tentar vingá-la... aquele supervilão que pensei ter ido embora para sempre quando percebeu que eu não estava morta no final das contas.

Mas não. A escuridão e o ódio ainda estavam lá. Talvez nunca fossem embora.

E eu teria de viver sabendo que era a pessoa responsável por isso.

— Por que alguém comete assassinato? — perguntou em voz baixa.

— Eu... — Pisquei. — Por que eu deveria saber?

— Três motivos — disse Christopher. Ele ergueu um dedo. — Por amor. — Outro dedo. — Vingança. — E finalmente, um terceiro dedo. — Dinheiro. Eles tentaram matar Nikki Howard quando ela ameaçou expor a verdade sobre eles.

— E? — Balancei minha cabeça. — Eu ainda não...

— Robert Stark definitivamente tinha um plano para lucrar em cima das informações que estava roubando das pessoas que comprassem seu novo PC — disse Christopher. — O que precisamos fazer é descobrir o que é. E como faremos com que ele pague por isso. Temos muito trabalho pela frente. Melhor começarmos a trabalhar. Vista-se e vamos.

Comecei a desembolar minhas pernas dos lençóis.

— Steven e a mãe vão ficar bem — falei. — Acho que consigo acordá-los e fazê-los sair, sem problemas. Mas não tenho certeza de como vamos convencer Nikki a vir com a gente voluntariamente. Ela gosta daqui. E está esperando trocar de cérebro comigo amanhã.

— Espere — disse Christopher, colocando a mão larga no meu ombro. — Do que você está falando?

— Nikki — respondi, olhando para ele sob a luz da lua. Algo na sua expressão me disse que o supervilão perverso tinha vindo para ficar. — Brandon prometeu a ela que faria com que o Dr. Fong colocasse o seu cérebro de volta em seu corpo. Este corpo. Ela não vai querer ir embora. Mas tem que ir, claro. Aqui não é seguro para ela.

— Em — disse Christopher, a voz era fria. — Eu não ligo para Nikki Howard. Estou aqui para resgatar você. Não ela.

— Mas... — Pisquei para ele. — Não podemos abandoná-la.

— Ah, sim — disse ele —, nós podemos.

SEIS

Eu estava tentando compreender por que o garoto que eu amava se recusava a ajudar uma donzela em perigo.

Embora *fosse* um pouco difícil pensar em Nikki como algum tipo de donzela.

— Se ela quer ficar com Brandon — disse Christopher com o tom de voz intransigente —, deixe. Agora coloque uma calça jeans para que possamos sair daqui.

— Ela é uma pessoa gravemente problemática — argumentei. — Não sabe o que quer. Ela passou por muita coisa.

— Você também — disse Christopher. — Mas não está por aí tentando chantagear as pessoas. Embora eu não possa dizer que fiquei muito impressionado com o jeito como lidou com a situação até agora.

Olhei para ele, irritada.

— O que *isso* significa? — interroguei.

— Você realmente achou que eu ia acreditar que você iria fugir com *Brandon Stark*, justo quem, porque ele é incrivelmente irresistível? — Seu tom de voz era um pouco desdenhoso. — Não sou um completo idiota, você sabe.

Meu coração *sobressaltou-se* como um aviso dentro do peito. Oh-oh.

Ele parecia furioso. Não apenas irritado. Mas muito, muito furioso.

E também, talvez, sob a raiva, um pouco magoado.

— Christopher — falei quando fui capaz de encontrar minha voz. — Posso explicar isso tudo. Brandon me falou que se eu não fingisse que ele e eu estávamos... — Engoli. Oh-oh. Nariz escorrendo. E algumas lágrimas também. Isso não é um bom sinal. — Você sabe. Que ele contaria ao pai onde poderia encontrar Nikki.

— E você acreditou nele? — Christopher quis saber. — Qual a possibilidade disso acontecer quando Nikki guarda a chave para Brandon se vingar do pai por tirar sua pistola d'água quando ele era criança ou seja lá que diabos Robert Stark tenha feito que tenha deixado Brandon tão chateado com ele?

Uau. Christopher estava certo. Por que eu não havia pensado nisso? Para uma garota inteligente, consigo ser muito burra às vezes.

Talvez eu seja capaz de descobrir como fazer uma bomba caseira no YouTube.

Mas garotos? Em relação a esse assunto parece que eu não enxergo nada.

— Ele foi realmente convincente, Christopher — falei. As lágrimas estavam começando a transbordar. Esperava que ele não as conseguisse ver no escuro. Tentei contê-las. Eu me sentia tão idiota. Ele estava zangado e eu reagia chorando? Que grande bebê eu era, afinal, hein? Não me admirava ele ter gostado mais de McKayla Donofrio do que de mim. Aposto que ela nunca chorou. Estava muito ocupada assistindo ao relatório do mercado de ações da CNBC e checando novamente sua carteira de aposentadoria. — O pai do Brandon tentou matar a Nikki. Acho que você está certo, e talvez ele tenha até tentado me matar também... ou, pelo menos, aquela TV ter caído na minha cabeça naquele exato momento não tenha sido precisamente o acidente que todo mundo tenha achado que foi. Então como eu deveria saber que ele não tentaria matar outra pessoa, talvez alguém que eu amasse, como a mamãe, o papai, Frida ou até... você?

Achei que aquilo pudesse lhe causar uma reação. Quero dizer, eu tinha acabado de admitir que o amava. Achei que o garoto fosse me recompensar.

Mas não. Ele ainda não demonstrava nada disso.

— E você não poderia ter me ligado ou mandado uma mensagem para me contar tudo isso? — interrogou Christopher. — Sério, Em? Nessa última semana, nem uma mensagem sequer? Vai me dizer que Brandon estava te observando a cada segundo do dia?

— Não — falei, enxugando as lágrimas do rosto com o pulso. Eu estava furiosa agora também. Furiosa comigo por chorar, mas ainda mais furiosa com Christopher. O que ele queria que eu fizesse? — Mas o que eu poderia dizer, Christopher? Como eu poderia saber que eles não estavam grampeando seu telefone? Você não sabe como tem sido. É como se estivessem em todos os lugares, observando. E, além disso, prometi a Brandon...

— Ah, você prometeu a ele — disse Christopher. E dessa vez ele não estava sendo só *um pouco* rude. — Jesus, Em, para uma garota inteligente, você pode ser realmente estúpida às vezes. Quase — acrescentou com um sorriso autodepreciativo — tão estúpida quanto eu para demorar tanto tempo para descobrir quem você realmente era.

— Bem, *você* também nunca me ligou ou mandou mensagem — falei com a voz palpitante. Não consegui evitar.

— Você me chutou para escanteio! — gritou Christopher, abrindo os braços. Percebi pela primeira vez que ele estava usando luvas de couro preto sem dedos, do tipo que os garotos malvados maneiros, que sempre se mostram não tão malvados assim, usam nos filmes. Mas imaginava que Christopher fosse assim agora, no entanto.

Com exceção de que ele realmente estava meio malvado. Ou estava agindo como tal, pelo menos.

— Quem sou eu — continuou ele —, seu maldito cachorrinho? Você pode me tratar feito lixo e toda vez vou voltar rastejando para você? Ah, não, espere... você trata seu cachorro melhor do que me trata. — Ele apontou para Cosabella, enrolada ao meu lado. — Você a deixa por dentro de tudo.

Pisquei para ele. Aquilo tinha começado muito, muito bem e ficado muito, muito mal em minutos. No meu sonho, Christopher tinha me perdoado totalmente. E depois a gente tinha dado uns amassos.

Mas não parecia que isso fosse acontecer na vida real.

— Encare, Em, você não me ama de verdade — disse ele asperamente. — Você diz que sim, mas você não ama. Sabe como eu sei disso? Porque você não confia em mim. Durante essa coisa toda, você nunca confiou em mim o suficiente para me deixar completamente por dentro de tudo. — Ele se levantou da cama. — Bem, você nunca será capaz de ter um relacionamento de verdade enquanto não parar de achar que Emerson Watts é a pessoa mais inteligente do mundo inteiro, e começar a confiar nas outras pessoas e deixá-las te ajudar. Isso é ser adulto, Em. Você deveria tentar.

— Espere — falei com a voz falhando. — Você simplesmente *vai embora*?

— Bem — disse ele —, você vem comigo se não levarmos a Nikki?

— Não — falei, elevando um pulso para enxugar os olhos furiosamente.

— Então sim — disse ele. — Acho que vou. Porque você mesma disse que ela não vai embora por vontade própria.

Eu não conseguia acreditar que aquilo estava acontecendo. Era o meu momento de Princesa Leia: eu estava sendo resgatada — só que não, felizmente, por meu próprio irmão — e eu estava estragando tudo. Meu salvador estava simplesmente indo embora e me deixando para trás como poeira.

Mas o que eu deveria fazer? Não podia deixar Nikki para trás.

Por mais que ela não merecesse ou sequer quisesse minha lealdade.

— Tudo bem — falei. — Acho que é um adeus, então.

— Acho que sim — disse ele.

E ele se virou e saiu do quarto, fechando a porta.

Fiquei ali sentada na minha cama, esperando que a maçaneta virasse e ele voltasse a qualquer minuto. Ele seria todo desajeitado e doce, ou talvez ainda estivesse zangado e na defensiva, e diria que era minha culpa. Só que, claro, o que ele realmente estaria dizendo seria *Desculpe, Em. Ainda amo você. Venha comigo. Por favor, venha comigo.* Qualquer uma das opções. Não importava.

Mas ele ia voltar. Claro que ele ia voltar.

Ele não podia simplesmente ter saído. Ele não podia ter ido embora. Simplesmente não podia.

Mas tinha ido embora, sim. Os minutos do relógio ao meu lado passavam, e ele não voltava. Não havia barulho na casa. Nada. Sem sinal de Christopher indo ou voltando.

Demorou um tempo até a realidade se assentar, mas, por fim, isso acabou acontecendo. Ele havia me dispensado. Havia me dispensado completamente!

Eu não conseguia acreditar. Era a pior coisa que havia acontecido comigo.

Bom, tudo bem, não a pior. Ter o cérebro transplantado estava em primeiro lugar. Aquilo era a pior coisa que já havia acontecido comigo.

Mas isto com certeza era a segunda pior coisa.

Além do fato de que no dia seguinte Brandon Stark me faria sofrer um segundo transplante cerebral.

Sim. Eu era uma idiota completa por não ter ido embora com Christopher.

Por outro lado... ele claramente havia se transformado no supervilão obscuro cujos indícios eu já havia visto desde que sofri o acidente. Acho que não se pode realmente mexer com esse tipo de coisa. Talvez eu tenha sido esperta em não ir com ele. Claro que tinha sido! Eu não podia ter ido embora com ele e deixado a família Howard para trás. Porque Steven e sua mãe também não teriam ido sem Nikki. O quão egoísta isso teria sido?

Não, eu tinha feito a escolha certa. Christopher é que tinha problemas, não eu. Como ele poderia ter sugerido o contrário? Se alguém necessitava crescer, era ele, não eu.

Quando acordei — e nem sei como consegui adormecer, com toda a irritação pela qual estava passando —, Brandon Stark estava chacoalhando a minha maçaneta, querendo saber quando eu iria levantar e descer para tomar café da manhã.

E alguns segundos depois, Nikki intrometeu-se no meu quarto pela porta que conectava nossos quartos, me dizendo para eu não comer muito porque ela não queria "seu corpo" de volta muito inchado.

E o meu celular, sobre minha mesinha de cabeceira, estava vibrando. Quando o peguei de qualquer jeito e olhei para o identificador de chamadas, vi que era uma mensagem de texto da minha agente, Rebecca, querendo saber quando eu estaria de volta a Nova York.

Robert Stark iria dar uma festa de Ano-Novo na sua colossal casa de quatro andares antes do desfile de lingerie ao vivo da Stark Angels, dentro de dois dias, e era importante que eu estivesse lá para conhecer os acionistas. Caso eu não comparecesse, estaria violando o meu contrato. Não só iria ser substituída pela Gisele Bündchen (que conseguiu perder todo o peso que ganhou na gravidez em tempo recorde e mudou de ideia sobre participar do desfile), como ia perder muito dinheiro.

Desnecessário dizer que Rebecca estava descontente comigo.

Fiquei ali deitada e me perguntei o quão infeliz Rebecca ficaria se soubesse o quanto sua cliente mais bem paga estava prestes a perder *realmente*. No caso, sua vida, caso Nikki conseguisse o que desejava.

Honestamente, não sei no que eu estava pensando. Nunca me considerei a mais feminina das garotas, ou coisa parecida. Nasci e fui criada em Nova York, então sempre achei que tivesse visto de tudo, incluindo uma briga com uma garrafa quebrada do lado de fora do nosso restaurante mexicano local (Señor Swanky's) entre dois homens que discutiam por causa de uma vaga no estacionamento.

Então era completamente sobrenatural pensar, quando acordei no meio da noite e encontrei meu namorado dizendo que estava lá para me resgatar, que todos os meus problemas estavam resolvidos e que tudo ficaria bem?

Aparentemente, sim. Aparentemente, aquela música da Aretha Franklin de que minha mãe gostava tanto estava certa, e as mulheres realmente precisavam resolver as coisas elas mesmas.

Provavelmente tinha sido minha culpa acreditar que aqueles finais sentimentais que terminavam com "felizes para sempre" nos romances que minha irmã Frida estava sempre lendo, em que o herói estava sempre salvando a heroína, normalmente de situações perigosas onde ela havia se metido, realmente poderiam acontecer na vida real.

Porque todos aqueles livros estavam errados. Na vida real, o herói tinha problemas porque a heroína não confiava nele.

Com licença, mas *eu* tenho problemas em confiar nele? Não estou dizendo que sou perfeita. Não estou dizendo que não existe a possibilidade, uma pequena possibilidade, de que as palavras de Christopher sejam parcialmente verdadeiras.

Talvez eu tivesse dificuldades em dividir com outras pessoas, ou de permiti-las me conhecer melhor, ou me ajudar, ou qualquer coisa.

Mas Christopher achava que *eu* era a única com problemas? Ah, isso era engraçado. Era simplesmente hilário, vindo de um garoto que tinha um *scanner de códigos* no bolso.

E tudo bem, Christopher tinha passado por poucas e boas para me resgatar.

Mas eu fui resgatada? Hum, a resposta para essa pergunta é não.

Mas eu disse a mim mesma que não me importava mais. Não agora que o Homem-Aranha de uniforme negro tinha tomado o lugar do meu ex-doce namorado.

Mesmo que ele só tenha sido meu namorado por uns dois minutos no total.

Por que eu simplesmente não contei ao Christopher na noite passada que a Nikki tinha exigido seu antigo corpo de volta em troca de contar ao Brandon qual era o seu segredo?

Não que fosse necessariamente fazer qualquer diferença para ele. Provavelmente não teria feito, considerando o quanto ele me odiava. O que talvez tenha sido a razão do porquê eu não ter contado a ele. Uma garota precisava ter algum orgulho. Quero dizer, eu não queria que ele me aceitasse de volta por *pena*, ou algo assim. Nada seria mais repugnante do que *isso*.

Então agora ele tinha ido embora, e eu ainda estava aqui e nunca terei certeza se isso teria feito diferença ou não.

E neste exato instante Brandon provavelmente estava arrumando um laboratório secreto onde meu cérebro seria tirado e colocado num outro corpo estranho.

E quem poderia saber se desta vez eu iria me recuperar da cirurgia? Eu talvez fosse lobotomizada ou, pior, nunca mais acordasse. Poderia terminar em estado vegetativo pelo resto da minha vida. Ou ter de usar aquele cabelo nojento que Nikki tinha fritado com a chapinha.

Simplesmente serei honesta: eu não estava tão feliz em ser a nova Nikki. Sem ofensas, mas ela não estava mostrando ter muito potencial, pelo menos não do jeito que a antiga Nikki a arrastava por aí com minhas roupas descartadas.

E mais, eu tinha me acostumado a ser *a* Nikki Howard. Talvez fosse superficial e, com certeza, eu tinha reclamado disso algumas vezes.

Mas eu não ligo para o que Megan Fox ou Jessica Biel dizem: realmente existiam vantagens em ser a garota mais sexy do planeta. A primeira era ser paga por isso. Muito bem paga.

E em segundo lugar, as pessoas eram mais legais com você, diferentemente de quando se é aquela bagunça que eu costumava ser e que a antiga Nikki é agora. Elas simplesmente eram. Era um fato. Whitney Robertson era exemplo. Por que eu iria querer voltar a receber bolas de vôlei cravadas na cabeça (de propósito) e ter minha irmã mais nova se recusando a ser vista comigo?

Você poderia falar e falar sobre como as pessoas deveriam gostar de você pelo o que você é por dentro.

Mas se isso realmente fosse verdade, então por que, em nome de tudo que é mais sagrado, alguém iria gostar mais da Nikki pra começo de conversa? Eu estava me convencendo cada vez mais de que ela era uma junção de Heidi Montag e Hitler.

E eu não tinha nenhuma fé de que Christopher iria voltar. Nós não tínhamos exatamente nos separado da melhor forma, então parecia improvável que eu sequer o veria de novo, exceto, talvez, na aula de Discurso em Público, se eu voltasse para o Tribeca Alternative. Eu não conseguia acreditar que ele tinha me acusado de tratá-lo como um cachorro quando eu tinha tomado praticamente todas as decisões em função da segurança *dele*.

E, tudo bem, talvez, como ele dissera, isso *era* infantilizá-lo um pouquinho. Afinal de contas, ele era um adulto que podia tomar as próprias decisões e não precisava da minha proteção.

Mas, em minha opinião, minha tentativa de protegê-lo só provava o quão profundamente eu o amava.

Uau. Talvez Christopher estivesse certo. Talvez eu realmente *estivesse* me transformando numa daquelas heroínas idiotas dos livros da Frida.

A questão era que eu tinha ficado tão *feliz* quando acordei e o encontrei em meu quarto. Tudo parecia tão bem. Eu não estava mais totalmente sozinha...

Só que eu estava.

E graças à minha estupidez.

MIPV. Muito Idiota para Viver. Foi como Frida disse que chamavam as heroínas dos seus livros que faziam escolhas que colocam a própria vida em risco.

E essas heroínas não estavam somente nos livros. Também estavam nos filmes de terror. Como quando a heroína do filme escuta um barulho no porão e pensa que é melhor ir ver o que é. Mesmo que toda a eletricidade da casa tenha acabado. E sua lanterna esteja quebrada. E tenha um fugitivo solto na vizinhança.

Sério, ela merece o que acontece com ela.

Mas eu merecia? Quero dizer, eu merecia ter meu cérebro retirado do meu corpo *novamente* e ter de aprender a me adaptar a ser outra pessoa tudo de novo?

Mandei uma mensagem para Christopher dizendo *Me desculpa. Podemos conversar? Onde vc tá?*, que eu totalmente não esperava que ele respondesse (ele não respondeu), depois tomei um banho e vesti uma calça jeans de marca e uma camisa com babados que a loja havia mandado e calcei as botas que eu tinha trazido comigo de Nova York.

Enquanto secava meu cabelo, tentava pensar em outra coisa que não em mim mesma. Como de que forma o pai de Brandon podia estar esperando lucrar ao armazenar todos os dados das pessoas no computador principal da Stark Enterprises. Obviamente, ele não ia usar o número do cartão de crédito delas para si. Ele era um bilionário. Para que precisava de um cartão com limite baixo?

E a maioria das pessoas que comprava os Stark Quarks eram jovens que estavam na faculdade e no ensino médio. Quero dizer, os Quarks custavam somente duzentos ou trezentos dólares, no máximo, e vinham em cores como lavanda e verde limão.

Então por que ele estava coletando todos aqueles dados?

Eu ainda estava tentando descobrir quando Brandon chacoalhou minha maçaneta outra vez.

— Ei — chamou. — Você vai vir tomar café ou o quê?

Caminhei até a porta e a abri. Brandon estava lá parado com o cabelo grudado na cabeça porque tinha acabado de tomar banho. Vestia, para variar, outra camiseta Ed Hardy e tinha uma corrente de ouro grossa no pescoço. Um bafo de Axe assaltou minhas narinas.

Sério, Brandon? Engoli com força o vômito que subiu pela minha garganta.

— Estou indo — falei sem sorrir. — O médico está aqui?

Brandon olhou para mim sem entender.

— Que médico?

Eu sempre suspeitei de que haviam permitido que Brandon comesse muito açúcar quando criança.

Mas isso era demais, até mesmo para ele.

— O Dr. Fong — falei enunciando claramente para que ele não pudesse entender mal. — Para fazer o *transplante de cérebro*.

— Ah — disse ele. — Hum... ainda não. — Ele olhou para o corredor para ter certeza de que Nikki não estava por ali, então colocou um braço contra a parede atrás de mim, inclinando-se perto o suficiente para eu sentir o cheiro da pasta de dente no seu hálito. — Escuta... você não acha... quero dizer, você não achou que eu realmente ia seguir com esse plano maluco de deixar que vocês trocassem de cérebro ou sei lá o quê, achou? Quero dizer... — Ele ergueu a mão e levantou o pingente que eu estava usando, algo como uma lua crescente ou coisa parecida. — Ela é maluca. E você... é você quem eu quero.

Eu simplesmente o encarei. Eu só acreditaria em qualquer coisa que saísse da boca de Brandon depois que acreditasse em algo que vi na capa da revista *Star* sobre a gravidez de Jennifer Aniston.

— Hum — falei. — Você parecia bem animado com a ideia ontem à noite quando estava conversando com Nikki.

— De que outra forma eu iria descobrir com o que ela estava chantageando meu pai? — perguntou ele com uma risada. — Eu tinha que enganá-la, você sabe.

Arranquei o colar das mãos dele. Sério, o cheiro de colônia era tão forte que estava fazendo meus olhos lacrimejarem.

— Como eu sei que você não está *me* enganando? — perguntei. — Vocês dois costumavam sair juntos. Então você nem sempre achou que ela era tão maluca.

Brandon olhou para mim com a boca um pouco aberta, me dando uma ampla oportunidade de observar o verniz dos seus dentes.

— Aquilo era só... — disse ele com o pomo de adão movendo para cima e para baixo. — Por sexo.

— Encantador — falei, querendo vomitar mais do que nunca. — Então o que acontece agora? Com Nikki, Steven e a mãe deles? Você vai continuar mantendo-os aqui para sempre, como seu tubarão de estimação?

— Bem — disse ele, parecendo desconfortável. — Não.

— Então para onde eles devem ir? Eles não podem voltar para suas vidas normais. Seu pai os encontrará. Você quer a responsabilidade da morte deles na consciência? — Apunhalei um dedo indicador no meio do peito dele. — Você quer? Hein? Quer?

— Não — disse ele, que tinha voltado a encostar na parede atrás de si. — Claro que não. Mas isso não vai acontecer. Porque seu amigo nerd vai me ajudar a descobrir como usar a informação que Nikki tem sobre meu pai e virar o jogo contra ele...

— Meu amigo nerd? — Eu sabia exatamente de quem ele estava falando. — E por que você pensa que ele estará disposto a me ajudar, depois do que você me obrigou a fazer com ele outro dia?

Eu não mencionei a parte sobre o problema de Christopher com a minha "dificuldade em confiar".

— Isso não é problema meu — disse Brandon dando de ombros. — Você é quem deveria descobrir como fazer isso. Ou acontecerá com Nikki exatamente aquilo que você tanto teme...

Não sei por que estava tão surpresa. Tudo na vida de Brandon era descartável. Na noite passada, depois de encerrar o telefonema com seu advogado, já tinha começado a fazer ligações para comprar um carro novo para substituir aquele que eu tinha incendiado.

Por que ele não consideraria as pessoas descartáveis também?

Exatamente enquanto ele estava fazendo aquela ameaça casual, Nikki saiu do quarto e apareceu no corredor usando um vestido de saia fofa que tinha exatamente o tom de verde errado para combinar com seu novo corpo e meias-calças que faziam as pernas parecerem atarracadas. Seu cabelo, como de costume, estava um desastre e parecia que ela nem ao menos tinha tentado dar um jeito no rosto. Talvez porque não houvesse uma maquiadora para fazer isso por ela.

— Bom dia — disse ela. — Prontos para o café da manhã?

Ofereci um sorriso sem graça a ela.

— Mal posso esperar — falei, tirando o dedo do peito de Brandon e roçando nele para ir em direção às escadas. Atrás de mim, ouvi Nikki ronronar: — Oi, tigrão. — Aparentemente ela estava falando com Brandon. Não tive dúvidas, pelos barulhos que ouvi em seguida, que ela tinha envolvido os braços ao redor dele para um longo beijo de bom dia.

Era a intenção de todo mundo me fazer vomitar antes mesmo de eu tomar meu café da manhã?

Mas o que eu vi quando entrei na sala de jantar me fez esquecer completamente o que eu tinha acabado de ouvir.

Era a minha irmã caçula, Frida, servindo suco de laranja nos copos dos nossos lugares à mesa.

SETE

AH, ELA ESTAVA USADO UM DISFARCE OU O QUE SUPONHO ELA considerasse ser um disfarce: óculos com armação de plástico vermelhos, calça xadrez preta e branca, um uniforme de cozinheiro branco e o cabelo estava acumulado dentro de um chapéu branco de chef, como os que usavam às vezes no Food Network.

Mas, fora isso, ela definitivamente era Frida, uma caloura do ensino médio que deveria estar em um animado acampamento de férias.

Tinha um monte de coisas que eu poderia ter dito ou feito naquele momento em especial. Gritado *O que você está fazendo aqui?* Desmaiado. Ido até ela e ordenado que voltasse para casa naquele instante. Ela não sabia do perigo que estava correndo, e nem de como estava colocando o restante de nós em perigo?

Eu não disse ou fiz nenhuma dessas coisas. Em vez disso, apenas afundei no meu assento, tenho certeza que não poderia ter continuado em pé mesmo se quisesse, e fiquei sentada ali, olhando para ela. Durante um minuto ou dois, não consegui me dar conta do que estava acontecendo. Não é sempre que se vê alguém que faz parte de um âmbito da sua vida inserido em um outro âmbito completamente diferente, é preciso combinar as duas coisas e depois tentar fazer com o que está vendo faça sentido.

Então, lentamente, mais lentamente do que gostaria de admitir, coloquei os pingos nos "is".

Tudo estava começando a fazer sentido, no entanto. O fato de Christopher ter aparecido na noite passada e depois ido embora sem mim?

Frida estar parada ali usando roupas de bufê mal-ajustadas servindo comida para a gente — ela estava nos servindo ovos mexidos de uma escudela — tentando não fazer contato visual comigo através das lentes dos óculos com armação de plástico?

Dava para notar que ela percebeu que eu a havia reconhecido. Havia manchas brilhantes de cor fluorescente em cada uma de suas bochechas redondas, embora estivesse determinada a não olhar em minha direção.

Meu coração tinha começado a bater com força dentro do peito. Não estava somente com medo por Frida, com medo de Brandon (o Brandon grosso, bruto e perigoso) aparecer a qualquer minuto e reconhecê-la, mas eu tinha percebido que se Frida estava aqui fora, Christopher estava na cozinha. Ele tinha de estar.

No que ele estava pensando, permitindo a minha irmã caçula vir justamente aqui?

Pior, somente a ideia de que talvez ele estivesse por perto já fazia com que o meu pulso acelerasse. Como eu podia ser tão fraca?

Mas rapidamente tirei tal pensamento da cabeça. Mais importante do que isso, mais urgente do que isso, era o perigo que Frida estava correndo. Minhas mãos ficaram escorregadias de suor. Ela não fazia nenhuma ideia do quanto o que estava fazendo era arriscado? Se Brandon a pegasse...

Bem, eu não sei o que ele faria.

Mas sabia que não ia aceitar muito bem.

E a mamãe e o papai? Eles sabiam onde Frida estava neste exato instante? Eu duvidava muito. Porque se soubessem, não teriam permitido.

Ela estaria tão, tão ferrada quando eu conseguisse falar com ela.

— Tem outra coisa além de ovos? — perguntou educadamente a Sra. Howard, já sentada, olhando para o pedaço amarelo congelando no prato, com a testa levemente enrugada como se estivesse preocupada por ter de realmente prová-los.

A Sra. Howard, claro, nunca conheceu Frida. Ela não fazia ideia de que era a minha irmã caçula que estava servindo seu café da manhã.

— Panquecas — disse Frida com o sotaque sulista mais falso que eu já escutei. Ela soava como uma Paula Deen ruim. Ela realmente achava que só porque tinha colocado o cabelo dentro de um chapéu de cozinheiro e estava usando um par de óculos que alguém iria acreditar que tinha mais de 14 anos? — Vou trazê-las imediatamente, senhora.

— Ah — falou a Sra. Howard, remexendo pedaços de ovos pelo prato com o garfo. — Seria ótimo. — Ela não soou convincente.

Sentado no lado oposto à Sra. Howard na grande mesa de vidro estava Steven, que havia levantado muito cedo para malhar na academia particular de Brandon, como fazia todas as manhãs. Estiquei minhas pernas até onde consegui e cutuquei o pé dele, levemente, pensei...

Mas havia me esquecido de que estava usando sapatos de salto agulha pontiagudos.

— *Ai* — disse Steven, alcançando a perna machucada. Ele me olhou ofendido como se dissesse *Por que você fez isso? As coisas já não estão ruins o suficiente? Estamos presos na casa de praia desse cara. Você precisa me apunhalar na perna com seus sapatos, também?*

Apontei a cabeça na direção de Frida. Steven olhou para ela e então me lançou um olhar irritado como se dissesse *e daí?*, ainda esfregando a perna.

Quando apontei a cabeça outra vez para Frida, Steven a olhou de novo. Ele a reconheceu.

Quando Steven olhou de volta para mim, sua expressão era de descrença e preocupação.

Eu sei, era o que meu olhar para ele dizia. *O que vamos fazer?*

— Que diabos é isso? — Brandon quis saber.

Brandon tinha se libertado de Nikki e os dois vieram sentar-se à mesa.

— Isso é suco fresco? — perguntou Nikki antes de engolir um pouco sem esperar por uma resposta.

— Isso não se parece com waffles — comentou Brandon, olhando para o prato.

— É porque são ovos, senhor — disse Frida, fazendo uma leve mesura.

Meu coração agora estava palpitando tanto, que eu mal conseguia respirar. Brandon a reconheceria? Ele tinha acabado de vê-la; há menos de uma semana na festa que Lulu e eu demos no nosso apartamento, ele tinha dançado com ela, meu Deus! Como poderia não reconhecê-la?

E se ele a reconhecesse, iria chamar a polícia? Seguramente não, depois do que havia dito na noite anterior sobre o Murciélago.

Por outro lado, nesse caso era alguém realmente invadindo sua casa.

Ele seria agressivo com ela? Somente sobre o meu cadáver alguém levantaria a mão para a minha irmã...

Claro, considerando o fato de que eu já estava morta, isso era meio que uma ameaça vazia.

— Ovos? — Brandon parecia perturbado. — Desde quando ovos já estiveram no cardápio? Odeio ovos.

Meus ombros cederam de alívio. Ele não a reconheceu. Claro que não. Brandon prestava menos atenção aos empregados do que em... bem, Nikki, se ele conseguisse evitá-la.

— Houve uma pequena mudança, senhor — disse Frida. — O chef está confiante de que você vai encontrar um alimento que te agrade.

Jesus! Onde Frida tinha aprendido a falar aquele tipo de coisa? Ela realmente soava como uma assistente de cozinha de verdade. Eu não conseguia acreditar. Minha irmã caçula estava crescidinha!

Brandon olhou para a gosma amarela no prato.

— Não tem waffles belgas? — perguntou, agora soando um pouco desamparado.

— Isso é vergonhoso! — falou Nikki. — Não se acha mais bons empregados. — Ela jogou seu guardanapo ao lado do prato e começou a se levantar. — Vou mostrar para esse chef que isso não se faz.

— Não. — Rapidamente, joguei meu próprio guardanapo na mesa, fingindo indignação. — Eu faço isso. Não há nenhuma razão para o restante de vocês não ficar aqui, relaxem.

Levantei-me e segui pelo chão de mármore liso preto em direção a Frida, com Cosabella, que me seguiu até o andar de baixo, trotando atrás de mim, as unhas fazendo o barulho familiar no mármore. Durante todo o tempo, meu coração acompanhava o barulho dos meus saltos e das unhas de Cosabella. Eu estava um pouco envergonhada porque meu coração parecia estar dizendo: *Chris-to-pher*, meu coração batia no ritmo dos meus passos. *Chris-to-pher*.

Aquilo era ridículo, eu sei. Agora não havia tempo para pensar em garotos. Especialmente garotos que tinham me abandonado por causa dos meus "problemas em confiar". Eu precisava me concentrar na minha irmã.

Minha irmã que tinha se colocado estupidamente, tolamente e espantosamente em risco por minha causa.

De certa forma, eu estava muito orgulhosa dela (não que eu tivesse alguma intenção de deixar isso transparecer enquanto estivesse brigando com ela). Como ela havia chegado de Nova York até aqui? Ela era apenas uma caloura... uma criança, afinal de contas. Parecia que outro dia mesmo estava implorando para eu levá-la para ver o Gabriel Luna num show na Stark Megastore.

Ou implorando para eu não ir com ela, na verdade, pois não queria que eu fosse vista com ela e a envergonhasse em público porque eu aparentava e me vestia mal. Isso tinha sido antes de me tornar Nikki Howard, claro. Deus, como o tempo voa.

— Venha comigo, mocinha — falei segurando o braço de Frida. — Vamos ter uma conversa com esse seu chef.

— Hum — disse Frida. Ela mal conseguia me acompanhar com as pernas bem mais curtas enquanto eu a apressava em direção à cozinha. — Como quiser, senhora.

Ele não estaria lá. Eu sabia que ele não estaria lá. Eu vi o olhar no rosto dele na noite anterior quando ele me disse que havia desistido de mim.

Sem mencionar o olhar dele naquela manhã na limusine, do lado de fora da casa do Dr. Fong, quando eu disse a ele que as coisas poderiam ter sido diferentes se ele simplesmente tivesse gostado de mim como eu era antes da cirurgia.

Mas ele não tinha gostado, e agora era tarde demais.

Não me admirava que ele não estivesse disposto a me perdoar...

... e estivesse tão convencido de que eu tinha problemas.

E tudo bem, o que eu disse a ele na limusine era mentira, embora eu tivesse dito a mim mesma naquele momento que acreditava naquilo. Eu precisava fazê-lo para ser capaz de conseguir dizer.

A expressão que vi no rosto dele quando eu disse aquelas palavras não foi a expressão de alguém que parecia disposto a me dar uma nova chance mais tarde.

A não ser que... bem, Frida estava aqui. Nunca pensei nem em um milhão de anos que a veria. Milagres, assim parecia, *aconteciam*.

Então talvez... apenas talvez...

Quando empurrei a porta vaivem da cozinha com toda a força possível, tentando passar a imagem, por causa de Brandon, da irritada namorada de um bilionário, Lulu, que usava uma roupa e um chapéu de cozinheiro iguais aos de Frida, soltou um grito.

Meu coração se esvaziou como um balão pisoteado por algum palhaço de aniversário, com seus sapatos gigantes e idiotas.

Não vi Christopher em lugar nenhum.

Em vez disso, Lulu, deixando escapar um suspiro de alívio, sorriu como se eu fosse o Ryan Seacrest dizendo a ela que ela era a nova American Idol.

— Ah, graças a Deus — disse ela, colocando a mão sobre o peito. — São vocês duas. Ah, e Cosy! Você me *assustou*. Vocês precisavam chegar sorrateiras desse jeito?

Minha mente rodava enquanto eu tentava entender o que estava vendo na minha frente: minha colega de apartamento, Lulu Collins, isso sem mencionar minha irmã, estava na cozinha da casa de praia de Brandon Stark.

Claro. Claro que estavam. Onde mais poderiam estar?

— O que — perguntei quando finalmente recuperei o fôlego devido a toda aquela loucura — vocês estão fazendo aqui? Como vocês entraram aqui? E onde está o chef que deveria estar aqui?

— Não sei — disse Lulu, respondendo à minha última pergunta primeiro, dando de ombros. Ela se virou para desligar o fogão onde estava fritando alguma coisa em uma panela. Tinha um cheiro realmente delicioso, como massa de panqueca. Quando Lulu aprendeu a cozinhar qualquer coisa fora sua especialidade, *coq au vin*? — Eu lhe dei um cheque para tirar o dia de folga. E pegamos suas coisas emprestadas e entramos. Bem, entramos com o carro, na verdade. Ninguém checou nossas identidades nem nada. Em, você está bem? A gente estava tão preocupada com você. Você tem agido de um jeito tão estranho! Que blusa fofa. Não retribua meu abraço, não quero deixar pedaços de panquecas em você.

Lulu veio me abraçar. Fiquei lá parada com seus bracinhos magrelos ao redor do meu pescoço, olhando pela lateral do seu chapéu de cozinheiro para Frida, que ficou sorrindo para mim timidamente.

— Mamãe e papai sabem onde você está? — indaguei, embora já soubesse a resposta.

— Mamãe e papai acham que eu estou no acampamento de animadoras de torcida — disse Frida. — E antes que você fique ainda mais brava, Em, deixe-me lembrá-la de que eles adiaram a viagem deles para a casa da vovó para ficar na cidade e estar com você. Mas então você simplesmente viajou para ficar com seu novo namorado, Brandon Stark. Eles não estão exatamente felizes com você.

Pisquei para ela.

— Mas... — comecei a protestar.

— Sim — disse Frida, assentindo. — Eu sei. Mas eu não podia dizer a eles que você estava aqui contra sua vontade, podia? Ou eles surtariam. Então tive que ser toda *Ah, não, ela está apaixonada pelo Brandon agora.* E corroborar com o que os tabloides estavam dizendo, assim como todo mundo. Mesmo sabendo que você não dá a mínima para Brandon Stark. Podia ver na sua cara, mesmo que mamãe e papai não pudessem. Mas só para você saber, você está basicamente os matando, um pouquinho por dia. Está feliz?

Pisquei para ela. Então meu namorado pensa que tenho problemas em confiar e estou matando meus pais? Isso não era exatamente algo que eu queria ouvir. Principalmente antes do café da manhã.

— Então quando Lulu me ligou no acampamento — porque mamãe surtou e disse que eu iria para o acampamento das animadoras de torcida porque, eu acho, ela não quer que eu me torne uma garota esquisita louca por garotos como você, Em — para dizer que ela queria te ajudar — disse Frida —, eu aproveitei a chance. Porque o que você acha mais importante: salvar sua amada irmã ou aprender a dar uma cambalhota para cima seguida de um espaguete?

Como eu não tinha ideia de como responder àquela pergunta — uma cambalhota para cima seguida de um espaguete devia ser algum tipo de movimento de animadora de torcida — soprei os cabelos presos no gloss dos meus lábios e as fitei quando Lulu me soltou e se afastou para mexer na frigideira de ferro que estava fora do fogo. Havia nela, eu vi, uma panqueca.

Lulu realmente estava planejando servir panquecas.

Depois, se aprumando até ficar em sua altura máxima, mais que 20 centímetros menor do que a minha, Lulu disse:

— Sério, Em, você não devia ficar zangada. Estamos aqui para resgatar você.

Só fiquei parada encarando as duas. Não podia acreditar que tinham feito aquilo, percorrer tal distância apenas para me levar para casa.

— Vamos, Em — disse Lulu, fazendo um pequeno movimento para eu me afastar. — Vá pegar Steven, a mãe dele, Nikki e vamos embora. Você está pronta? Essa blusa é fantástica, aliás. Eu já disse isso?

— Ah, meninas — falei.

Senti as lágrimas espetando o canto dos meus olhos. Não pude evitar. Não podia acreditar em como elas estavam sendo doces, especialmente depois de eu ter tanta certeza de que ninguém se importava. Bem, exceto minha mãe. E Rebecca, minha agente.

Mas minha mãe só se importava porque precisava... porque era minha mãe. E Rebecca... bem, ela precisava de mim por causa do dinheiro que eu a fazia ganhar.

Ao mesmo tempo, tinha uma mágoa no meu coração que eu não conseguia negar e eu precisava lidar com o fato de que, enquanto elas estivessem lá, uma certa outra pessoa estava obviamente ausente.

Frida e Lulu, percebendo o surgimento repentino de lágrimas nos meus olhos, trocaram olhares.

— Hum — disse Lulu. — Tudo bem. Christopher estava certo.

Meu batimento cardíaco acelerou um pouco.

— Você falou com Christopher? — perguntei. — O que ele disse? Ele... te contou? — Se ele tiver contado a elas sobre meus supostos problemas em confiar, eu ia matá-lo.

— Sim — disse Frida. — Ele contou. E não se preocupe. Eu entendi. Aprendemos isso na minha aula de psicologia. Em. — Ela se virou em minha direção, colocou as mãos nos meus ombros nus e começou a falar em uma voz exageradamente lenta. — O que você está vivenciando agora chama-se Síndrome de Estocolmo. É quando você começa a simpatizar com seu sequestrador porque ele é bonzinho com você. Sei que Brandon é sexy e te deu essa blusa legal. Mas ele ainda é um cara mau. Só porque ele não a matou não significa que é seu amigo.

Assustada, tirei as mãos dela de mim.

— Você poderia calar a boca? Não estou apaixonada pelo Brandon. Eca, foi isso o que Christopher disse? Falando em Muito Idiota para Viver...

— Ah, ufa — disse Lulu, os ombros frágeis relaxando de alívio. — Ótimo. Olha, nós não temos muito tempo. Aluguei um jatinho para nos levar de volta para Nova York e ele está nos esperando na pista de decolagem. Eles cobram por hora, então, já sabe, vamos logo. Vá dizer aos Howard para virem aqui. A propósito... — Ela abaixou sua voz. — Steven perguntou por mim? Ele gostou dos ovos? Eu os fiz especialmente para ele. Ele ama ovos mexidos. Aliás, ele sabe que eu gosto dele, não sabe? Estou sendo muito óbvia. — Ela cutucou o braço da Frida. — Eu te disse que ovos mexidos eram óbvios demais. Eu deveria ter feito ovos estalados.

— Ai — disse Frida, esfregando o braço. — *Lulu*.

— Eu espiei lá fora há um minuto e o vi — continuou Lulu. — Ele fica muito sexy com casaco. É de cashmere e nós estamos na praia, pelo amor de Deus. Talvez ele devesse tirar aquela camisa. Estaria tudo bem por você se ele andasse por aí sem blusa, não estaria, Frida? Vê, a Frida não se importaria. E o que é aquele cabelo da Nikki? Ela não está nem ao menos tentando? E aquele verde é a cor errada para ela.

Eu respirei profundamente.

— Meninas — falei. — Sério. Nós não podemos ir embora agora. Christopher não contou para vocês? Nós temos que...

— Você está bem? — perguntou Frida. Ela havia tirado os óculos vermelhos de armação de plástico e agora piscava para mim, seus olhos pareciam bastante brilhantes. Percebi que era porque havia lágrimas neles. — Porque você está horrível. Quero dizer, por baixo da maquiagem e tudo. Você percebeu que não sorriu nenhuma vez desde que chegamos aqui?

— Você não sorriu nenhuma vez desde que deixou *Nova York* — disse Lulu acusadoramente. — Eu sei, tenho você nos alertas de busca do *Google*. Tenho visto todas as fotos que estão tirando de você, e você parece totalmente triste. Foi assim que soubemos. — Ela me lançou um olhar repleto de significado. — Que você precisava ser resgatada.

— Olha. — Peguei Lulu e Frida pelo braço e comecei a conduzi-las em direção à porta dos fundos, pela qual a entrega de comidas era feita. — Muito obrigada por tentarem me resgatar. Agradeço muito. De verdade. Mas nós temos que...

Antes que qualquer um pudesse dizer mais uma palavra, a porta vaivem da cozinha abriu com força. Lulu deixou escapar um grito...

... pelo qual eu não podia culpá-la, pois repentinamente Brandon Stark estava lá parado na nossa frente.

OITO

— QUE DIABOS — quis saber BRANDON, OLHANDO PARA FRIDA, para Lulu, para mim e depois para Frida novamente — é isso?

— Ah — disse Lulu. Os olhos escuros tinham ficado do tamanho das panquecas que ela estava fazendo. — Oi, Brandon. Gostou dos ovos? Eu mesma os fiz.

Brandon ignorou a pergunta. E eu não podia exatamente culpá-lo por isso.

— O que vocês estão fazendo aqui? — Ele desviou o olhar sobre ambas e insistiu em mim.

Eu sabia que precisava tomar uma atitude, e depressa. Não era como se eu tivesse muito tempo para pensar em como lidar com aquilo, ou o que eu ia dizer ou fazer. Ninguém havia me avisado que teríamos uma segunda tentativa de resgate naquela manhã. Não era como o lance da bomba no carro, para o qual tinha ficado acordada durante noites remoendo e planejando. Quero dizer, eu realmente odiava Brandon Stark, então resolvi fazer com ele a coisa mais malvada na qual conseguia pensar, que era colocar fogo em seu pertence favorito.

Mas nesse caso, não tive a chance de pensar em algo tão genial quanto um fusível de queima lenta feito com um colar de contas mergulhado numa composição química. Apenas fiz a primeira coisa que veio a minha cabeça.

Atirei-me sobre ele, deixando um braço cair sobre seu peito e aconchegando meus seios nos seus ombros.

Essa era outra vantagem de ser Nikki Howard. Ela distraía os homens.

— Minhas amigas vieram me visitar, Brandon — ronronei. — E fizeram o café da manhã. Não é uma ótima surpresa?

Brandon não parecia achar que era uma ótima surpresa. Na realidade, ele continuava com cara de assassino, ignorando completamente minha voz ronronante. E os meus seios. O que era bem incomum da parte dele.

— Não — disse ele, furioso. — Onde está o chef? Paguei muito dinheiro por aquele chef.

— Ele estará de volta amanhã — cantarolou Lulu. — Prometo. Olha, Brandon. Eu ia fazer panquecas para vocês!

Brandon parecia compreensivelmente indiferente.

— Lulu — falou ele. — Foi você quem colocou fogo no meu carro?

Lulu parecia confusa, o que fazia sentido, já que ela não tinha nada a ver com a destruição do Murciélago de Brandon e não fazia ideia do que ele estava falando.

— O quê? — perguntou ela, levando a frigideira de volta ao fogão com um barulho estridente. — Não...

— Eu sabia — retrucou ele, pegando o iPhone no bolso. — Sabia que não tinham sido os paparazzi que destruíram meu carro. É isso. Vou ligar para a polícia e prender todas vocês.

Eu o soltei e dei um passo para trás.

— Brandon — falei. — O que você está fazendo?

Embora estivesse bem claro o que ele estava fazendo quando o som do 911 tomou o ambiente.

— Não se preocupe, querida — disse ele para mim. — Tenho tudo sob controle. — Apontou para Lulu e Frida enquanto dizia: — Isso é invasão, sabe, e isso, minhas amigas, foi destruição de propriedade. Aquele Murciélago valia mais de 250 dólares. Lulu, seu pai pode pagar de volta, mesmo com seu último filme tendo sido um desastre. Sim, alô — disse ele quando alguém do outro lado da linha do celular atendeu. — Eu gostaria de comunicar uma...

Mas antes que suas últimas palavras saíssem, um braço musculoso vestido de cinza-carvão surgiu em volta do seu pescoço, aparentemente vindo de lugar nenhum.

E a voz de Brandon foi interrompida. Ele derrubou o celular, tentando arranhar o braço.

Mas era tarde demais. Um segundo depois, Brandon fechou os olhos. O braço o soltou e Brandon afundou silenciosamente até o chão, inconsciente. Cosabella correu até ele para fungar sua orelha e depois deu uma lambida encorajadora.

Nós todas ficamos lá, olhando para ele, totalmente sem saber o que tinha acontecido, tudo tinha sido tão rápido, até que alguém pigarreou.

Foi quando vimos Steven. Aparentemente, tinha ficado atrás de Brandon durante todo o tempo em que conversava conosco. Seu braço tinha sufocado Brandon até fazê-lo desmaiar.

— Steven — disse Lulu, o rosto se transformando numa expressão que só consigo descrever como completa adoração. — Oh, oi!

— Hum — disse Steven, parecendo um pouco desconfortável. — Oi, Lulu.

— Ai meu Deus — gritou Frida, pegando uma colher e abaixando-se para colocá-la diante do nariz do Brandon, aparentemente para checar se ele ainda estava respirando. — Ele está morto!

— Não — respondeu Steven um pouco timidamente. — Ele não está morto. Vai acordar logo, novinho em folha. Não vai nem saber o que aconteceu.

— Você aprendeu esse golpe no treinamento *militar*? — perguntou Lulu enquanto passava por cima do corpo de bruços de Brandon para chegar até Steven e esfregar seu corpo contra o dele, como um gato. E eu não estou mentindo quando digo que seus cílios vibravam.

— Hum — disse Steven, olhando para ela ainda mais hesitante do que antes. — Sim?

— Isso foi incrível — falou Frida. Ela parecia tão admirada quanto Lulu. Talvez ainda mais. Lancei a ela um olhar irritado. Ela deveria sentir-se atraída por Gabriel Luna, não pelo irmão mais velho de Nikki Howard.

— Então — disse Steven, ignorando o novo fã-clube. — Alguém se importa de me dizer o que está acontecendo aqui?

Quando ele fez a pergunta, houve um som de uma explosão... tão poderoso que realmente abalou um pouco a cozinha, fazendo com que todas as panelas e frigideiras penduradas no suporte sobre a bancada do meio se batessem e tilintassem. Eu me agarrei à bancada para não cair.

— O que foi *isso*? — perguntei, assustada.

— Ah. — Lulu puxou o chapéu de chef para que o mesmo ficasse num ângulo mais ousado, e disse: — Foi só o Christopher. Ele deveria explodir alguma coisa para distrair os guardas, e Brandon, para que pudéssemos todos fugir em segurança pelos fundos. — Ela olhou para Steven com adoração. — Mas Steven já distraiu Brandon, como podem ver.

— Espere — falei, meu coração parando. — Christopher está *aqui*? Com vocês?

— Claro que ele está aqui — disse Frida. — Ele contou que vocês conversaram ontem à noite. — Enquanto Lulu explicava, ao mesmo tempo piscava seus grandes olhos de Bambi para Steven. — Estamos aqui para resgatar você. E sua mãe e Em. — Então acrescentou com uma pitada de desgosto: — E sua irmã também.

— Steven! — A porta da cozinha se abriu. Era a Sra. Howard, pálida, seguida por Harry e Winston. — O que está acontecendo? O que foi aquele... — Ela olhou para o Brandon inconsciente. Ele parecia estar dormindo suavemente como um bebê. — Ai, meu...

— Ele está bem, mãe — assegurou Steven rapidamente à mãe em pânico. Ele colocou um braço em torno dela. — Por que você e Nikki não vão buscar algumas coisas? Acho que teremos que partir em um minuto ou dois.

A Sra. Howard balançou a cabeça, incapaz de desviar o olhar da direção do Brandon.

— Parece que estamos sempre fugindo dos lugares nas horas mais inesperadas — murmurou.

Mas sua reação foi tranquila se comparada com a da filha, que chegou alguns segundos depois que sua mãe tinha saído e choramingou:

— O que está acontecendo? O que foi aquele...

Foi quando dirigiu o olhar para o chão e soltou um grito de gelar o sangue.

— Brandon! — Nikki caiu de joelhos ao lado do namorado. — Ai meu Deus, Brandon! Você está ferido?

Brandon realmente parecia estar recuperando a consciência quando ela perguntou, em parte porque Nikki o tinha colocado numa posição sentada. Ele jogou a cabeça para a frente e para trás, murmurando algo sobre não querer mais salada de caranguejo. Quando suas pálpebras se abriram, ele olhou para Nikki e perguntou numa voz confusa, assim como nos filmes:

— O que aconteceu?

— Steven te deu um golpe militar secreto — voluntariou-se Lulu para responder. — Mas não se preocupe. Você vai ficar bem.

— O *quê?* — gritou Nikki, jogando a cabeça em direção ao irmão. — *Você* fez isso? Por que você iria fazer algo assim logo com Brandon? Ele tem sido tão legal com a gente!

Hum, talvez ele esteja sendo legal com ela. Mas comigo? Não muito.

— Porque ele ia ligar para a polícia e mandar prender suas amigas, Nikki — explicou Steven. — E elas só estão tentando ajudar.

— Ajudar? — O cabelo alisado de Nikki voou quando desviou o olhar de Steven para Lulu, daí para mim, voltando para Steven novamente. — Ajudar como?

— Nos ajudar a sair daqui, Nikki — falei. Eu não queria ser a pessoa a dar as más notícias para Nikki. Mas alguém tinha de fazê-lo. — Agora que você contou ao Brandon o que ouviu sobre os Stark Quarcks, ele não precisa mais de você. Ele vai se livrar de você e da sua família.

Brandon não contestou. Para ser sincera, ele não parecia estar em sua melhor forma para fazê-lo.

— Não. — Ela balançou a cabeça de um lado para o outro tão rapidamente que boa parte do seu cabelo brilhante ficou com eletricidade estática e apontou para o ar. Mas ela não parecia notar. — Não, ele não vai. Ele vai fazer a minha cirurgia. Não vai, Brandon? Diga a eles. — Brandon ainda estava um pouco grogue por causa do que quer que Steven tivesse feito a ele, por isso Nikki, acho que para tentar ajudar, deu alguns beijinhos no seu rosto. — Você me ouviu Brandon? Diga a eles!

— Hã, Nik? — disse Steven. — Bater nele não vai ajudar muito.

Foi nesse momento que a porta dos fundos da cozinha se abriu e Christopher entrou num estouro, com uma mancha de alguma coisa parecida com óleo na bochecha, calça jeans suja e jaqueta de couro aberta. Ele parou à soleira da porta, aparentemente surpreso por nos ver lá reunidos e, particularmente, por ver Brandon no chão...

E a mim, em pé sobre ele.

Mas ele só precisou de um minuto ou dois para se juntar a nós.

E foi preciso apenas uma batida do meu coração para que minha respiração parasse completamente ao vê-lo.

O que era irritante. Porque eu estava muito, muito, furiosa com ele. E definitivamente não estava mais apaixonada.

Por que eu estaria apaixonada por uma pessoa tão irritante e teimosa?

Ou, pelo menos, isso foi o que eu disse a mim mesma.

— Ah, ótimo — disse ele. — Estão todos aqui. Vamos, então. Não temos muito tempo. Tenho certeza de que um dos seguranças telefonou para a polícia. Estão todos na praia agora, apagando o incêndio. Ainda assim, precisamos ir.

Ah, o incêndio. Certo. Claro.

— O que fazemos com ele? — perguntou Steven, apontando a cabeça para Brandon.

Christopher olhou para o herdeiro da vasta fortuna de Robert Stark.

— O que aconteceu com ele? — perguntou com curiosidade.

— Steven deu um golpe militar asfixiante secreto nele — voluntariou-se Lulu novamente, tagarelando do mesmo jeito que fez antes.

— Excelente — disse Christopher, balançando a cabeça para dar os parabéns a Steven. — Amarrem-no.

Amarrá-lo? Olhei para Brandon, que parecia tão assustando quanto eu. Eu não podia acreditar que Christopher, o *meu* Christopher, tinha acabado de sugerir casualmente que amarrassem Brandon Stark. No que Christopher havia se transformado? Uma semana atrás ele era um calouro nerd, porém sexy, que só tirava dez no Colégio Tribeca Alternative em Manhattan.

Agora, repentinamente, ele era o John Connor de "O Exterminador do Futuro"?

— Amarrá-lo? — Nikki olhou para cima com os olhos, já borrados de rímel, se enchendo de lágrimas. — Você não pode estar falando sério. Você *não* vai amarrá-lo.

— Aqui tem alguns barbantes — disse Lulu depois de abrir algumas gavetas da cozinha.

— Perfeito — falou Christopher, e pegou o rolo de barbante que Lulu entregou a ele. — Steven, você pode me ajudar aqui?

— Com todo o prazer. — Steven se curvou para começar a amarrar as pernas de Brandon com metros de barbante de cozinha enquanto Christopher amarrava os pulsos.

— Vocês estão loucos? — perguntou Brandon. Ele parecia estar voltando a si, mas não o suficiente para lutar contra o que estava acontecendo. A não ser com a voz. — Vocês sabem quem eu sou? Quando meu pai souber disso...

— Quando ele souber do quê? — questionou Christopher. — Que você estava com a garota que ele tentou matar aqui na sua casa por quase uma semana e não contou a ele porque estava tentando fazê-la revelar o motivo pelo qual ele queria matá-la?

Christopher tinha um argumento. Por outro lado...

Frida veio até mim e cochichou:

— O que vai acontecer quando Brandon se soltar das cordas ou algo do tipo? Quero dizer, ele não vai ficar furioso?

— Acho que sim — falei.

— E então ele não virá atrás de todos nós? — perguntou de forma preocupada.

— Provavelmente — falei.

Era exatamente naquilo em que eu estava pensando. Estava surpresa por Frida ter calculado isso. Frida, ultimamente, estava começando a demonstrar um crescimento e maturidade surpreendentes para alguém que, há poucos meses, estava disposta a ficar horas na fila só para conseguir o autógrafo de um cara do qual eu nunca tinha ouvido falar.

De repente, fiquei ciente de que os soluços de Nikki tinham atingido um tom agudo. Eu nunca tinha ouvido um choro daquele tipo, mas já tinha lido a respeito nos livros. Soava como um lamento, só que mais alto. Nikki estava abraçando a si mesma e balançando de um lado para o outro como uma criança de quem tinham tomado o brinquedo favorito.

— Não, não, não, *não* — dizia ela com os "nãos" ficando progressivamente mais altos. — Eu *não* vou sair daqui! Não sem Brandon!

Lulu, percebi, estava assistindo ao teatro de Nikki com menos compaixão do que qualquer um no ambiente. Como nunca vi Lulu se comportar de outra forma senão amável para com alguém, fiquei surpresa quando ela disse sem sutileza para Nikki:

— Você parece tão dedicada ao Brandon agora, Nikki. Mas você não era tão dedicada assim quando saía por aí pelas costas dele, e pelas minhas, com o meu namorado, Justin, era?

Isso cortou o choro de Nikki como uma sirene silenciada repentinamente, bem na hora em que ouvimos, ao longe, o som de uma sirene de verdade.

A polícia estava a caminho

Brandon olhou para Nikki, surpreso, quase como se a estivesse vendo realmente pela primeira vez.

— Você? — As sobrancelhas dele enrugaram. — E *Justin*?

Nikki ficou boquiaberta e desviou o olhar de Brandon para Lulu e depois de volta para Brandon, parecendo engolir um pouco de ar, como se fosse um dos peixes do aquário de Brandon... um que tivesse saltado para fora, acidentalmente, da segurança de suas águas azuis tranquilizadoras.

— Você... você descobriu isso? — perguntou Nikki, parecendo um pouco aturdida.

— Ele tentou fazer respiração boca a boca na Em — disse Lulu, apontando para mim. — Só que ela não estava tendo nenhum problema em respirar, se é que você me entende.

Estremeci. Sempre me perguntei se Lulu estava olhando pela janela naquele dia em que Justin avançou em mim sem que eu percebesse, do lado de fora do apartamento.

Agora eu sabia. Pobre Lulu.

E pobre Nikki. Ela piscava como se alguém tivesse lhe dado um tapa. A boca ainda estava se movendo sem soltar um som, como se estivesse tentando dizer alguma coisa.

Só que nenhuma palavra saía.

— Eu adoraria ficar por aqui e dar continuidade a esse episódio muito especial de *America's Next Top Teen Supermodel* — disse Christopher —, mas precisamos nos mexer antes que...

A campainha tocou.

— Acho que essa é a nossa deixa — disse Steven.

A Sra. Howard reapareceu à porta da cozinha, segurando a mesma sacola com a qual estava ao deixar a casa do Dr. Fong cerca de uma semana atrás.

— Suponho — disse ela — que eu não deva atender.

— Não — disse Christopher. — Não deveria.

Nikki levantou-se de súbito e se atirou sobre a mãe.

— Mãe — gritou. — Eles estão nos obrigando a ir com eles! E deixar Brandon para trás!

Olhei para Christopher. Sabia que ele me odiava agora e tudo o mais. E talvez tivesse motivos para tal.

Mas ainda assim, ele tinha que me ouvir. Afinal, era a minha fuga também.

— Temos que levá-lo com a gente — falei.

Christopher olhou para trás em minha direção como se nunca tivesse me visto na vida. Na verdade, parecia muito com aqueles primeiros dias na aula de Retórica do Sr. Greer, quando Christopher não sabia que era eu, Em, olhando para ele através dos famosos olhos azuis de safira de Nikki Howard.

— Claro que não — disse ele enfaticamente. — Isso não faz parte do plano.

Caminhei até ele e parei de um jeito que deixou meu rosto a apenas alguns centímetros do dele.

— Temos que mudar o plano — falei. — Porque se não fizermos isso, assim que o avião aterrissar, seremos cercados por um bando de policiais federais. Brandon vai telefonar para eles. Tenho certeza.

— Ele não vai telefonar para ninguém — disse Christopher. — Ele não pode. O que ele vai dizer? Que ele te sequestrou e você fugiu?

— Ele vai inventar alguma coisa para dizer sobre todos nós — falei. — Dirá que fizemos coisas horríveis com ele e, quando dermos conta, Steven estará no programa *Os mais procurados da América*.

— Acho que este programa nem está mais no ar — retrucou Christopher, olhando para mim com as sobrancelhas

96

franzidas. Seus lábios, não consegui deixar de notar, estavam muito perto dos meus.

Eu me odiei por perceber isso.

— Ah, está sim — falei. — E você sabe quem estará estrelando nele em breve? Você, se continuar agindo dessa forma. O que você explodiu, aliás, enquanto estava lá fora "distraindo os seguranças do Brandon"? Como você sabe que nenhum deles se feriu?

Ele pareceu indignado.

— Porque nenhum deles se machucou — disse ele. — Eu estava lá. Foi somente uma bomba caseira e eu joguei na direção da praia, longe de todo mundo.

— Incluindo os paparazzi? — perguntei. — Eles estavam escondidos nas dunas.

— Verifiquei com antecedência — revidou Christopher. — Ninguém estava lá. Deus, Em, o que você quer de mim?

Obviamente eu não podia dizer o que queria dele. Porque não seria exatamente apropriado dizer na presença das pessoas que parte do meu desejo tinha a ver com a língua dele na minha boca.

— Quero que seja responsável por seus atos — falei, em vez disso. Eu não sabia o que havia de errado comigo. Por que eu estava gritando com ele quando ele só estava tentando me ajudar, o que era bem generoso da parte dele, considerando o fato de que nem gostava mais de mim? — Sem ficar por aí agindo como seu avatar do *JourneyQuest* que, aliás, também sempre atacava antes de pensar, por isso você sempre acabava dominado...

— Você nunca me dominou — revidou Christopher. — Eu dominei você...

— Hum — disse a Sra. Howard. A campainha tocou novamente. Agora alguém também estava esmurrando a porta.

— Odeio interromper. Mas realmente acho que deveríamos ir embora agora...

— E eu acho que levar Brandon com a gente é provavelmente a coisa mais sensata a se fazer — continuou a Sra. Howard. — Caso contrário, acho que ele talvez faça algo... impulsivo.

— Se você encostar a mão em mim — rugiu Brandon, debatendo-se no chão —, vou chamar meus advogados! Vou processar todos vocês! Você também, Lulu! Só porque sua mãe e minha mãe viveram na mesma *ashram*, não ache que eu não vá fazer isso!

Lulu olhou para Brandon com os olhos apertados. Ficou claro que ele cometeu um grande erro trazendo à tona sua mãe, de quem Lulu nunca tinha sido capaz de mencionar sem emoção.

— Ele vem junto — disse ela, tirando um pano de prato do bolso do avental. — Mordaça nele, Steven.

Levou apenas alguns segundos para Steven empurrar o pano de prato na boca aberta e protestante de Brandon. Quando dei por mim, ele e Christopher estavam meio que arrastando, meio que empurrando Brandon pela porta dos fundos para a lateral da casa, em direção a uma minivan estacionada. O som das ondas atingindo a praia a uns 10 metros era alto...

Mas não tão alto quanto o som de mais sirenes que se aproximavam.

O ar do lado de fora era fresco e cheirava a uma mistura de fumaça de madeira e maresia. Cosabella, animada para fazer o que ela pensava ser sua caminhada matinal, correu na minha frente farejando tudo o que encontrava e fazendo seus "negócios", juntamente aos cães da Sra. Howard.

Nikki seguia tropeçando enquanto andava nos seus saltos plataforma e olhava de volta para a casa.

— Minha operação — disse ela, baixinho. — Se partirmos, não vou fazer a minha operação.

— Sim — disse seu irmão, numa voz tão antipática quanto a que Lulu havia usado para falar de Justin. — Bem, é melhor assim. Mamãe disse que essa operação iria matá-la, lembra?

— Mas — disse Nikki, triste. — Eu só quero ser bonita.

Não vou mentir: quando ouvi aquilo, *eu* cambaleei.

Eu mal conseguia olhar para ela. *Eu só quero ser bonita.* Ai, meu Deus.

Nikki não tropeçou novamente quando todos nós entramos no carro (bem, Brandon teve que ser amassado atrás do banco traseiro da minivan, um insulto que ele não pareceu apreciar nem um pouco, caso o grunhido que dava para ouvir lá de trás fosse alguma indicação) e começamos a andar em alta velocidade até o aeroporto, passando pelos bombeiros no caminho.

Lulu, que ainda estava com seu chapéu de chef, acenou alegremente para os bombeiros bonitos, alguns realmente acenaram de volta para ela, alegremente inconscientes de que nós que tínhamos causado o fogo ao qual estavam atacando.

Mas o rosto de Nikki, quando olhei para ela, era a coisa mais triste que eu já havia visto.

Eu só quero ser bonita.

Posso não ser mais uma prisioneira...

Mas Nikki, de repente, parecia estar se sentindo como uma.

NOVE

Dissemos aos pilotos e aos comissários de bordo que Brandon estava amarrado porque o estávamos levando para a reabilitação contra sua vontade.

Eles sabiam o suficiente sobre Brandon Stark depois de terem lido sobre ele nos tabloides, e até mesmo por terem voado com ele uma ou duas vezes, para acreditar. Eles caminhavam ao redor durante o voo, balançando a cabeça como se estivessem pensando *"Ah! Os pobres garotos mimados bilionários! Estou muito feliz por meu filho não ter nenhum problema desse tipo."*

Mas ainda havia o problema sobre o que Brandon iria fazer com a gente quando o avião pousasse.

— Mandar prender cada um de vocês — rosnou ele para nós uma vez, quando conseguiu tirar a mordaça da boca.

Lulu, revirando os olhos, colocou o pano de prato de novo no lugar.

A Sra. Howard achou que deveríamos fazer uma coletiva de imprensa, como o improviso que fiz quando estava tentando encontrá-la.

— Boa ideia — disse Steven, inclinando-se com os cotovelos sobre a mesa lustrosa à sua frente. — Mas o que, exatamente, vamos dizer nesta coletiva de imprensa?

— Bem, a verdade — disse a Sra. Howard. — Que Robert Stark tentou assassinar minha filha.

— E onde está a prova? — quis saber Christopher.

— Você está olhando para ela — disse a Sra. Howard, apontando para mim.

Christopher definitivamente não estava olhando para mim. Ele tinha procurado olhar para todo lugar cuidadosamente, *menos* para mim. Agora que tínhamos terminado, por causa de meus problemas de confiança, ele havia se sentado no lugar mais distante de mim à mesa de jantar para seis pessoas do grande avião.

Não que eu me importasse. Ou fingisse me importar, ou mesmo percebesse. Sentei-me num banco na frente da televisão de tela plana e comecei a procurar pelas opções de DVDs para checar se eles tinham alguma coisa nova que não tinha visto ainda.

— Mas ela está claramente viva e bem — salientou Steven, acenando para mim. — Acho que vai ser um pouco difícil para o espectador americano médio compreender que Em não é Nikki Howard. Penso que a prova a que Christopher se refere é algo um pouco mais real do que apenas a palavra de Em de que ela não é Nikki por dentro. Porque na verdade ela é, por fora.

— Ela tem uma cicatriz — disse Frida. — Em poderia mostrar-lhes a cicatriz da cirurgia. No lugar onde fizeram a cirurgia.

— Acho que precisamos de mais — disse Steven, pensativo. — Precisamos de uma testemunha real. Talvez alguém que estivesse lá quando fizeram as cirurgias.

— Bem, podem esquecer o Dr. Fong — falei, voltando para a frente da cabine. Tinha acabado de desligar o telefone do jato.

— Eles o mataram? — gritou Lulu num tom horrorizado.

Steven lhe lançou um olhar cauteloso. Eu realmente não sabia se ele gostava dela ou não. Às vezes achava que sim e às vezes não tinha certeza. Enquanto eu a considerava uma garota encantadora, Lulu às vezes parecia assustar o irmão de Nikki, com sua intensidade.

Acho que eu meio que sabia o porquê. Quando ela entrou no avião, trocou o uniforme de chef por um body com estampa de leopardo, uma saia de filó roxa e uma jaqueta de lantejoulas, com uma boina vermelho-cereja assentada sobre o cabelo louro chanel em um ângulo libertino que mostrava o tom *café au lait* de sua pele.

Ainda assim, achei que ela estava fofa.

Steven, por outro lado, parecia considerá-la uma espécie que nunca tinha visto antes, na natureza, num cativeiro ou em qualquer outro lugar.

Suponho que não houvesse muitas meninas como Lulu em Gasper.

— Ui, não — falei. — Acho que ele está fugindo, como nós estamos. O operador diz que seu telefone de casa não está mais funcionando e, quando liguei para o Instituto Stark de Neurologia e Neurocirurgia, e perguntei por ele, disseram que ele tinha pedido demissão.

Lá do fundo do avião, ouvi um soluço triste. Olhando em volta, vi que tinha vindo de Nikki, enrolada em um assento ao lado da janela.

Acho que não deveria estar surpresa. O Dr. Fong tinha sido sua última esperança para recuperar seu antigo corpo de volta.

Eu só quero ser bonita, ela tinha dito, com a voz mais triste que eu já ouvira.

Quem não queria?

Bem, tudo bem... Eu não queria. Ser bonita era a última coisa com a qual costumava me preocupar. De volta aos dias anteriores, antes de aquela TV de plasma atingir minha cabeça, eu não costumava fazer qualquer esforço para ficar bonita.

Por isso Frida nunca queria ser vista comigo. Eu simplesmente colocava qualquer uma das minhas roupas que estivesse mais perto no chão. O corte de cabelo era o mais barato do Supercuts. Maquiagem era... nada. Acho que talvez tenha tentado uma ou duas vezes para fazer um esforço, mas somente com indiferença, e sempre tinha terminado em desastre. É como se eu tivesse concluído *Bem, não posso parecer a Nikki Howard, então acho que vou simplesmente desistir.*

O que explicava até certo grau por que o garoto que eu gostava nunca tinha percebido que eu era do sexo feminino...

O problema era que agora eu estava numa posição bastante apropriada para notar que Nikki Howard nunca tinha sido muito bonita... *por dentro.* Talvez se ela pudesse simplesmente se esforçar para ser assim agora, seu interior pudesse começar a transparecer também...

Por outro lado... se eu tivesse que olhar para alguém andando por aí no meu corpo, acho que não estaria me sentindo muito bonita por dentro também.

— E a coisa dos computadores? — perguntou Frida. Ela pegou seu Stark Quark, que tinha ganhado de presente do Robert Stark. — Não podemos contar isso à imprensa ou à polícia? A coisa que a Nikki ouviu?

— Mas não temos nenhuma prova disso também — disse Steven, pegando o laptop. — Pelo menos, não ainda. — Ele olhou de forma questionadora para Christopher.

Mas tudo que Christopher fez foi erguer as duas mãos, ainda usando as luvas sem dedo, em um gesto de desamparo.

— Não olhe para mim — disse ele. — Estou fora.

Estreitei meus olhos para ele.

— O que você quer dizer com estar fora? — perguntei.

Lulu olhou para mim e, apertando seus lábios vermelho-cereja — ela estava usando muito gloss nesses dias por causa, eu sabia, de uma certa pessoa cujas iniciais eram S.H. —, disse:

— Christopher falou que viria com a gente para te ajudar a fugir do Brandon, porque sentia que era a coisa certa a fazer e porque te devia muito. Mas depois não queria ter mais a ver com nada disso.

— Então — falei, ainda fitando-o através dos olhos estreitados. Eu não conseguia acreditar que ele estivesse falando sério. — Nós deveríamos descobrir essa coisa toda dos Stark Quarks sozinhos?

— Ei — disse ele. — É você que está tão preocupada por nos colocar em perigo. Então, provavelmente é melhor que eu vá embora. Para a minha própria segurança. Certo?

Eu o encarei.

— O que aconteceu com aquele papo de "derrubar"? — perguntei. — Não era esse o seu plano? Derrubar a Stark? Você vai simplesmente se esquecer de tudo aquilo?

— Em Watts não está morta — disse Christopher, me dando um sorriso inseguro. — Está?

— Então está tudo bem? — Eu não podia acreditar no que estava ouvindo. — E o discurso que fez na aula? Os 300 bilhões de dólares em lucro que a Stark levantou no ano passado e que foram para o bolso de Robert Stark. Os produtos falsificados baratos feitos na China que eles vendem

104

fazendo com que nossos produtos americanos não consigam competir. As lojas locais que as Stark Megastores expulsam da cidade. Como, se vamos deixar de seguir o caminho da Roma antiga, com uma economia em colapso e uma sociedade dependente de bens importados, temos de nos tornar produtores de novo e parar de consumir tanto...

Christopher deu de ombros.

— Não é problema meu — disse ele. — Você não precisa da minha ajuda. Você nem confia em mim o suficiente para *pedir* a minha ajuda. Lembra-se?

Eu olhei para ele, sem ter certeza se ele realmente falava sério ou não. Uma parte de mim estava bem certa de que ele falava. Seu olhar para mim era duro e estático, e havia uma curva para cima nos cantos da sua boca... ele estava sorrindo como se realmente estivesse se *divertindo* com aquilo.

Mas não conseguia evitar sentir como se, por trás daqueles olhos azuis, houvesse um Christopher diferente, o velho Christopher, me implorando para que eu pedisse sua ajuda diante daquele comportamento estúpido. E dissesse *Estou pedindo sua ajuda agora. Você vai nos ajudar? Você vai me ajudar?*

Só que eu não pedi.

Porque eu estava muito irritada com ele. Por que ele estava agindo como se tivesse quatro anos? Eu já havia explicado por que tinha tomado as decisões que tomei. Tinham sido decisões perfeitamente decentes e racionais.

Então por que ele estava agindo daquela forma?

— Nós nem sabemos se eles estão necessariamente fazendo alguma coisa errada com a informação, além de armazená-la — disse Steven, hesitante. — Sabemos? Se pelo menos soubéssemos para que eles a estão coletando...

Eu observava enquanto Christopher virava a cabeça para olhar para fora teimosamente através de uma das várias janelas do jato.

— *Eu não ligo mais* — disse para a janela.

Mas eu sabia que ele não estava dizendo aquilo para a janela.

Estava dizendo para mim.

E não seria exagero dizer que aquilo teve o efeito dele enfiando as mãos nas minhas costelas, arrancado meu coração do peito, puxado-o e lançado-o a 10 mil metros do chão (acho que estávamos em algum lugar sobrevoando a Pensilvânia naquela hora), assim como eu havia feito naquela manhã do lado de fora da casa do Dr. Fong.

Sério? Tudo isso porque eu não quis partir sem a Nikki na noite anterior e ele teve que mudar para o plano B, chamando Lulu e Frida para ajudá-lo?

Ou na verdade era por causa dos meus *problemas*?

Bem, se me perguntassem, eu diria que Christopher é o único com problemas.

Olhei para Lulu para ver o que ela estava achando de tudo aquilo e não fiquei muito surpresa em vê-la revirando os olhos. *Garotos*, balbuciou ela. Então fez um gesto para eu ir sentar ao lado dele.

Desculpe, mas Lulu tinha tragado o oxigênio de emergência? Porque não, isso não ia acontecer.

Em vez disso, voltei minha atenção para a conversa à mesa, ignorando Christopher, que estava ignorando todo o restante...

Mesmo sabendo o que estava por vir. Eu sabia que isso ia acontecer antes mesmo de sair da boca de Frida.

— Talvez — tinha dito ela — se Christopher não quiser ajudar, seu primo pudesse descobrir isso.

Claro. O primo gênio de computador de Christopher, Felix, que já estava em prisão domiciliar por ter cometido uma fraude contra um pastor evangelista da televisão em dezenas de milhares de dólares, programando um telefone pago local para discar automaticamente o número gratuito do programa de televisão dele centenas de milhares de vezes sucessivas (quem sabia que os donos do número 0800 realmente precisavam pagar toda vez que alguém telefonasse para eles?)

Por que não arrastar Felix para tudo isso, mesmo ele tendo a idade de Frida? Afinal de contas, Felix não tinha mais nada a perder.

— Não — disse Christopher, virando a cabeça novamente para nos encarar, rispidamente. Eu sabia que ele estava prestando atenção. — Se eu estou fora, ele está fora também.

Eu não conseguia não imaginar como Felix iria se sentir em relação à decisão dele. Felix parecia o tipo de garoto que, uma vez envolvido em um projeto, não iria abandoná-lo tão facilmente.

E Felix já havia encontrado um caminho para invadir o computador central da Stark por minha causa.

Eu não podia mais nem lidar com Christopher. Em vez disso, decidi apenas ignorá-lo. Havia muitas coisas mais importantes nas quais se pensar.

Uma delas era Brandon, e em como iríamos fazê-lo nos deixar em paz. Resolvi que iria dar um jeito nisso.

Sentei-me em frente a ele em um dos sofás de couro creme da Gulfstream.

— Brandon — falei, me inclinando para colocar uma das mãos sobre a mão dele... ambas estavam ficando um pouco inchadas por estarem amarradas por tanto tempo. — Se a empresa do seu pai vier abaixo, haverá uma abertura muito grande para um novo CEO. Seria uma vergonha se você não pudesse tomar o lugar dele por estar na cadeia por causa de todas as coisas que fez a mim. Você sabe, como me chantagear, me ameaçar e me levar para fora do estado contra a minha vontade, mesmo eu sendo menor de idade e tudo o mais. Isso vai soar *realmente* muito mal na Fox News. Quero dizer, não *quero* prestar queixa contra você por todas essas coisas. Porque, pelo que vejo, você ainda é um Stark, o que não é exatamente uma coisa boa... mas pelo menos você não parece apto a matar pessoas. Mas eu realmente vou te denunciar à polícia federal se você mexer com meus amigos depois que todos nós voltarmos a Nova York.

Brandon, olhando para mim com os olhos arregalados acima do enorme pano de prato verde e branco listrado que saía de sua boca, disse um monte de coisas.

Mas eu não podia entender qualquer palavra que fosse por causa da mordaça.

— Uma coisa que você precisa saber, Brandon — falei, me recostando na cadeira e cruzando as pernas —, é que fui eu quem colocou fogo no seu Murciélago.

Os olhos de Brandon ficaram ainda mais arregalados, e ele disse várias coisas em voz alta. Mas eu ainda não conseguia entender o que significavam. Bem, pelo menos não aquelas que não eram palavrões.

— Sim — falei. — Eu sei. Você realmente mereceu. Você não pode tratar as mulheres, ou qualquer pessoa, do jeito que me tratou. Entende? E não, eu não vou pagar um carro novo para você. Em vez disso, vou fazer muito pior se você mexer comigo novamente. Vou ligar para o pessoal da Oprah e agendar uma entrevista detalhada no programa dela para contar como você me usou e como é um completo fracassado.

Você se tornará o homem mais detestado do país. E então não terá chance alguma de os acionistas da Stark Enterprises deixarem você assumir quando seu pai cair.

Brandon ficou quieto quando falei tudo aquilo. Ele me encarou com os olhos feridos, quase como Cosabella quando briguei com ela por mastigar um par de Jimmy Choos, que por alguma razão ela parecia considerar irresistíveis.

— Então, o que é que vai ser? — perguntei a ele. — Você vai entrar no jogo? Ou vai continuar vivendo a vida agindo como um idiota completo? Porque em algum momento, Brandon, você vai ter que decidir. — Levantei as duas mãos como se fossem as balanças da Senhora Justiça. — Idiota? Adulto? Cabe a você.

Ele analisou minhas mãos. Em seguida, apontando para a mão que significava "adulto", disse algo. Só que é óbvio que eu não conseguia entender por causa da mordaça.

— Você disse "adulto", Brandon? — perguntei.

Ele assentiu vigorosamente. Inclinei-me para tirar a mordaça.

— Ah, graças a Deus — disse ele. — E eu te perdoo pelo Murciélago. Sério, eu perdoo. Admito, o que eu fiz com você foi realmente muito, muito ruim. Como você disse, sei ser um fracassado às vezes. Realmente sei. Agora, você poderia por favor, por favor, me soltar e dizer à aeromoça para me trazer um drinque e um sanduíche de peru? Estou morrendo aqui.

— Comissária de bordo — falei.

— O quê? — Ele me olhou como se eu fosse maluca.

— Ela é uma comissária de bordo, Brandon — falei. — Não uma aeromoça. Na sua jornada para não ser mais um idiota, você também poderia começar a aprender a usar as palavras corretamente. Aeromoça é sexista. E vou desamarrar você e te dar um refrigerante. Dissemos a eles que está a caminho da reabilitação, por isso seria melhor que não bebesse nada alcoólico.

— Tanto faz — disse Brandon. — Obrigado. E me desculpe.

Levantando-me do meu assento, parei e olhei para ele, surpresa. Aquelas eram as últimas palavras que eu esperaria ouvir de Brandon Stark... *Me desculpe.*

Era realmente possível que garotos como ele crescessem e mudassem?

Olhei para Christopher, que estava curvado sobre o celular, apertando as teclas com os polegares.

Ei, se garotos podiam mudar para pior, por que não poderiam mudar para melhor?

Mas isso talvez ficasse apenas no desejo.

DEZ

ERA BOM ESTAR EM CASA.

Ah, havia uma tonelada de e-mails que eu teria de encarar; não apenas contas que precisavam ser pagas, mas também brindes e pacotes de clientes agradecidos, patrocinadores e até, imagino, alguns dos antigos amigos de Nikki, querendo lhe desejar boas festas. Alguém havia enviado uma caixa inteira de vodca Grey Goose, outro uma bolsa Chanel de 3 mil dólares e outro quatro iPods diferentes, ainda na caixa.

Realmente alguém teria boas festas, no Memorial Sloan-Kettering Thrift Shop, para onde eu iria doar todas aquelas coisas para que pudessem vender e arrecadar dinheiro para dar às pessoas que precisavam fazer tratamento para o câncer (embora eu não tivesse certeza se iriam aceitar a vodca).

E claro que eu não seria capaz de evitar minha secretária eletrônica, ou mamãe e papai, para sempre.

Mas era maravilhoso estar na minha casa, cercada pelas minhas coisas, na minha amada Nova York.

Exceto, é claro, que eu não estava *realmente* na minha casa.

E aquelas não eram *realmente* minhas coisas.

E quem saberia por quanto tempo mais eu seria capaz de desfrutá-las? Eu ainda tinha de me preocupar em devolvê-las aos seus donos por direito. Ou talvez não, já que eu também tinha outra coisa com a qual me preocupar: meu-chefe-talvez-esteja-tentando-me-matar.

Porque as coisas não tinham terminado particularmente bem com o Christopher. Ou com a Nikki.

Tentei fazer tudo que pude em relação aos dois. Tentei mesmo.

Agora, estirada em minha cama, eu pensava em como, depois de cuidar de Brandon, teria de tentar compensar as coisas com Nikki. Não sei por que me sentia em dívida com ela. Nikki sempre foi tão má comigo.

Mas eu não conseguia suportar vê-la sentada lá chorando no banco de trás da limusine que pegamos para ir do aeroporto à cidade (bem, todos nós, com exceção de Frida, que continuou no jato fretado para a Flórida, para passar o restante da semana no acampamento de animadoras de torcida).

Eu só quero ser bonita.

Eu também não tinha meio que desejado ser bonita em todas aquelas vezes que tinha sentado na nossa sala de estar, desejando que Christopher me notasse como algo mais do que alguém com quem jogar *JourneyQuest*? Mas Frida foi a única pessoa que disse as palavras verdadeiras.

— Eu queria ser bonita — tinha dito ela, e suspirado, olhando para a foto de Nikki Howard num vestido dourado metálico ridículo de 20 mil dólares na revista *Elle*.

Mamãe, professora feminista de estudos femininos na Universidade de Nova York, sempre bufaria a mesma coisa:

— Não seja ridícula, querida — diria ela. — Aparência não importa. O que importa é o tipo de pessoa que você é, quanto caráter você tem.

E Frida iria rosnar:

— Sim. Todos os garotos na escola realmente ligam para o meu *caráter*, mãe.

— Beleza vai embora — continuaria mamãe. — Mas inteligência dura para sempre.

— Mas você me acha bonita — diria Frida. — Não acha, mãe?

— Querida — diria mamãe, tomando o rosto de Frida na palma da mão —, eu acho que tanto você quanto sua irmã estão se tornando jovens mulheres fortes e independentes. E é dessa forma que eu espero que vocês sejam. Sempre.

Eu sempre me perguntei se Frida havia notado como mamãe nunca tinha realmente respondido à pergunta.

Coloquei a mão sobre o ombro de Nikki e o apertei, dizendo baixinho:

— Nikki. Você ficará na casa do Gabriel Luna por algum tempo até resolvermos isso.

Aquilo não era algo que Gabriel ficara particularmente feliz em ouvir. Ele ficou chocado quando liguei do avião e anunciei que a família Howard ficaria com ele em sua casa.

Por outro lado, ele tinha oferecido ajuda na festa de final de ano da Lulu, quando tudo aquilo estava acontecendo.

Bem, precisávamos da ajuda dele agora. Não podíamos esconder Nikki, Steven e sua mãe em um hotel, o Sr. Stark com certeza estava rastreando todos os nossos cartões de crédito.

Porém, escondê-los bem sob o nariz do Sr. Robert Stark, num arranha-céu, no apartamento superseguro do Gabriel Luna (para o qual ele havia se mudado para escapar da sua legião de fãs enlouquecidas), um artista contratado pela própria gravadora do Sr. Stark? Genial, mesmo Gabriel tendo suas dúvidas... não apenas sobre o Sr. Stark não descobrir tudo, mas sobre hospedar Nikki, que praticamente cuspiu nele em resposta ao seu alegre "Prazer em te conhecer" antes de se trancar no quarto de hóspedes.

— Bem — disse Gabriel. — Estou vendo que isso vai dar certo.

— Tentarei fazer tudo que puder para que você tenha de volta todas as coisas que perdeu — assegurei a Nikki no banco de trás da limusine. Ou tentei, de qualquer forma.

— Sério? — Ela tinha se virado para olhar pra mim com lágrimas brotando nos olhos. — Tipo o meu rosto? Você vai devolver o meu rosto?

— Bem — falei, espantada. Minhas mãos subiram inconscientemente para a altura das bochechas. As bochechas de Nikki, no caso. — Não estou muito certa de que poderei te dar isso, Nikki. Mas seu dinheiro e o seu apartamento... essas coisas são suas.

Ela se voltou novamente para a janela da limusine.

— Então não temos nada para conversar — disse ela friamente. — Porque tudo o que eu quero é ser bonita outra vez.

E assim como a mamãe, eu não sabia a coisa certa a dizer para ela. Porque beleza era a única coisa que eu não podia dar a ela. Porque talvez fosse algo que ela tivesse de dar a si.

Deitada em minha cama no apartamento de Nikki, olhando para o teto da Nikki, com sua cadela aconchegada no meu pescoço, tudo o que eu conseguia pensar era no que ela havia me dito no carro.

Então não temos nada para conversar. Porque tudo o que eu quero é ser bonita outra vez.

Eu nunca tinha visto alguém tão triste quanto ela.

Eu podia entender sua perda. Eu tinha perdido a mesma coisa. Bem, não exatamente a mesma coisa... mas quase, se você contar o fato de que eu tinha perdido coisas que provavelmente amava tanto quanto Nikki amava sua aparência: minha família, minha casa, minha amizade com Christopher...

Não sei por quanto tempo tinha ficado lá deitada até Lulu surgir com a cabeça na porta e dizer:

— Estou morrendo de fome. Estou pensando em pedir alguma coisa. Você quer uma banana split?

Rolei na cama para poder olhar para ela.

— Lulu — falei. — Bananas splits não são uma refeição.

— São sim — respondeu ela, vindo sentar-se em minha cama, ao meu lado. — Elas têm frutas, castanhas e leite. Representam quase todos os grupos alimentares. Se você incluir calda de chocolate. E eu sempre fico satisfeita depois de comer uma.

— Vá em frente e peça uma para mim também então — respondi, me rendendo e rolando de novo para deitar de costas, com um suspiro.

Lulu escalou sobre mim para alcançar o telefone fixo que estava encaixado na base, na mesinha de cabeceira ao lado da minha cama. Ela apertou a discagem automática para o restaurante da esquina e pediu para entregarem duas bananas splits. Depois desligou o telefone e olhou para mim.

— Você está pensando no Christopher? — perguntou ela de forma acusadora.

— Não, estou pensando na Nikki — corrigi. No entanto, é claro que eu *estava* pensando no Christopher, mesmo que só perifericamente.

Lulu fez uma careta. Estava claro que ela não achava valer a pena pensar na sua ex-colega de quarto, muito menos discutir sobre ela.

— Ele ainda ama você, você sabe — disse ela, sobre o Christopher.

— Ah, sério? — perguntei com um sorriso triste. — Não é isso o que ele diz.

— Ele só está chateado — começou Lulu — por você ter mentido para ele. Não somente uma vez, mas um monte de vezes. É errado mentir para a pessoa que você ama. A não ser que seja para dizer que o cabelo dele está bonito, mesmo quando está horrível.

— E se for para proteger a vida dele? — perguntei, me apoiando nos cotovelos para olhar para ela.

— Principalmente nessa hora — disse Lulu balançando a cabeça de um jeito solene. — Garotos odeiam isso. Eles são supersensíveis, especialmente agora, com o feminismo e essas coisas. Isso está confundindo-os completamente. Eles não sabem qual o seu papel. Eles deveriam fazer coisas para você como abrir portas e pagar o jantar quando saem para um encontro, ou devem deixar que você faça tudo? Eles não sabem. Então ele tentou te resgatar e você nem mesmo aceitou ir com ele. Por isso, você vai deixá-lo fazer algumas coisas de vez em quando. Mesmo sabendo que ele vai estragar tudo. Especialmente quando, você sabe, tem tanta coisa boa, e ele... não tem nada.

Eu a encarei, me sentindo um pouco magoada. Como ela ousa dizer que meu namorado (bem, ex-namorado, eu suponho, tecnicamente) não tinha nada de bom?

— Christopher tem um monte de coisa boa — falei. — Ele é um completo gênio da computação e é realmente engraçado e gentil, quando não está dando uma de supervilão para vingar a minha morte e essas coisas. Ou quando está furioso comigo por eu ter fugido com o filho do seu inimigo mortal.

— Tenho certeza de que ele tem — disse Lulu diplomaticamente. — Mas agora, ele está magoado. Então você terá

116

que se esforçar para quebrar o muro que ele ergueu ao redor de si por medo de se machucar de novo.

— Bem — falei, jogando minhas costas contra os travesseiros. — Não era somente para protegê-lo. Era para proteger minha família. E Nikki também. Eu expliquei isso a ele. E ele ainda me odeia.

— Eu te disse. — Lulu encontrou um esmalte preto na mesinha de cabeceira da Nikki e agora o estava passando nas unhas dos dedos dos pés, depois de ter arrancado as plataformas roxas. — Ele não odeia você. Mas você vai ter que encontrar um jeito de fazê-lo acreditar no quanto você realmente precisa dele, para que ele veja o quanto é importante para você.

— Ele *é* importante para mim — gritei. — Eu o amo!

— Mas ele não pode realmente *fazer* alguma coisa por você — disse Lulu, concentrada nos seus dedos dos pés. — É você que tem dinheiro e poder. Ele é só um garoto do ensino médio. Ele mal pode oferecer um jantar para você no Balthazar. Pelo menos não um jantar *com* entrada *e* creme brûlée de sobremesa. Ele provavelmente nem poderia bancar um esmalte desses. — Lulu fechou a tampa do vidro e o sacudiu. — É um Chanel. Custa mais de 20 pratas. Como eu disse antes na casa do Brandon...

— Mas ele teve a chance de fazer algo para mim hoje — gritei. — Me ajudar com o lance do Stark Quark. E ele não quis!

— Ele ainda está chateado — disse Lulu. — Deixe ele se acalmar. Garotos precisam de períodos para se acalmar, assim como as minhas unhas vão precisar secar antes de eu poder calçar meus sapatos de volta e ir até o apartamento do Gabriel fazer uma transformação de visual na Nikki. Ela precisa de uma, assim como você e Christopher precisam de alguns conselhos sobre relacionamento do Dr. Drew.

Eu lhe dei um olhar de reprovação.

— Christopher e eu não precisamos de conselhos sobre relacionamento. Ele simplesmente me odeia e isso é tudo.

— Ele não te odeia nada. Ir resgatar você foi ideia dele — apontou Lulu. — Foi ele que me ligou e se dedicou completamente para entrar lá e conseguir buscar você. Foi tipo o Luke Spacewalker.

Aquilo me fez querer chorar, era tão doce.

— Skywalker — corrigi. — É Luke Skywalker.

— Então, o que vamos fazer? — perguntou Lulu, olhando para mim com seus enormes olhos castanhos. Pela primeira vez, ela não tinha colocado um dos seus muitos pares de lente de contato coloridas, que geralmente deixavam um brilho assustador de olhos de gato em contraste com a pele escura. — Quero dizer, sobre essa confusão? Não podemos esconder os Howards no apartamento do Gabriel Luna para sempre. Brandon está com muito medo de você desde que contou a ele que tinha colocado fogo no carro, então ele não vai abrir a boca. Mas o pai dele...

— É o quarto homem mais rico no mundo — completei.

— E também o mais poderoso. Eu sei.

Olhei de volta para a Lulu. Por que ela estava *me* perguntando o que iríamos fazer? Eu não fazia ideia. Eu nunca quis que nada daquilo acontecesse.

E eu também não tinha nenhuma ideia de como consertar nada daquilo.

Estávamos lá sentadas olhando uma para a outra inexpressivamente, quando alguma coisa tocou, alto o suficiente para quase nos fazer pular para fora dos nossos corpos.

— Ahhh! — gritou Lulu. — O que *é* isso?

Pulamos da cama e começamos a correr pelo apartamento, tentando encontrar a origem do barulho, enquanto Cosabella ia de um lado para o outro latindo.

— São as bananas splits? — perguntei. — Já chegaram?

— Isso não é a campainha — disse Lulu se referindo ao interfone que o porteiro costumava usar para nos informar quando alguém estava esperando por nós no saguão.

— Então o que é? — gemi enquanto o toque continuava, alto como antes, em intervalos regulares.

— Ai, meu Deus! — exclamou Lulu parando ao lado de uma mesa de canto. — É o telefone fixo!

— Telefone fixo? — Eu nem mesmo me dava conta de que tínhamos um telefone residencial, éramos tão dependentes dos nossos celulares. Nós apenas o usávamos para pedir comida. — Você está brincando comigo?

Lulu apanhou e atendeu o telefone.

— Alô — disse ela com uma expressão curiosa no rosto. Alguém disse alguma coisa e ela olhou para mim.

— Ah — disse ela. — Sim. Ah, oi! É claro que ela está aqui. Espere um momento.

Então Lulu cobriu o telefone com a mão e falou para mim, de um jeito animado:

— É para você. É a sua mãe.

Eu joguei minhas mãos para o ar imediatamente.

— *Minha mãe?* — murmurei de volta para ela. — *Eu não quero falar com a minha mãe! Diga a ela que não estou aqui!*

Lulu pareceu confusa.

— Mas eu acabei de dizer a ela que você *estava* aqui. Por que você não quer falar com a sua mãe?

— Porque ela está chateada comigo! — tentei gritar sussurrando. — Acabei de passar o final do ano na casa de um garoto sem os pais dele estarem lá! Você deve ter lido sobre isso em todos os tabloides do país, não? Estou muito encrencada com ela.

— Aaaah — disse Lulu, assentindo, como se estivesse começando a entender. — Saquei. Você quer que eu explique que você estava sendo chantageada e que, se não fizesse aquilo, Brandon contaria ao pai dele onde ele poderia encontrar a Nikki, e então o Sr. Stark iria matá-la? Eu tenho certeza de que Karen entenderá isso. — Lulu tirou a mão do bocal do telefone e disse: — Alô, Karen? Sou eu, Lulu. Escute, se isto é porque Em foi à Carolina do Sul com o Brandon Stark, eu posso...

Acho que eu nunca tinha me movido com tanta rapidez na vida. Eu, literalmente, voei e arranquei o telefone da mão da Lulu, caindo com ele no sofá e o pressionando contra a minha orelha. Lulu olhou para mim em choque enquanto eu falava com a minha mãe:

— Oi, mãe! — disse com a voz mais falsa que se poderia imaginar.

— Emerson — disse minha mãe.

Oh-oh. Aquilo era ruim. Minha mãe só me chamava pelo nome completo quando as coisas estavam muito, muito ruins.

E mais, ela nem deveria estar falando o meu nome verdadeiro no telefone, muito menos no telefone da casa de Nikki Howard.

Algo no tom de voz dela, no entanto, sugeria que talvez aquele não fosse o melhor momento para lembrá-la disso.

— Então — falei, me esticando no sofá, enquanto Cosabella, excitada com tanta atividade, saltava sobre as almofadas ao meu redor. — Como estão as coisas? Como está o papai?

— Seu pai está bem — disse mamãe, com a voz mais firme que se poderia imaginar. Ela soava como se tivesse acabado de colocar botox nos lábios ou algo assim, estava falando com uma vozinha extremamente controlada e fria. Era óbvio que ela havia reprimido a raiva que tinha sentido de mim durante toda a semana, apenas guardando para o momento em que me visse para que pudesse explodir comigo tal como uma das bombas caseiras de Christopher. — Obrigada por perguntar. Tenho deixado mensagens para você no seu telefone celular. Você não recebeu nenhuma delas?

Telefone celular. Ela realmente tinha dito as palavras *telefone celular*. Eu estava muito, muito ferrada.

— Hum, não — falei. — Você sabe o que realmente aconteceu? Foi a coisa mais engraçada do mundo, deixei meu celular cair no mar e não tive tempo para comprar outro...

Ao meu lado, Lulu bateu o pé no chão e me deu um olhar de reprovação.

— *Sem mais mentiras* — murmurou. — *Para ninguém!*
Revirei os olhos para ela.

— Bem — disse minha mãe. Sua voz ainda estava insanamente baixa e fria. — Que sorte que eu consegui pegar você em casa.

— Sim — falei, tentando fazer com que Lulu fosse embora, fazendo gestos com a mão. Infelizmente, aquilo não estava funcionando porque ela ainda estava pulando ao meu redor, dizendo *"Pare de mentir! Não minta!"*, o que não era nem um pouco irritante (sim, era). — Então, como a vovó está?

— Sua avó está bem — respondeu ela, com um tom de voz ainda frio como sorvete de limão. — Emerson, seu pai e eu gostaríamos de nos encontrar com você. Você conseguiria chegar na Starbucks da Astor Place em quinze minutos?

— O quê? — Em pânico, dei uma espiada rápida pela janela do apartamento. Estava nevando lá fora, como costumava acontecer no final de dezembro em Manhattan. — Hum...

— Seu pai e eu já estamos sentados aqui esperando por você — continuou mamãe — desde que eu soube pelo

TMZ.com, pois parece ser o único jeito de eu conseguir rastrear as atividades da minha própria filha, que você está de volta a Manhattan. A coisa mais madura a se fazer seria, é claro, aparecer para encontrar conosco. No entanto, se você quiser nos deixar aqui esperando como dois completos idiotas, tudo bem. Mas...

— Ai, meu Deus, mãe — falei, me sentando. — Estou indo. Eu já já estarei aí. Está tudo bem?

— Não, Emerson — disse ela. — Não está tudo bem.

E então a linha caiu.

Segurei o telefone longe do meu rosto, olhando para ele.

— Qual o problema? — perguntou Lulu, pulando ao meu redor com os pés descalços, provavelmente sujando todo o carpete de pelo branco falso com o esmalte preto.

— Minha mãe acabou de desligar o telefone na minha cara — disse eu sem acreditar.

— Ela fez isso? — Lulu deu de ombros. — Minha mãe faz isso toda hora. Quando ela se lembra de me ligar. O que acontece uma vez no ano, no meu aniversário.

Me senti tão mal pela Lulu que me estiquei para lhe dar um abraço.

— Bem, minha mãe nunca fez isso antes — falei. — Acho que tem alguma coisa realmente errada. Quero dizer, além do fato de ela estar extremamente irritada comigo por passar a semana na casa de um garoto sem seus pais estarem lá.

Lulu pareceu preocupada.

— Tipo, você acha que Robert Stark pode realmente estar lá apontando uma arma para a cabeça dela, fazendo com que ela ligue para você, e então, na verdade, isso ser uma armadilha ou coisa parecida?

— Ah, ótimo — falei, lançando a ela um olhar sarcástico. — Eu nem tinha pensado nisso. Ela disse que está num

Starbucks. Por que Robert Stark estaria apontando uma arma para a cabeça dela no Starbucks?

— Ah — respondeu Lulu. Ela pareceu um pouco desapontada. — Sim, você está certa. Isso não é muito provável, né?

Ofereci a ela outro abraço, eu simplesmente não podia evitar; ela era tão fofa.

— Preciso ir. Vejo você mais tarde.

— Mas e as nossas bananas splits? — gritou Lulu enquanto eu corria para pegar meu casaco e o meu chapéu, assim como a coleira e um casaco para a Cosy.

— Guarda a minha — gritei. — Voltarei para comê-la.

— Espero que sim — ouvi Lulu gritar assim que pulei para dentro do elevador.

Ela não tinha ideia de como eu também esperava voltar.

ONZE

ENCONTREI MEUS PAIS SENTADOS À MESA NOS FUNDOS DO CAFÉ, encobertos por copos altos de café parecendo extremamente sérios. Mas como ambos eram professores, pareciam sérios na maioria das vezes, de qualquer forma.

Mas era um sério fora do comum. Papai tinha círculos escuros abaixo dos olhos e parecia que a barba não via uma navalha há um tempo.

O cabelo de mamãe poderia definitivamente ter recebido algum condicionador e acho que ela não estava usando nem um pouco de maquiagem. Não que ela fosse amiga íntima da Maybelline's.

Mas eu viria a descobrir que um pouco de maquiagem fazia milagres, como rímel e brilho labial, algo que alguém talvez devesse querer lembrar à Nikki.

Deus, é sério que eu, Emerson Watts, acabei de pensar isso? O que estava acontecendo comigo?

Robert Stark, apesar da preocupação de Lulu, não estava por perto. Então eles não estavam sendo feitos reféns.

Mas eles não disseram "oi" ou sequer acenaram enquanto eu pegava meus biscoitos e chá de ervas (cafeína é um grande gatilho para o refluxo gastroesofágico de Nikki) e, em seguida, me juntei a eles à mesa. Eles agiram como se fôssemos completos estranhos.

O que é totalmente injusto, porque mesmo eu não sendo mais parente de sangue, eu ainda era filha deles. Mesmo tendo sujado o nome da família por ter supostamente ficado com Brandon Stark. Ou assim diziam todos os principais tabloides dos EUA e a maioria dos do Reino Unido.

— Então, oi! — falei, tentando manter uma atitude positiva, enquanto tirava minha jaqueta de couro. Cosabella entrou em ação empinando e farejando-os, entusiasmada, que era o que Cosabella considerava sua missão... cheirar tudo e todos, e, basicamente, fazer as pessoas sorrirem, porque só tem uma coisa que ela quer: comida, e ser acariciada e admirada.

Bem, acho que são duas coisas. Ou três.

— Oi — disse mamãe finalmente, enquanto meu pai foi um pouco mais amigável, dizendo:

— Oi, querida.

— Então — falei, depois de tirar meu casaco e o de Cosabella e estarmos confortáveis, de ter dado meu primeiro gole de chá e queimado minha língua e tudo. Por que eles fazem isso? Deixam a água quente muito quente. — Novidades? — perguntei. Achei que soava legal e amistoso.

Mamãe e papai se entreolharam, e pude perceber que eles estavam sinalizando um para outro o velho sinal com o olho que queria dizer *"Vai em frente, você começa, não, você começa"*.

Então meu pai começou, assim:

— Em, sua mãe e eu queríamos conversar com você sobre uma coisa. Optamos fazer isso aqui neste café, pois é um território neutro, diferentemente da sua casa ou da nossa, e pensamos que poderia ser um pouco menos carregado emocionalmente do que se fosse em qualquer um dos nossos apartamentos.

Opa. Meu coração começou a bater um pouco mais forte do que o habitual. Aquilo soou sério! Território neutro? Menos carregado emocionalmente?

Espere... eles estavam se divorciando?

Eu sabia. Papai trabalhava a maior parte da semana em New Haven, dando aulas em Yale. Quando ele aceitou o emprego, eu me perguntei se o casamento deles — sempre volátil, uma vez que eram de religiões diferentes, ambos professores universitários, sem mencionar bonitos (não sei como conseguiram ter uma filha tão sem graça como eu) — poderia sobreviver ao estresse de tanta coisa que os separava.

E agora a verdade estava aparecendo. Não podia!

Espere! Talvez tivesse sido eu. Talvez tivesse sido eu a razão do estresse que fez com que o casamento deles não sobrevivesse! Por causa do meu acidente, posterior coma e, em seguida, o despertar no corpo da maior supermodelo adolescente!

— A questão é — continuou papai —, estamos um pouco angustiados com o seu comportamento ultimamente...

Espere, pensei. Meu *comportamento*? Oh, Deus! Era eu! Eles iam se divorciar por minha causa!

— Não somente seu comportamento — interrompeu mamãe. — Suas notas neste semestre foram terríveis.

— Minhas *notas*?

Quando a mamãe ligou para marcar essa reunião (e, em seguida, desligou na minha cara), pensei que pudesse estar acontecendo um monte de coisas:

Robert Stark os estava espreitando, talvez fazendo ameaças.

Tinham descoberto que o apartamento deles estava com escutas, do mesmo jeito que eu tinha descoberto que o meu estava (por qual outro motivo o encontro seria na Starbucks, em vez de em casa?).

Eles tinham descoberto que Frida havia fugido do acampamento de animadoras de torcida para voar até a Carolina do Sul para me salvar, e ficaram naturalmente preocupados porque a filha menor de idade estava voando por todo o lugar sem a permissão deles. Esta não seria a maior surpresa. Frida tinha dito aos funcionários do acampamento que estava indo para a casa da avó. Eu tinha achado que a coisa toda soava superficial, mas Frida alegou que ninguém iria descobrir. Ela estaria em casa a tempo do desfile da Stark Angel, amanhã à noite, na véspera de Ano-Novo, sem ninguém saber.

Agora, é claro, eu sabia que não era isso.

Então me ocorreu que talvez eles estivessem se divorciando.

Ou mesmo, Deus me livre, que um deles estivesse com câncer.

Ou estivesse tendo um caso (a mãe de Lulu abandonou o pai dela para ficar com outro homem. E eu não descartaria a possibilidade de mamãe anunciar que estava virando lésbica. Ei, ela nem mesmo diria às próprias filhas que elas eram bonitas. Por que ela se importaria com a orientação sexual de um amante?). Mas eu nunca esperaria que fosse sobre minhas *notas*.

Toda essa conversa de terreno neutro, para falar sobre minhas *notas*?

Desculpe-me, mas uma corporação estava tentando matar meus amigos. A verdadeira dona do meu corpo o queria de volta. O amor da minha vida tinha acabado de terminar comigo sem cerimônia.

E meus pais queriam falar sobre malditas provas finais?

— Como vocês sequer descobriram as minhas notas? — perguntei. — Vocês não são os tutores de Nikki Howard. Vocês nem deveriam ter acesso à...

Mamãe puxou algo de sua bolsa. Era uma impressão amassada do site TMZ.com. Alguém (provavelmente um de seus repórteres, embora, claro, não falasse isso) tinha invadido o computador principal do Colégio Tribeca Alternative e acessado as minhas notas (ou, mais precisamente, as de Nikki), e então publicou todas elas na internet.

E vamos dizer que eu não estava indo tão bem.

Top Model Americana Não é Tão Top no Colégio, exibia a manchete.

Tomei a folha das mãos de minha mãe e analisei-a.

— Um C menos? — Eu estava aturdida. — O senhor Greer me deu um C menos em retórica? Aquele segurança de shopping!

Papai fez um som de desaprovação sobre o café.

— Em — disse ele.

— Mas sério — falei. — É *Discurso em Público*.

— Exatamente o que eu estou pensando — disse mamãe, puxando a folha das minhas mãos. — Não existe razão para você não ter tirado nota máxima nessa aula. Você só tem que ficar parada na frente da turma e falar. Você nunca teve dificuldade em ficar na frente de pessoas e falar antes. Na verdade, ninguém era capaz de fazer com que você se calasse.

— Karen — disse papai, exatamente do modo que ele tinha dito "Em" quando chamei o senhor Greer de segurança de shopping. — Tenho certeza de que você pode fazer mais do que isso.

— Sim — falei, em minha própria defesa. — Você tem que formular argumentos razoáveis, e...

— E todos aqueles assuntos que você costumava formular tão bem? — perguntou mamãe. — Como você explica um C menos em álgebra avançada? E um D em inglês? Pelo amor de Deus, Emerson, inglês é sua língua nativa!

Franzi as sobrancelhas.

— Não tive tempo de fazer as leituras — falei. — Não é minha culpa...

Mamãe suspirou, triunfante, e apontou diretamente para mim.

— Aí! — disse ela, olhando para o papai. — Ela disse! Não eu! Ela disse!

Olhei da minha mãe para o meu pai, sem saber o que tinha acontecido.

— O quê? — perguntei. — O que eu disse?

— Eu... não... tive... tempo — falou minha mãe, batendo na mesa com a palma da mão para enfatizar cada sílaba. — Encare, Emerson. Você está deixando de fazer seus deveres de casa porque está gastando muito tempo socializando.

— Socializando? — Fiz uma careta. — Com licença, mas eu nunca socializo. Estou trabalhando muito, nem sequer tenho tempo para ver os meus amigos!

— Ah, acho que você gasta bastante tempo com os seus *amigos* — disse mamãe, enfiando a mão na bolsa e retirando de dentro uma folha de papel diferente. — Um bom tempo *aproveitando*.

Ela desdobrou o papel para revelar uma capa da *Us Weekly* que me mostrava de biquíni na piscina da casa de praia de Brandon, e ele de pé ao meu lado, segurando algo que se parecia com um coquetel.

Só que, colocando no contexto, eu sabia que aquele coquetel era na verdade uma vitamina de café da manhã e que aquele biquíni era a minha roupa de malhar depois de sair para uma inocente corrida na praia.

129

Mas ainda pareceria muito ruim para qualquer pai e qualquer mãe, considerando que eu tinha, afinal de contas, passado praticamente uma semana inteira na casa do Brandon sem a permissão deles.

E o fato de que a manchete colocada acima de nossa foto gritar:

De volta!
Nikki e Brandon reacendem um amor tão quente,
que precisaram migrar para as fronteiras do sul
(Nas Ilhas)

Senti que estava ficando vermelha. Primeiro de tudo, a casa de Brandon era em uma ilha perto da costa. Eu nem mesmo sabia o que era uma ilha de fronteira. A imprensa podia escrever o que quisesse e se sair bem dessa? Aparentemente sim.

E em segundo lugar...

— Olha — falei, me lembrando do que a Lulu tinha dito sobre contar a verdade. — Posso explicar.

— Não há nada para explicar — disse mamãe, dobrando a foto de novo e a guardando de volta. — Está tudo perfeitamente claro para nós. Não está, Daniel?

Papai parecia desconfortável.

— Hum — disse ele.

— Olha — falei novamente. — Não é o que vocês estão pensando. Brandon me obrigou a ir com ele para a Carolina do Sul. Eu não queria. E nada aconteceu. Ele e eu não somos, vocês sabem, namorados. Quero dizer, ele e Nikki eram. Ele só esperava que ele e eu estivéssemos...

— Não quero ouvir isso — disse mamãe, mexendo a cabeça de um lado para o outro e sem fazer contato visual

130

comigo. O que, para ser honesta, era algo que basicamente ela não vinha fazendo com tanta frequência desde que eu tinha acordado da minha cirurgia. — Realmente não quero. Tudo o que eu quero, tudo o que eu sempre quis, é que tudo isso acabe e que as coisas voltem ao normal para que eu tenha a minha filha de volta.

Isso meio que doeu. Porque a verdade é que eu ainda *sou* filha dela. Por dentro. Nunca deixei de ser filha dela. Mesmo com as notas não-tão-boas, ainda sou a filha dela.

Então... o que aquilo significava? Ela apenas me amava quando eu tirava notas acima da média e possuía uma aparência média? Isso era outra coisa sobre *caráter*?

Não entendi. Realmente não entendi. Me senti como Frida e a coisa sobre beleza.

— Bem — falei. — Como você acha que eu me sinto? Mas isso não...

— E então — continuou mamãe, me ignorando completamente. — Seu pai e eu decidimos simplesmente pagar a dívida.

Pisquei para ambos. A Starbucks que eles tinham escolhido estava bem cheia. Havia blogueiros e estudantes da Universidade de Nova York por todo o lugar, lotando cada mesa com os seus laptops e equipamentos de filmagem caros (a Starbucks do Astor Place fica na rua logo abaixo de onde está localizada a Tisch School of Arts, onde há a faculdade de cinema da Universidade de Nova York), parecendo todos angustiados com seus chapéus de lã tricotados a mão com aba para as orelhas, os piercings faciais e as tatuagens, que todos eles adotaram para mostrar como são únicos.

Mas como eles podem ser únicos, realmente, *se todos tinham piercings faciais e tatuagens?*

Eu era a única pessoa lá com menos de 20 anos que *não* tinha um piercing no lábio ou na sobrancelha ou alguma tatuagem visível.

E também era a única com um contrato de modelo com uma grande corporação que, aposto, todos eles odiavam.

Não sem uma boa razão, é claro.

Mas estou apenas perguntando: quem eram os maiores conformistas ali?

— O que você quer dizer — perguntei para a minha mãe, tentando não deixar que todos os blogueiros e aspirantes a Eli Roth me distraíssem — com pagar a dívida?

— Da Stark — disse ela. — Nós não temos muito em nossas economias e previdência, mas vamos juntar tudo o que temos e pagar a multa, e aí você não vai ter que fazer isso. Isso não será o suficiente, sabemos, mas será um começo. Você poderá voltar a ser você mesma. Em... — De repente, eu tinha voltado a ser a Em. Mamãe até estendeu os braços e segurou minhas mãos, que descansavam sobre a mesa. — Nós vamos livrar você do contrato.

Encarei os dois. Eu realmente não tinha certeza se havia entendido exatamente o que ela estava dizendo. Eu achava que sim.

Mas aquilo era tão louco, que apenas presumi ter ouvido errado.

— Espera — falei, tirando minhas mãos de debaixo das delas. — Você está dizendo... que vocês querem violar o acordo de confidencialidade que assinaram por eu não ser realmente Nikki Howard e *pagar à Stark*?

— É exatamente isso o que estamos dizendo — respondeu mamãe, colocando as mãos no colo. — Nós queremos te tirar disso, Em. Nunca deveríamos ter concordado com isso, em primeiro lugar. Só fizemos porque estávamos com medo, e... bem, queríamos salvar sua vida. Mas agora vemos que talvez... bem, talvez tenha sido a escolha errada.

A escolha errada? Eles preferiam ter me deixado *morrer* em vez de ser modelo?

Meu choque deve ter aparecido no meu rosto, pois papai se inclinou para a frente e disse, rapidamente.

— Não é isso o que sua mãe quer dizer. Ela quer dizer que talvez tenhamos feito a escolha errada por não termos negociado mais...

— Mas... — Tentei pensar no que tinha sido dito no escritório do doutor Holcombe naquele dia em que meus pais me contaram sobre todos os papéis que tinham assinado quando concordaram com a cirurgia que tinha salvado minha vida.

— Vocês não podem. Vocês perderão tudo.

— Bem, não tudo — disse papai, com seu tom alegre de sempre, como se estivéssemos falando de sanduíches de ovo ou algo assim. — Nós vamos manter nossos empregos. E eles não podem pegar o apartamento da sua mãe, que é pago pela universidade. Então, sempre teremos um lugar para morar.

— Mas você vai falir — protestei. — Aquele advogado no escritório do Dr. Holcombe disse que você poderia até ir para a cadeia! — Não mencionei a parte sobre como Robert Stark poderia matar os dois antes de permitir que algo assim acontecesse. Se fosse assim tão simples, apenas devolver o dinheiro, eu teria tentado fazer isso sozinha, com o dinheiro das contas bancárias de Nikki Howard.

— Bem — disse mamãe, depois de beber um revigorante gole de café. — Prefiro ir para a cadeia a ver minha filha sem poder fazer uso de todo o seu potencial, andando por aí seminua com playboys na capa de revistas de fofocas.

Tenho de admitir, meu queixo caiu quando ela disse aquilo. Minha mãe sempre foi uma feminista.

Mas nunca pensei que fosse puritana.

— Por que você acha que fiz sexo com *Brandon Stark*? — Eu não conseguia acreditar que aquilo estivesse acontecendo. — Mãe, eu não transei com ele! Isso nem era um biquíni.

Essas eram minhas roupas de correr. Eu nunca faria sexo com esse palhaço imbecil!

Existe uma possibilidade de eu ter dito aquilo um pouco alto demais, pois vários universitários viraram em seus lugares para nos fitar por sobre seus cappuccinos desnatados espumosos. Alguns deles levantaram as sobrancelhas furadas. Eu podia ver os blogueiros começando a postar com fúria em seus blogs sobre o que tinham acabado de ver e ouvir. Mesmo sendo alternativos, amavam uma boa fofoca tanto quanto os outros.

O Twitter, eu imaginava, estava provavelmente pegando fogo.

Minha mãe, percebendo, assobiou para mim.

— Emerson! Você poderia abaixar o tom de voz, por favor?

— Não, não vou abaixar o tom de voz, *mamãe* — falei. Se ela fosse me tratar o tempo todo como Emerson, eu iria falar a palavra mamãe inteira. Embora eu tivesse abaixado minha voz, um pouco. Quero dizer, *foi* meio constrangedor.

— Para sua informação — sussurrei —, o único motivo que me fez ir para qualquer lugar com Brandon Stark foi porque ele disse que, se eu não fosse, ele iria contar ao pai onde poderia encontrar a verdadeira Nikki Howard.

Meus pais me olharam sem saber o que estava acontecendo. Do jeito que eu sabia que olhariam. O conselho de Lulu, sobre começar a dizer a verdade, foi bom somente para ela.

Mas seus pais sequer falavam com ela. O pai, um famoso diretor de cinema, apenas pagava todas as suas contas diretamente de qualquer locação de filme exótico, e a mãe tinha basicamente desaparecido do planeta com um instrutor de snowboard que tinha mais ou menos a idade de Lulu.

De certa forma, Lulu era incrivelmente sortuda. Eu sabia que ela me invejava pelo que considerava minha família "normal".

Mas ela não sabia quanto problema uma família "normal" podia trazer, como eram críticos e irritantes durante metade do tempo. Eu teria ficado numa boa se minha mãe tivesse simplesmente dito que eu estava bonita naquela foto na capa da *Us Weekly* e tivesse deixado a coisa toda para lá.

— Sim — falei diante dos olhares de incompreensão. — Isso mesmo. A verdadeira Nikki Howard ainda está viva. Quero dizer, seu cérebro. Está no corpo de outra garota, obviamente.

Vi minha mãe e meu pai trocarem olhares. Foi um daqueles olhares com mensagem secreta que as pessoas que são casadas ou vivem juntas há muito tempo trocam.

Mas eu poderia ler perfeitamente o que ele dizia.

Ele dizia *Essa menina está completamente doida e estamos preocupados com ela.*

Sim. Eles não acreditaram em mim.

Bem, por que deveriam, afinal? Como Lulu disse, eu deveria simplesmente ter sido honesta com todo mundo, desde o início, em vez de tentar protegê-los todos como se eu fosse algum tipo de deusa.

— Em... — começou a dizer minha mãe, com cuidado. — Você tem andado sob muito estresse ultimamente. Está óbvio, com suas notas caindo e com as pessoas com que você anda saindo... Bem, você não está sendo exatamente o melhor exemplo para sua irmã agora, está?

Eu tenho que admitir, aquilo doeu. Lágrimas inundaram meus olhos. *Eu* não estava sendo um bom exemplo para Frida? Frida, que sempre tinha desejado apenas ir para o

135

acampamento de animadoras de torcida durante toda sua vida? Pelo menos eu tinha um emprego!

— Nós pensamos que talvez fosse melhor se, antes de Frida voltar do acampamento, você fosse descansar em algum lugar — disse mamãe. — Um longo descanso em algum lugar onde você possa ficar longe de todas as más influências que entraram na sua vida desde que começou a trabalhar no mundo da moda. Papai e eu estavámos pensando em um centro de recuperação agradável em algum lugar em...

Centro de recuperação? Ela queria dizer *reabilitação*?

— Quer saber? — interrompi.

Por que eu sequer estava tentando? O que eu estava esperando com aquilo? Não importava o que eu falasse, mamãe não ia acreditar em mim.

E se eu os deixasse a par sobre toda a coisa de *o-cerébro-de-Nikki-estava-totalmente-saudável-Robert-Stark-apenas-tentou-matá-la-porque-ela-sabia-que-o-novo-PC-Stark-Quark-vinha-com-um-spyware-embutido-que-a-Stark-Entreprises-está-usando-para-carregar-todas-as-informações-dos-usuários-para-o-seu-banco-de-dados-e-ela-estava-tentando-chantageá-lo-e-por-isso-teve-o-seu-cérebro-removido*, eles seriam apenas mais duas pessoas que eu amo em perigo.

Era isso. Eu estava decidida.

Ao não deixá-los a par da verdade, eu não estava exatamente mentindo para eles.

Eu só não estava necessariamente sendo tão franca com eles quanto poderia ter sido.

Mas eles tinham sido tão justos comigo quanto poderiam ter sido? Acreditando no que os sites de fofocas falavam de mim? Ficando bravos comigo por causa das minhas notas, enquanto sabiam o tipo de pressão que eu estava enfrentando?

Não era como se eu tivesse passado por um *transplante de cérebro* ou algo do tipo este semestre. Um C menos na minha média estava muito bom, se você levasse isso em consideração.

— Acabei de me lembrar de uma coisa — falei, alcançando meu casaco atrás de mim. — Tenho que ir.

— Em — disse minha mãe, não mais soando como um elfo islandês louco, mas mais como o seu normal, quando não estava completamente enfurecida comigo. Ela estendeu o braço e pegou uma das minhas mãos de novo.

Só que já era tarde demais. Não era culpa dela, necessariamente.

Mas era tarde, tarde demais.

— Vejo vocês depois — falei. E me levantei e comecei a sair, com Cosabella andando rapidamente ao meu lado.

Mas enquanto eu andava, contornando todas as mesas no meu caminho, ouvia as pessoas sussurrando "Ai meu Deus... é Nikki Howard".

E "Psst... É ela".

E "Não acredito! Nikki Howard!".

E eu percebi que estava fazendo de novo. Fugindo de um problema.

Quando, na verdade, aquilo realmente não iria resolver nada.

Então eu me virei a meio caminho da saída do café e voltei para a mesa da minha mãe e do meu pai, e parei na frente deles.

— Não estou dizendo que não aprecio o que vocês estão tentando fazer por mim — falei. — Porque eu *estou* em uma enrascada, mas não do tipo que vocês pensam. Não se trata de drogas. Sei que vocês não vão acreditar em mim, mas vou pedir que confiem e acreditem em mim quando digo que não fiz nada de errado. Por favor, não façam nada como ir à Stark e tentar pagar a multa do meu contrato... ainda não. Seria... bem, isso realmente seria um grande, grande erro.

Olhando para mim, meu pai parecia mais preocupado do que nunca.

— Emerson — disse ele. Ele era o único que quase nunca usava o meu nome completo. Quando usava, era por causa de algo grave. Uma coisa realmente grave. — O que está acontecendo?

— Não posso te contar — respondi. — Apenas estou pedindo para me darem mais alguns dias. E confiarem em mim. Vocês acham que podem fazer isso?

Mamãe abriu a boca... para argumentar, tenho certeza.

Mas antes que ela pudesse dizer alguma coisa, papai estendeu o braço para pegar na minha mão enluvada.

— Claro — disse ele. Ele apertou meus dedos e sorriu. — Nós podemos fazer isso.

Mamãe lhe lançou um olhar perplexo. Mas depois, também olhou para mim e sorriu. Era um sorriso apertado, nervoso.

Mas era um sorriso do mesmo jeito.

— Claro, Em — disse ela.

Eu peguei a capa da *US Weekly* que estava repousando na mesa entre nós.

— Mãe — falei, segurando-a. — Sei que isso é idiota, mas... você acha que estou bonita nessa foto?

Ela olhou sem entender.

— Bonita?

— Sim — respondi. — Bonita.

— Você...— Ela parecia confusa. — Você se parece com Nikki Howard — disse ela.

— Eu sei — falei, rangendo os dentes. — Mas você acha que eu estou *bonita*?

— Bonita — disse mamãe, parecendo atordoada. — É uma construção patriarcal projetada para fazer com que as mulheres sintam-se menos dignas, a menos que vivam de acordo com determinados padrões estabelecidos pela indústria da beleza e da moda dominada pelos homens. Você sabe disso, Em. Digo isso para você e Frida o tempo todo.

— Sim — falei, colocando a foto na mesa novamente. — Eu sei. Isso pode ser parte do problema.

Então virei e saí do restaurante.

DOZE

Sério, eu podia ter um dia mais confuso do que aquele?

Quando cheguei na calçada do lado de fora do Starbucks, engolindo grandes tragadas de ar frio, aquilo era tudo em que eu conseguia pensar. No meu dia triste, penoso e patético. Primeiro, eu tinha levado um fora do meu namorado (embora, tecnicamente, isso ter acontecido no meio da noite).

Depois eu tinha sequestrado o filho de um bilionário.

Agora meus pais achavam que eu era viciada em drogas ou algo do tipo.

Perfeito. Ótimo.

Aquilo lá tinha sido uma intervenção ou algo assim? No *Starbucks*?

Deus! Meus pais eram tão idiotas. Eles não conseguiam nem mesmo fazer uma intervenção direito. Onde estava Candy Finnigan?

E por que minha mãe não conseguia simplesmente dizer que eu e Frida éramos bonitas? Isso era tão difícil assim? O

140

que era toda aquela bobagem de construção patriarcal? Ela sempre dizia que borboletas eram bonitas. Ela disse que o material que escolheu para estofar o nosso sofá era bonito.

Por que não podia dizer que nós éramos bonitas também? Por que nós não podíamos ser fortes, independentes e também bonitas?

Eu estava lutando para abrir o meu guarda-chuva contra a neve... até o meu guarda-chuva estava quebrado. Fantástico... foi quando eu o vi. Um cara com um casaco preto em pé do outro lado da rua.

Ele não estava exatamente em frente a mim. Ele estava na rua, mas meio que mais para o lado e, ao contrário de mim, estava debaixo de um toldo, fora da chuva congelante.

Mas eu o notei imediatamente. Porque ele não estava se movendo.

Claro que estávamos no meio da cidade de Nova York (ou no meio do Greenwich Village, para ser mais exata). As ruas estavam lotadas de pessoas. Foi isso que chamou a minha atenção para ele. Pois ele, assim como eu, estava perfeitamente imóvel enquanto todo mundo ao nosso redor se movia para uma direção ou outra.

E ele estava olhando para mim, como se estivesse esperando para ver para que lado eu iria.

E quando eu olhei na direção dele, ele olhou para baixo, para o celular que estava teclando.

A princípio, não pensei em nada disso. Continuei lutando com o meu guarda-chuva, nada demais.

Então alguma coisa me fez olhar de volta.

Para a calça dele.

E eu soube.

Simplesmente soube. Ele não era apenas um cara esperando por alguém do lado de fora de uma loja. Ele estava esperando por mim.

Ele estava *me* seguindo.

E também não era um fã me perseguindo. Eu já havia sido seguida por alguns assim antes (ou melhor, Nikki Howard tinha). Precisei ligar para os seguranças da Stark para tirá-los do meu pé.

Mas fãs eram diferentes. Eles não se vestiam tão bem para começar. E o casaco daquele cara era muito bem passado, assim como suas calças. Elas possuíam um vinco no meio que somente calças lavadas a seco tinham. O vinco até fazia uma pausa antes de a calça cair sobre os sapatos.

Todo fã obcecado que eu tinha tido usava calças tão curtas que a bainha ficava a pelo menos um centímetro dos tênis.

E nenhum deles tinha se preocupado em lavar suas calças a seco.

O cara do outro lado da rua se parecia mais com um segurança da Stark do que com um fã.

De repente, congelei por completo, e não foi por causa do tempo.

Era por causa da calça que o delatava. Ela era preta, e perfeitamente ajustada. Era, em outras palavras, extravagante.

Eu tinha uma sombra. Um segurança da Stark Enterprises de verdade, oficial.

E ele não sabia que eu sabia.

Nós dois ficamos lá na calçada lotada, um em cada lado da rua. De jeito nenhum eu poderia ir para a casa de Gabriel para ver Steven, sua mãe e sua irmã agora, que era o que eu estava pensando em fazer.

Era incrível, mas meu primeiro impulso foi ligar para Christopher. Logo o Christopher! Que não estava nem falando comigo! Por que eu ligaria para *ele*?

E de que adiantaria ligar para Christopher? Ele provavelmente desligaria na minha cara. Só porque tinha ido me resgatar uma vez não significava que viria voando para me resgatar de novo.

Além do mais, eu nem precisava ser resgatada, eu era uma mulher forte e independente (de acordo com a minha mãe, afinal. E não bonita. Entendeu? *Não bonita. Beleza é um arquétipo patriarcal*). Eu podia lidar com aquilo sozinha.

Mas... como?

Lulu, pensei subitamente. Eu precisava ligar para Lulu e dizer a ela para não ir até a casa do Gabriel. No caso de a estarem seguindo também.

Finalmente, terminei de abrir meu guarda-chuva com sucesso e então o centralizei de forma que o Calça Extravagante não conseguisse me ver. Então peguei meu celular que não era Stark e rapidamente disquei para o número da Lulu.

Ela atendeu no segundo toque.

— Ei — disse ela. Sua boca estava cheia. De banana split sem dúvida.

— Sou eu — disse, através dos lábios subitamente congelados. — Não vá para lá.

— Ir aonde? — perguntou ela.

— Para o lugar que você disse que ia.

Eu estava falando secretamente não porque achava que, se já estavam me seguindo, meu telefone poderia estar grampeado, mas porque percebi de repente que o apartamento poderia estar. Nós ficamos fora por aproximadamente uma semana. Quem saberia quem havia tido acesso a ele enquanto estávamos fora? Eles podem ter desativado o gerador acústico de ruídos que Steven tinha instalado. Eu nem tinha checado. Eu ou Lulu tínhamos dito alguma coisa sobre onde Nikki e sua família estavam escondidas? Tentei pensar.

Eu tinha certeza de que sim.

— Estou sendo seguida — informei.

Até as palavras soavam assustadoras. Agarrei convulsivamente a coleira de Cosabella. Ela, obviamente, estava se empinando ao meu lado, farejando o chão molhado à procura de restos de comida de rua, como pretzels e cachorros-quentes que as pessoas poderiam ter deixado cair.

— Está? — disse Lulu encantada. — Ai meu Deus! É como se fosse um filme do Bourne. E você seria a Julia Stiles! Ela é tão bonita. Onde você está?

— Na Astor Place — falei. Eu estava caminhando rapidamente para a direção oposta do apartamento e do Starbucks, tentando levar o Calça Extravagante para longe das pessoas que amo. O que era ridículo, claro, já que a Stark sabia onde meus pais e eu morávamos. — Nós precisamos ter certeza de que nossos amigos estão seguros onde os deixamos.

— Claro — disse Lulu. — Posso fazer isso.

— *Sutilmente* — falei.

— Consigo ser sutil — disse Lulu, soando magoada.

— Eu... — Não ousei olhar para trás para ver se o Calça Extravagante estava atrás de mim. Mas eu tinha bastante certeza de que ele estava. Eu não o vi mais do outro lado da rua. — Não sei o que fazer. Em relação ao cara, quero dizer.

— Aaaaaah, eu sei — disse Lulu, parecendo mais encantada ainda. Toda essa coisa era como um jogo para ela, eu juro. — Ligue para Christopher.

— O *quê*? — falei. — Você está louca? — Eu não tinha ideia de por que estava perguntando aquilo para Lulu, pois ligar para Christopher tinha sido a primeira coisa que eu tinha pensado em fazer. — Por que eu faria isso?

Lulu suspirou profundamente ao telefone.

— Nós acabamos de conversar sobre isso — disse ela. — Lembra-se? Você tem que dar a ele uma oportunidade de se sentir necessário e de poder te ajudar.

— Não posso fazer isso — falei. Eu estava andando tão depressa que Cosabella estava tendo dificuldades para me acompanhar. — E... e se ele se machucar? Será por minha culpa, vou me culpar para sempre e *eu* é que serei a supervilã.

Eu não queria contar a ela que a verdadeira razão de eu não querer ligar para Christopher era que eu estava com medo de ele desligar na minha cara, e eu não conseguiria aguentar mais uma rejeição da parte dele.

— Mas e se *você* se machucar de novo? — quis saber Lulu. Hum, era exatamente com isso que eu estava preocupada... mas não pelas pessoas a quem Lulu se referia. — Ele vai se culpar ainda mais, só que dessa vez pelo seu desaparecimento definitivo. Então ele vai inventar um raio mortal supernova e inversor que vai sugar toda a energia do sol e todos nós vamos congelar lentamente até morrermos, a Terra vai se tornar uma casca oca, a humanidade vai deixar de existir e tudo isso será sua culpa porque você não ligou para ele?

— Ai, meu Deus — falei. — Você comeu muito chantilly.

— Isso pode acontecer — disse Lulu na defensiva. — Vi isso na TV uma vez. *Ligue para ele.*

— Tudo bem — falei. De jeito nenhum que eu iria ligar para ele. — E, Lulu. Tenha cuidado com o que você diz no apartamento. Acho que ele pode estar com escutas de novo.

— Sempre sou cuidadosa — disse Lulu, soando magoada e irritada agora. — E sou muito boa nessa coisa de espionar. Aluguei um avião inteiro e fui ajudar Christopher a te resgatar sem ninguém descobrir, não foi?

Hum, eu não estava tão certa sobre isso. Mas apenas agradeci e desliguei o telefone.

Andei às cegas, sem nem mesmo olhar para onde estava indo, tentando descobrir como aquilo podia estar acontecendo comigo.

Mantendo meu telefone fora da bolsa, liguei para alguém...

Mas não para o Christopher.

— Então você não me odeia mais? — perguntou Brandon quando atendeu.

— O quê? — Eu estava confusa.

— Você está me ligando — disse Brandon. — Então imaginei que você devia não me odiar mais. Isso significa que você quer sair? Eu estou livre esta noite. Quero dizer, tenho planos, mas eu posso cancelá-los. Por você.

Ai, meu Deus. Brandon era o cara mais tarado do mundo. Isso era totalmente repugnante.

— Brandon — falei. — Você me sequestrou. E depois fez com que a única pessoa que sempre amarei na vida me odiasse. Eu te desprezo totalmente.

— Então... — disse Brandon. — Vou entender isso como um não. Você não quer sair comigo essa noite.

Afastei o telefone do rosto para ter certeza de que ele estava funcionando corretamente e que eu não tinha ouvido errado.

— Não — falei, trazendo-o de volta quando tive certeza de que o serviço de área do celular estava funcionando totalmente. — Eu não quero sair com você esta noite. Liguei para perguntar por que alguém da segurança da Stark está me seguindo.

— Como eu posso saber? — perguntou Brandon. — Talvez porque você valha muito para a empresa e eles querem ter certeza de que você não será assediada pelos fãs ou se machucará por causa dos paparazzi. Porque todo mundo pensa que você está me namorando agora. Mesmo não estando. Você pode querer reconsiderar. Segurança particular é apenas uma das muitas vantagens em ser a mulher de Brandon Stark. Ei, ui, aí não.

146

Afastei o telefone do meu rosto outra vez.

— O que você está *fazendo* agora, exatamente? — perguntei.

— Recebendo uma massagem — respondeu Brandon. — É que dói um bocado te deixarem inconsciente e depois ficar amarrado durante metade do dia, sabe. Você e seus amigos jogam duro. Já que você não quer ficar comigo, tem algo mais? Eu realmente estou muito ocupado.

— Se o papel dele fosse me proteger de ser assediada por paparazzi ou fãs — falei —, ele não estaria tentando me impedir de notá-lo, que é o que ele está fazendo.

— Ah — disse Brandon, em um tom de voz diferente. — Isso é diferente. Ei, você não acha que o meu pai...

— Não sei o que pensar — falei. — Mas acho que o seu pai está na nossa cola! Me diga você.

— Sem pânico — disse ele. — Meu pai não falou sobre nada disso comigo. Tenho certeza que ele não faz ideia do que está acontecendo. O que está acontecendo, de qualquer forma? Quero dizer, você e seus amigos descobriram o que...

Eu apenas ri cruelmente enquanto arrastava meu cachorro pela rua.

— Certo — falei. — Como se eu fosse contar para você. Quando estiver pronta para te deixar a par do que está acontecendo, Brandon, você saberá. Isso é muito mais cortesia do que você jamais me ofereceu.

Desliguei na cara dele.

Meus dedos estavam tremendo dentro das luvas enquanto eu discava para o número do celular do Christopher. Que outra escolha eu tinha? Eu não sabia para onde ir e, francamente, estava com medo. Christopher, eu disse a mim mesma, saberia o que fazer.

Eu não tinha mesmo ideia se ele atenderia. Depois do jeito que havíamos deixado as coisas — ele mal tinha olhado para mim quando pegamos caminhos diferentes em Teterboro, onde o avião tinha nos deixado — eu meio que esperava que ele fosse deixar a minha ligação ir para o correio de voz.

Mas, milagrosamente, eu o ouvi dizendo "Alô?" ao meu ouvido.

— Christopher? — falei. Esperava não soar tão assustada e trêmula para ele como soava para mim.

— O que é, Em? — perguntou ele. Ele não parecia estar surpreso em me ouvir. Parecia mais... conformado.

Ótimo. Meu namorado, ex-namorado, estava conformado em me ouvir. Porque eu era tão dramática? Como aquelas meninas que eu sempre ouvia nos corredores da escola falando coisas sem noção para que seus namorados prestassem mais atenção nelas? *Oh, Jason, não consigo abrir meu armário... eu sei, tentei girar para a direita, depois para a esquerda, mas nada se mexeu. Acho que apenas não sou forte o bastante. Você pode me ajudar? Por favor? Ah, ótimo. Oh, Jason, você é tão forte...*

Sério? Essa era eu agora?

Por outro lado, um cara estava me seguindo. Abaixei-me para recolher o cocô de Cosabella com uma sacola plástica que estava no meu bolso e meio que olhei por trás do meu ombro discretamente, enquanto obedecia à regulamentação de Nova York sobre o lixo, jogando-o num recipiente próximo, e lá estava ele de novo, parado perto da cerca de um adro, totalmente fingindo estar mandando uma mensagem de texto pelo celular.

— Estou sendo seguida — murmurei para Christopher.

— Não consigo te ouvir — disse Christopher.

— Estou sendo seguida — repeti, mais alto desta vez.

— Onde você está? — perguntou ele logo em seguida.

148

Não um *Então, o que você espera que eu faça em relação a isso?* Ou um *Eu te avisei que não quero mais me envolver nisso.*

Surpresa, e mais aliviada do que queria admitir, respondi:

— Estou na Broadway com a Nona.

— Não estou longe daí — disse Christopher. — Caminhe para o norte da Broadway em direção à Union Square. Vou te encontrar. — A voz dele soou bastante tranquila ao telefone, embora eu tivesse notado que ele, assim como eu, estava em algum lugar na rua. Eu podia ouvir o barulho do trânsito ao fundo. — Há quanto tempo ele está te seguindo?

— Não sei — disse. — Há uns quatro quarteirões? Encontrei meus pais para tomar um café e o notei assim que saí de lá. Ele pode ter me seguido até lá, até onde sei.

— Como ele é?

— Alto — falei, fazendo o que ele tinha me dito, e andando rapidamente em direção ao norte. — Ele para toda vez que eu paro e finge estar enviando uma mensagem de texto para alguém.

— O que ele está vestindo?

— Um sobretudo e calças pretas engomadas. E é isso que chama a atenção nele, na verdade. Faz com que pareça alguém da Stark.

— Como assim?

— Por causa das calças. Elas são muito extravagantes.

— As calças dele são extravagantes — repetiu Christopher, e percebi que eu devia soar como uma doente mental. Aquele era o dia, aparentemente, de as pessoas pensarem que eu estava louca.

— Sério, Christopher — falei. — Este cara é da segurança da Stark, e não algum fã de Nikki Howard. Por que a segurança da Stark estaria me seguindo?

— Isso é algo que talvez você queira perguntar para o seu namorado, Brandon — disse Christopher.

— Ah, ha-ha — falei, tentando soar como se não tivesse acabado de fazer exatamente isso... e como se o que ele disse não tivesse machucado como uma faca atravessando meu coração. — Eu já te falei, Brandon me forçou a...

— Guarde isso, Watts, já ouvi tudo isso da primeira vez. Tudo bem, estou te vendo — disse Christopher.

— O quê? — Isso me assustou tanto que quase derrubei meu guarda-chuva. — Você está me vendo? Como você pode...

Mas aí Christopher virou a esquina bem na minha frente e colocou um braço ao meu redor.

— Oi, querida — disse ele, e beijou minha bochecha. — Bem na hora.

Eu estava completamente chocada. Seus lábios eram quentes de encontro a minha pele gelada. E o braço que ele deslizou em torno de mim?

Me senti no paraíso.

Especialmente porque eu estava certa de que jamais sentiria o braço dele em torno de mim novamente.

— Já estou com os ingressos — disse ele. Ele estava conversando num tom de voz inapropriadamente alto.

Foi quando percebi que era por causa do Calça Extravagante, e não por mim. Afinal, ingressos? Que ingressos?

— Ótimo — falei, caminhando ao lado dele. Notei que ele estava carregando uma sacola plástica da Forbidden Planet, uma loja de quadrinhos que era perto dali. Lembrei-me, tardiamente, que Christopher tinha uma caixa de correio lá, onde eles guardavam todas as revistas em quadrinhos que ele encomendava todo mês. Ele devia ter acabado de fazer sua retirada semanal quando telefonei.

— Então, você está pronta? — quis saber ele.

Ele ainda estava com o braço em torno de mim. Era tão maravilhoso que eu esperava que ele nunca me soltasse.

Mas nada daquilo, eu sabia, era porque Christopher ainda realmente se importava comigo. Era apenas por causa dos velhos tempos.

Lulu estava errada: fazer com que um garoto pense que você precisa dele não adianta em nada.

Só faz com que você o deseje mais.

— Claro — falei. Eu não via como tudo aquilo podia funcionar. Agora, o Calça Extravagante, que estava na calçada a poucos metros de distância, enviando uma mensagem de texto, ia seguir nós dois.

Pelo menos foi o que eu pensei.

Porque um segundo depois, Christopher tirou seus braços de mim e, olhando para o cara, gritou:

— Você. Ei, você!

TREZE

O CARA QUE ESTAVA ME SEGUINDO DESVIOU O OLHAR DO TELEFONE celular, assustado. Depois olhou para trás para ver se Christopher estava falando com outra pessoa.

— Estou falando com você — gritou Christopher, indo na direção do Calça Extravagante e o empurrando no ombro. — Você estava seguindo minha namorada?

Isso mesmo. Christopher empurrou o segurança da Stark no ombro.

Ele também me chamou de namorada.

Meu coração começou a martelar detrás das costelas, e não por causa do possível confronto que, eu sabia, estava prestes a acontecer.

O Calça Extravagante *não* gostou quando Christopher chamou tanta atenção para ele. Isso ou ele não gostava de ser empurrado, mesmo que tivesse sido, sendo sincera, apenas um pequeno empurrão. Ele guardou o celular e disse, num tom controlado:

— Eu não te conheço, filho. Por favor, tire a mão de cima de mim.

152

— O que você quer dizer quando diz que não me conhece? — perguntou Christopher, ainda com um tom de voz alto o suficiente para fazer com que todos na calçada olhassem para nós. — Porque você está agindo como se me conhecesse. Ou pelo menos, como se conhecesse minha namorada, Nikki Howard. Porque você a tem seguido nos últimos quatro quarteirões.

Aí! Ele disse de novo! *Namorada!* Eu definitivamente não tinha me enganado.

Quando Christopher disse as palavras *Nikki Howard*, muito mais pessoas pararam para prestar atenção. Elas realmente começaram a andar devagar na calçada ou pararam de andar por completo e ficaram lá, e começaram a encarar. Um cara alto e corpulento, que estava descarregando latas de refrigerante de um caminhão na esquina, realmente veio e parou na cara do Calça Extravagante.

— Ei! — disse o Cara Corpulento. — Isso é verdade? Você está seguindo a Nikki Howard?

O Calça Extravagante olhou rapidamente ao redor, como se procurasse uma rota de fuga. Ele realmente começou a colocar a mão dentro do casaco, e não para pegar o celular, que eu já o tinha visto colocar no bolso lateral.

Eu estava parada bem no ângulo para ter um vislumbre do que exatamente ele estava tentando pegar dentro do casaco...

Uma arma. Em um coldre de ombro com alça presa debaixo do braço.

Arfei e alcancei Christopher para segurá-lo pelo braço com meus dedos afundando no couro da sua jaqueta. Acho que parei de respirar por um minuto. Eu não podia acreditar.

Uma arma! Ele realmente tinha uma arma! Ele ia tentar atirar em nós!

153

Mas com Christopher, o Cara Corpulento, a multidão reunida, além de mim, havia, aparentemente, muitas testemunhas. Porque um segundo depois, a mão do Calça Extravagante caiu para longe da arma e, em vez disso, ele pareceu estar à procura de uma outra maneira de sair daquela situação tensa.

Continuei a segurar no braço de Christopher, tão assustada que eu não tinha certeza se poderia ter permanecido em pé se não estivesse agarrada a ele. Uma arma! Ele tinha uma arma! E ele ia usá-la!

— Isso não é legal! — disse o Cara Corpulento, cutucando o Calça Extravagante no peito, num gesto um tanto brusco, achei. Principalmente considerando o fato de que ele tinha uma arma. — Nós costumamos deixar as celebridades em paz por aqui!

— Verdade — disse Christopher, balançando a cabeça tristemente para o Calça Extravagante. — Nós realmente deixamos.

O Calça Extravagante parecia perturbado.

Mas não havia nenhuma forma de ele fugir daquela situação. A menos que fosse algum tipo de psicopata. Havia muitas pessoas reunidas ao nosso redor agora, assistindo.

E duvido muito que Robert Stark contrataria psicopatas para a sua equipe de segurança.

— Eu não a estava seguindo — disse ele, tanto para o homem corpulento quanto para Christopher. — Aconteceu de estarmos andando na mesma direção, é isso.

— Então por que você não continua andando? — perguntou o Cara Corpulento.

— Talvez eu continue, então — disse o Calça Extravagante, parecendo ofendido. — Talvez eu continue.

Mas claro que ele continuou lá parado.

— Então vá — disse Christopher. — Se está com tanta pressa.

— É — disse o Cara Corpulento. — Por que você não vai?

O Calça Extravagante, olhando de um jeito feio para todos nós, começou a ir embora lentamente. Meu coração permaneceu esmurrando dentro do peito enquanto eu o via partir, esperando que não fosse voltar e começar a atirar.

— Mais rápido — ordenou o Cara Corpulento.

O Calça Extravagante acelerou o passo, distanciando-se em direção à Union Square. Ele não olhou para trás.

— Muito obrigada — arfei enquanto meu aperto afrouxava um pouco o braço de Christopher. Meus dedos estavam doloridos devido à força com que eu o apertei. Eu não conseguia imaginar como o braço dele estava.

Mas notei que ele não estava reclamando.

— Sem problemas — disse o Cara Corpulento. — Não podemos ter pessoas assediando nossas celebridades locais. É isso que faz Nova York ser diferente de Los Angeles, sabe? Aqui, as pessoas podem andar pelas ruas sem ninguém incomodar, sabe? Ei, eu tenho que dizer, minha sobrinha é tão bonita e talentosa quanto você e vai ser uma estrela algum dia. Posso te pedir um autógrafo? Você sabe, para inspirá-la.

— É claro — falei. — Ficaria feliz em poder fazer isso. Qual o nome dela? — E quando ele me disse que era Helen Thomaides, rabisquei *Para Helen, para alcançar as estrelas. Com amor, Nikki Howard* em uma página do seu formulário de entrega.

Isso, claro, abriu precedentes, e então, todo mundo que estava parado na calçada assistindo ao nosso pequeno confronto com o Calça Extravagante quis um autógrafo. Canetas apareceram do nada e logo eu estava assinando tudo, desde receita de farmácia das pessoas até atrás de seus pulsos.

Enquanto eu assinava, tentava acompanhar o que estava acontecendo além do círculo de caçadores de autógrafos ao meu redor. Onde estava o cara que estava me seguindo? Ele tinha realmente desistido? Onde estava Christopher? Ele também tinha desistido de mim? Ou ainda estava lá?

Finalmente, senti a mão envolvendo meu braço. Olhei para cima, assustada. Felizmente, era Christopher e não o Calça Extravagante. Ele tinha pego Cosabella, graças a Deus. Caso contrário, ela teria sido pisoteada na confusão das pessoas querendo minha assinatura, e agora ele estava dizendo, com uma voz séria:

— Nikki? Acho que é hora de ir embora.

Olhei para a rua e vi que ele tinha chamado um táxi, que já estava com uma das portas traseiras abertas.

Christopher estava me ajudando a fugir? Depois de dizer que não queria ter mais nada a ver com aquela história?

Senti uma onda de calor em direção a ele, que foi ainda melhor do que quando ele colocou o braço em volta de mim.

— Ah — disse a todos os caçadores de autógrafos. — Me desculpem, mas eu tenho que ir.

— Para um ensaio de figurino? — quis saber uma das meninas que tinha me pedido para assinar seu pulso.

— Para uma sessão de fotos? — perguntou outra.

— Sim — falei para todos. Qual a razão para dizer a verdade? Iria apenas decepcioná-los. — Me desculpem! Muito obrigada! Amo todos vocês! — Mandei beijos do mesmo jeito que tinha visto as estrelas de cinema fazerem na TV e corri para o táxi, mergulhando dentro dele e deslizando pelo assento para abrir espaço para Christopher, que se inclinava para entregar Cosabella para mim.

— Venha comigo — quase implorei. Eu sabia que ele estava pronto para cair fora, mesmo já tendo feito todas aquelas coisas boas para mim.

— Em — disse ele. A expressão tinha ficado séria, seus olhos azuis tinham apagado como se não houvesse ninguém ali.

— Christopher — falei. — Ele tinha uma arma...

— Eu sei — insistiu Christopher, olhando por sobre o ombro. — É por isso que você tem que sair daqui *agora*.

Ele sabia? O tempo todo, e tinha agido com tanta calma! Ele tinha empurrado o cara, sabendo que ele tinha uma arma? Eu não podia acreditar. Ele tinha feito aquilo por mim. Mesmo alegando não sentir nada por mim mais. Nada além de desprezo. Talvez o que ele alegava e o que realmente sentia fossem duas coisas diferentes. Eu quase não ousava ficar com esperança...

— Estou preocupada com *você* — falei. As pessoas que não tinham conseguido um autógrafo, mas tinham visto a multidão, estavam começando a se aproximar do táxi, curiosas sobre quem estava dentro dele.

— Você poderia simplesmente ir logo? — disse Christopher. — Ele provavelmente encontrou um táxi e está voltando...

— Por favor, entre. — Agora eu estava implorando. — Eu *preciso* de você.

Eu não me importo, Christopher poderia ter dito. *É você que tem um problema. Não eu.*

Mas ele não disse.

Lulu estava certa: talvez os garotos só quisessem se sentir necessários às vezes. Não o tempo todo. Porque senão você vira uma Whitney Robertson, chorona e completamente incapaz.

Mas de vez em quando, talvez você precise parar de correr, dizer às outras pessoas que precisa delas e deixá-las ajudar.

Incluindo o cara que você gosta.

Christopher entrou no táxi, ao meu lado, e fechou a porta.

Ele não se comportou como se estivesse muito descontente com a situação.

— Para onde estamos indo? — perguntou ele.

— Eu estava indo para a casa do Gabriel — falei. — Acho que... bem, eu não sei. Mas estou preocupada com a possibilidade de Nikki ter dito algo a alguém.

Só de dizer aquilo em voz alta, minha boca secou e meu pulso acelerou. Eu não conseguia olhar nos olhos de Christopher. Não tanto porque eu estava realmente preocupada com Nikki e sua família, o que de fato eu estava.

Mas porque eu sabia que estávamos juntos e a sós em um táxi agradável e aconchegante.

Era a primeira vez que ficávamos sozinhos desde que ele tinha me acordado na minha cama e...

Terminado comigo. Basicamente.

Mas agora ele tinha acabado de salvar a minha vida.

— Você pode estar certa sobre isso. — Foi tudo o que ele disse, no entanto. — Considerando o novo amigo que você arranjou lá. Mas não sei se é uma boa ideia ir para lá com um segurança da Stark na sua cola.

— Para onde vamos? — quis saber o taxista. Ele precisou gritar para ser ouvido através do vidro à prova de balas, entre os bancos dianteiros e traseiros. Ele soltou o freio de mão e começamos a cruzar a Broadway, indo na direção oposta à que o Calça Extravagante tinha ido.

Se é que ele também não tinha pegado um táxi e estava nos seguindo.

— Apenas continue dirigindo — gritou Christopher para o motorista. Ele estava, evidentemente, pensando na mesma coisa que eu. — Nós te avisamos quando virar.

— Você acha que ele está nos seguindo? — perguntei ao Christopher, me virando no banco para olhar.

Mas tudo que consegui ver foi o habitual grande oceano de táxis atrás de nós. Não tinha como dizer em qual o Calça Extravagante estava, caso estivesse em algum.

— Provavelmente — disse Christopher.

— O que nós fazemos? — perguntei ansiosamente.

— Vamos fazer um passeio agradável no centro — falou Christopher. — E tentar despistá-lo, por via das dúvidas; depois saltaremos no metrô de volta para uptown, quando parecer seguro.

Eu não conseguia acreditar que Christopher estava tão calmo. Aquele era, obviamente, o novo supervilão Christopher, usado no caso de perseguições de carro em alta velocidade.

Embora não estivéssemos realmente em alta velocidade, considerando o fato de estarmos parados no sinal vermelho.

Olhei para Cosabella, que tinha saltado para o meu colo a fim de espreitar pela janela. Cosy adorava estar em qualquer veículo em movimento. Olhar para ela era mais fácil do que olhar para o rosto de Christopher, que sempre só me fazia lembrar do quanto eu o desejava.

E o quanto ele, em resposta, não me desejava.

Pelo menos, até há poucos minutos. Eu ainda não tinha certeza se deveria permitir que as evoluções recentes me dessem esperança de que as coisas estavam mudando.

— O que faz você pensar que Nikki iria nos trair? — quis saber Christopher.

— Ela está enfurecida — falei. — Com toda essa coisa. O fato de não poder ter o seu antigo corpo de volta. Foi o que ela pediu em troca para Brandon, você sabe. — Virei a cabeça para olhar para ele, me sentindo tímida de repente. — Em troca de lhe contar por que o pai dele tentou matá-la

159

Christopher olhou para mim sem entender.

— Ela pediu o quê para ele?

— Seu corpo antigo de volta — falei.

Os olhos dele se arregalaram.

— Espere... ela queria que você...

— Sim — falei com tristeza. — Ela realmente odeia o corpo no qual está agora.

Christopher se arrepiou.

— Já ocorreu a ela que é isso o que acontece — disse ele — quando você tenta chantagear seu chefe? O que ela esperava?

Arregalei os olhos para ele.

— Bem, não que ele fosse tentar matá-la.

— Chantagem é ilegal, você sabe — disse Christopher. — Costuma deixar as pessoas furiosas.

— Bem, seja lá o que Robert Stark estiver fazendo, também é contra a lei — apontei. — Sei que dois erros não fazem um acerto, mas não é como se Nikki soubesse disso.

— Hum, ela faz parte da raça humana, não é? — perguntou ele. — Além disso, pensei que ela fosse uma menor emancipada. Então você não pode dizer que ela não sabia. Ela pediu para ser adulta.

— Só estou dizendo — falei, começando a sentir nossa relação um pouco menos calorosa do que quando ele me salvou do Calça Extravagante, porque não estava fácil fazê-lo ver como perder o corpo era algo importante para uma garota como a Nikki. — Sei como ela se sente. É horrível ter que desistir de toda a sua vida porque você cometeu um erro idiota.

— Qual foi o seu erro? — perguntou Christopher. — Empurrar sua irmã caçula quando aquela TV se soltou, para cair em você e não nela? Estar no lugar errado na hora errada? Você não cometeu nenhum erro. E nem a Nikki.

A veemência com que Christopher falou me surpreendeu. Eu não sabia que ele era tão decidido... sobre qualquer coisa que não fosse vingar a minha morte, que agora era um ponto discutível, uma vez que ele sabia que eu não estava morta.

— Eu... Eu acho que nunca pensei nisso desta forma — falei, acariciando distraidamente a cabecinha peluda de Cosabella.

— Então ela perdeu o corpo — disse Christopher. — Mas ela ainda tem a mente. Só porque a sua carreira anterior era inteiramente baseada na aparência, isso não significa que ela não pode ter uma nova carreira, desta vez usando o cérebro. Será que ela ao menos cogitou isto? Não é como se ela não tivesse jeito para os negócios. Como você deve ter notado, considerando o fato de ela ter assustado o dono de uma corporação multinacional a ponto de ele tentar assassiná-la.

Pisquei para ele. Era verdade. Nikki tinha muito mais atributos do que apenas o rosto.

Mas como alguém iria convencê-la disso?

— Se pelo menos pudéssemos descobrir por que Robert Stark estava com tanto medo do que ela poderia revelar a todos — falei lentamente. O embrião de uma ideia estava se formando em minha mente. — A coisa com os Quarks, quero dizer. O fato de ela ter contribuído para descobrirem isso... se pudéssemos revelar e tornar público, talvez fosse o suficiente para aumentar sua autoestima a ponto de ela não querer que invadam minha cabeça e retirem meu cérebro de novo.

Christopher gritou para o motorista:

— Vire à direita aqui!

O taxista gritou de volta:

— Você está louco! Estou na pista errada!

— Apenas vire — gritou Christopher de volta: — Tenho vinte pratas extras para você.

Xingando, o motorista fez uma curva à direita tão de repente que eu e Cosabella caímos em cima do Christopher. Ele colocou um braço em meus ombros enquanto carros e caminhões buzinavam ao nosso redor. Cosabella tentou ficar em pé sobre o banco, o que fez com que suas patas esfaqueassem minhas coxas.

— Desculpe-me — falei, nervosa porque partes do meu corpo tinham voado sobre Christopher. — Desculpe-me.

— Tudo bem — disse ele. Ele estava esticando o pescoço para olhar para trás. — Se ele estava atrás, nós o despistamos com certeza.

— Despistamos? — Tentei me aprumar, consciente de que Christopher não tinha movido seu braço. Era horrível ser tão superciente dessas coisas, quando eu tinha certeza de que ele não se importava com nada. — Bem, isso é bom.

— E entendi o que você quer dizer — disse ele. — Sobre Nikki. Ela tem bons instintos. Eles só precisavam ser guiados na direção correta. Ela estava certa em fazer algo quando ouviu sobre os Quarks. Ela só não fez a coisa certa. Chantagear o chefe em vez de tentar pará-lo não traz nada para o bem maior... que é o que você quer fazer.

— Robert Stark não está coletando todos esses dados sem motivo, Christopher — falei, olhando em seus olhos. Ele ainda estava com o braço em volta de mim, então era meio difícil não olhar. Também era difícil não notar seus lábios, que estavam altamente beijáveis. Mas eu tentei pensar em coisas maiores, como salvar Nikki e a família dela. — Eu estava prestando atenção no seu discurso sobre ele na aula de Retórica. Você não consegue ser o quarto homem mais rico do mundo fazendo coisas sem propósito. Amanhã à noite terei que ir a uma festa na casa dele. Se tiver alguma chance de eu descobrir o que ele está fazendo, vai ser lá...

— Peraí — disse Christopher, enrijecendo o braço. — Você vai enfrentá-lo sozinha?

— Bem — falei —, acho que será nossa única chance de acabar com isso. Caso contrário... bem, meus pais estão ameaçados de falência, porque pensam que podem simplesmente ir até a Stark Corporate, quitar a multa do meu contrato e acabar com isso. O que nunca vai acontecer. Steven e a mãe dele terão que viver escondidos para sempre, por temer o que Robert Stark e seus amigos poderão fazer com eles. E Nikki vai conseguir que a matem, ou vai se matar sozinha, tentando ser o que era. Então... sim. Vou enfrentá-lo sozinha. Com a sua ajuda, se você estiver disposto a isso. O que você acha? Você está disposto?

Christopher não disse nada de imediato. O táxi trafegava a Houston Street, nos levando só Deus sabe para onde. Prendi minha respiração, esperando pela resposta dele. Eu sabia que não podia fazer nada daquilo sem a ajuda dele. Eu precisava dele, e do seu primo Felix, para invadir o computador principal da Stark e ver o que eles poderiam descobrir. Eu não achava que seria capaz de simplesmente ir até Robert Stark e falar "Conte-me tudo". Eu precisava me armar de algumas informações primeiro.

Informações que somente eles poderiam conseguir. Caso procurassem no lugar certo. E se não estivessem criptografadas. O que provavelmente estariam.

Ainda assim. O mínimo que eles poderiam fazer era tentar...

— Você está louca — disse Christopher. Ele parecia zangado. Comigo. Consigo mesmo. Com a situação toda. Pelo

163

qual eu não poderia exatamente culpá-lo. — Essa coisa toda tem sido uma loucura total.

— Eu sei — falei, dando de ombros. Porém, secretamente, eu estava encorajada. Um *Você está louca* não era um *não*.

— Aquele cara lá atrás tinha uma arma — continuou Christopher. — Brandon Stark nem sequer tinha uma arma e conseguiu te sequestrar apenas ameaçando fazer coisas ruins para seus amigos. Como você acha que vai lidar com o pai dele, que é um bandido de verdade?

— Bem — falei. De repente, eu não me sentia tão corajosa assim.

Havia lágrimas de verdade nos meus olhos.

— É por isso que desta vez estou te pedindo ajuda. Eu sei que não consigo mais fazer isso sozinha. Preciso de você, Christopher.

— Com certeza não pode — disse ele. — Já era hora de você perceber isso.

Então ele me puxou com força e me beijou na boca.

QUATORZE

— ONDE VOCÊS ESTAVAM?

Isso foi o que Felix quis saber quando aparecemos no seu porão uma hora depois.

Era óbvio pelo seu tom de voz que ele não se referia ao lugar onde tínhamos *acabado* de estar, escapando dos valentões da segurança da Stark e dando uns amassos (bem, um pouco) no banco de trás de um táxi.

Ele queria saber onde nós estávamos desde a última vez que nos vira.

Na verdade, eu não tinha certeza se ele tinha saído da frente do seu centro de comando multitelas desde a primeira vez, quando o conheci. Ele parecia ainda estar com a mesma roupa: calça jeans larga, camisa de veludo verde e um monte de correntes de ouro.

A única diferença, na verdade, era que tinha muito mais pratos vazios empilhados ao seu redor. A mãe evidentemente estava levando as refeições lá embaixo para ele.

Bem, era duro ser um hacker de computador em prisão domiciliar... embora eu achasse que houvesse alguns privilégios. Como sanduíches e brownies da mamãe, no andar de cima.

— Acabamos de escapar de um cara da segurança Stark — informou Christopher a ele. — Ele estava seguindo Em. E tinha uma arma.

— Em? — Felix girou na cadeira de computador cheia de almofadas para olhar para mim com os olhos apertados. Depois assentiu com a cabeça. — Ah, está certo. Eu li o prontuário médico. Você apenas pegou emprestado o corpo de Nikki Howard. Seu verdadeiro nome é Emerson... Watts, certo?

— Hum, espero continuar nesse corpo, espero — falei. — Ter seu cérebro colocado no corpo de outra pessoa não é moleza, sabe?

— Principalmente se for o corpo de Nikki Howard — disse Felix, fazendo um som de rosnado. — Mamacita, eu gostaria de ter um pouco disso!

Christopher caminhou até o primo e lhe deu um tapa atrás da cabeça.

— Ei — disse ele, sério. — Mostre boas maneiras. Só porque você vive em um porão não significa que não tem que agir como um cavalheiro na frente das damas.

— Ai — disse Felix, tocando na própria cabeça. — Pare. Eu só estava brincando.

— Tudo bem — falei para Christopher. Na verdade, senti um pouco de pena do primo dele. Devia ser difícil ser tão inteligente e não ter nenhuma válvula de escape, algo positivo, no caso, para toda aquela inteligência.

— Não — disse Christopher, balançando a cabeça para mim. Felix podia estar brincando, mas Christopher definitivamente não estava. — Não está.

Corei. Christopher estava sendo um cavalheiro comigo agora...

Mas quando estávamos no táxi, depois dele ter me puxado tão rudemente para me beijar, ele me empurrou do mesmo jeito rude e murmurou:

— Desculpe, eu não queria fazer isso.

Eu o encarei espantada, com os lábios ainda formigando onde a boca dele tinha esmagado a minha, e disse:

— Christopher. Está tudo bem. — Acredite. Estava *mais* do que tudo bem.

— Não — retrucou ele. — Não está.

Então. Eu ainda não tinha sido perdoada. Não ainda. Só que ele não conseguia evitar me beijar de vez em quando.

Garotos são tão estranhos.

Agora ele apontava para um dos monitores do computador na frente de Felix, que era um fluxo de informações.

— Ainda estamos no computador principal da Stark? — perguntou ele.

— Sim — disse Felix. Ele parecia aborrecido. Ele se recostou na cadeira do computador para que pudesse descansar seus pés gigantescos em uma das caixas de leite que compunha seu centro de comando improvisado, perto de alguns dos pratos vazios. — Não que estejam fazendo algo de interessante. Estou mais entediado com isso do que com todas as temporadas de Stargate juntas.

— Na verdade, eles estão fazendo muita coisa interessante — disse Christopher. — Estão armazenando todos os dados que as pessoas que compraram os novos Quarks estão carregando.

Aquela informação assustou tanto Felix que ele saltou, tirando os pés da caixa de leite e derrubando acidentalmente também todos os pratos, fazendo com que caíssem no chão com um estrondo.

No entanto, ele não pareceu se importar ou sequer notar. Seus dedos começaram a voar sobre o teclado na frente do monitor Stark.

— Caramba — disse ele, olhando, pela primeira vez, realmente desperto e animado. — Primeiro, por que você não disse logo isso? Por que eles se importariam com um bando de dados de alguns laptops de plástico insignificantes de estudantes? Não faz nenhum sentido. Onde eles estão armazenando isso? Eu não estou vendo. — Ele tomou um gole de uma das Cocas que sua mãe tinha trazido para nós (Tia Jackie ficou superfeliz em me ver. Ela tinha ganhado a coleção completa da fragrância de Nikki Howard de Natal do marido e queria que eu autografasse a caixa com o rosto de Nikki sorrindo sedutoramente). — Onde eles estão colocando isso?

— O que quer dizer quando diz que não está vendo? — perguntou Christopher. — Você pode encontrar os dados ou não?

— Ah, estão aqui — disse Felix, arrotando a sua Coca-Cola. — A criptografia deles é uma piada. Nunca vi uma corporação tão cheia de si. É como se eles achassem que ninguém pode tocá-los. E talvez seja porque ninguém nunca tenha se importado o suficiente para tentar. Mas, quero dizer, não sei dizer por que eles querem toda essa porcaria. Eles têm Facebook de garotos e páginas do Flickr, até mesmo registros *odontológicos*. Para que eles querem *isso*? E aqui tem um monte de orçamentos online de reservas de viagens. Priceline, cruzeiros e viagens de férias...

— Talvez eles queiram entrar no negócio de viagens? — arrisquei, dando de ombros. — A Stark não tem uma linha aérea comercial.

— Fênix — disse Felix.

— Eles querem sua base central de viagem fora de Phoenix? — perguntou Christopher, confuso.

— Não — respondeu Felix. Seu canudo bateu no fundo da lata de refrigerante. — Isso é como eles estão chamando o banco de dados onde estão guardando todos esses arquivos. Projeto Fênix.

Christopher olhou para mim sem entender.

— O que há em Phoenix?

Dei de ombros novamente.

— Deserto?

— Idosos — disse Felix, quando Christopher olhou para ele. — Velhos que dirigem carros de golfe. Em tons pastel.

— Olhe para isso — disse Christopher para Felix.

Felix suspirou e digitou a palavra *fênix* em um mecanismo de busca.

— Fênix — leu ele, quando a definição apareceu. — Um pássaro de fogo sagrado místico com um ciclo de vida de mil anos, que perto do seu fim constrói um ninho de ramos de mirra, se autoincinera logo em seguida e depois renasce das cinzas.

Todos nos olhamos sem entender.

— Talvez seja um novo videogame — sugeri. — E as pessoas de quem eles recolheram os dados têm altas pontuações no *JourneyQuest* ou algo assim. E querem mandar o jogo para eles testarem.

— Então eles deveriam ter mandado para mim — disse Christopher, parecendo ofendido (com razão).

— Sim — disse Felix, clicando na página do Facebook de um dos novos donos do Quark. — E sem chances de esse perdedor jogar *JourneyQuest*. Olhe para ele. *Oi, eu sou Curt. Gosto de Dave Matthews Band. Só bebo café cultivado organicamente. Vou fazer trilha com o meu cachorro em Seattle no fim do mês. E sou chato.*

Olhei para o perfil de Curt. Ele definitivamente não era um jogador. Ele listou corrida e ciclismo como hobbies. Ele era atraente, sem um grama de gordura corporal. Ele gostava de cachorros e de seus sobrinhos e queria salvar as baleias.

Eram todas qualidades admiráveis e motivo para Felix tirar sarro dele.

— Mostre-me outro — falei.

— *Oi* — disse Felix, ao clicar em outro perfil. — *Eu sou Kerry*. Oooooh, Kerry é gostosa. Ela gosta de escrever e do pôr do sol. Eu gosto de escrever e do pôr do sol também, Kerry. Olhe isso, Kerry vai para a Guatemala no mês que vem para ajudar a ensinar as crianças a ler. Legal da parte dela. O que mais a Stark sabe sobre Kerry? Vamos olhar os seus registros médicos. Ela teve que mandar junto com um e-mail para o programa que a levará para a Guatemala. Ah, olhem isso. Saúde perfeita. Nem mesmo uma cárie. Surpresa. Esses compradores do Quark são muito saudáveis. Coma um x-burger, Kerry, nadando em gordura! — Felix estava gritando com seus monitores.

Felix ficava animado com muita facilidade. Talvez fosse por causa de toda a cafeína e açúcar das Coca-Colas que ele bebia.

— É esquisito — falei — que sejam todos tão naturebas.

— Ou... — disse Christopher, olhando para mim. — Alguém da Stark está catando esses dados propositadamente.

— E salvando somente os arquivos daqueles saudáveis e bonitos? — Olhei a foto da Kerry no Facebook. Ela estava em pé sob o sol em uma trilha, usando camiseta e short. Parecia magra, com uma pele boa e feliz.

— Mas por quê? — perguntou Felix, alcançando a Coca-Cola que eu não tinha tocado (o corpo de Nikki não se dava bem com cafeína e xarope de milho rico em frutose). — Eu odeio pessoas saudáveis.

170

— Não sei — disse Christopher. — Mas o que mais eles têm em comum?

— Eles cuidam bem de seus corpos — arrisquei.

— São sexy — disse Felix.

— E estão todos viajando para outros lugares — disse Christopher.

— Robert Stark está formando um exército — repliquei com espanto.

— Sim — disse Felix sarcasticamente. — De pessoas realmente chatas.

QUINZE

— AH, GRAÇAS A DEUS VOCÊ ESTÁ AQUI — DISSE GABRIEL, ABRINDO a porta do apartamento.

Eu não conseguia imaginar por que ele estava feliz em nos ver. Não de primeira.

Eu tinha me oferecido para passar no seu apartamento com alguma comida, ao perceber que eu não ia ser de nenhuma ajuda para resolver o mistério do Projeto Fênix...

Pelo menos, não sentada, lendo arquivo por arquivo dos donos incrivelmente atraentes dos Stark Quarks. Isso era algo que Christopher e Felix poderiam fazer sozinhos.

Então você pode imaginar minha surpresa quando Christopher disse que viria comigo à casa de Gabriel. Não me pergunte por quê. Ele não tinha me agarrado e me beijado novamente ou fornecido alguma explicação sobre tê-lo feito no táxi naquela tarde. Até onde eu podia notar, ele ainda me odiava e planejava continuar assim indefinidamente.

Eu não conseguia evitar desejar ser mais parecida com Nikki. Tenho certeza de que muitos garotos tinham feito jogos mentais estranhos com ela. Ela não iria aturar as bobagens de Christopher por mais de cinco minutos. Eu adoraria ter perguntado a ela como ela lidava com caras como ele. Eu teria feito isso, na verdade...

Se eu achasse que sairia dessa sem levar um soco na boca e exigindo novamente que eu lhe devolvesse o seu corpo.

Estava quente e seco dentro do restaurante tailandês onde tínhamos ido para pegar a comida, e cheirava insanamente bem. Eu tinha pedido um pouco de quase tudo para viagem, então sentei para esperar a comida em uma cadeira acolchoada de vinil vermelho com Cosy no meu colo, enquanto Christopher se sentou ao nosso lado, mandando torpedos para Felix pelo celular.

Depois de algum tempo tentando ignorar a presença de Christopher, e de seus lábios altamente beijáveis e suas mãos grandes e brutas, ocorreu-me uma coisa: espere um minuto. Eu não tinha de pedir conselho à Nikki. Eu podia simplesmente me aproximar e exigir uma explicação a Christopher sobre qual era a nossa situação como casal. Eu merecia isso, no mínimo. Quero dizer, nós tínhamos sido amigos por anos antes de sermos namorados (se é que ainda éramos pelo menos isso).

Do que eu estava com tanto medo, afinal? Ele era apenas um garoto do colegial. Eu era *Nikki Howard*, a supermodelo.

Mesmo eu não sendo, de verdade.

Por que eu estava com tanto medo do que ele iria dizer, afinal? Nós já tínhamos nos machucado o máximo que podíamos. O que mais poderíamos fazer um ao outro?

E Lulu disse que precisávamos nos comunicar mais. Certo?

— Christopher — comecei, depois de inspirar profundamente e dizer para mim mesma ser forte. Afinal, *ele* tinha *me* beijado, certo? Aquilo tinha de significar que ele ainda gostava de mim, pelo menos um pouco. — O que exatamente...

— Não — disse ele. Ele nem sequer desviou o olhar do celular.

— Não o quê? — perguntei, ofendida. Quero dizer, sério! O mínimo que ele poderia ter feito era olhar para mim!

— Não comece a falar sobre o nosso relacionamento — censurou ele.

Como ele sabia? Como é que eles sempre sabem? O que eles têm, algum tipo de radar?

— Hum — falei.

Agora eu não estava apenas ofendida. Estava furiosa. Eu não era uma dessas garotas choronas *Quero saber que rumo nosso relacionamento está tomando*. Eu não tinha tocado nesse assunto nenhuma vez, não durante o tempo todo que estávamos saindo juntos.

E tudo bem que essa parte da história só tinha durado cerca de duas semanas. E durante uma grande parte desse tempo fiquei morando com Brandon Stark... contra a minha vontade.

Mas ainda assim.

— Acho que tenho o direito de saber qual é o atual status do nosso relacionamento — falei de maneira indignada. — Porque vou ser sincera: se você vai continuar com esses joguinhos mentais, vou começar a sair com outras pessoas.

Isso! Aquilo soou bem. Como algo que Lauren Conrad ou alguém assim diria. Não que Lauren Conrad seja uma grande modelo ou algo assim.

Mas quem nós, garotas solteiras, temos para nos guiar durante esses tempos complexos modernos? Sério, todo mundo está divorciado.

Christopher baixou o celular e olhou para mim com uma expressão de descrença total.

— *O quê?* — disse ele. Sua voz falhou.

— Estou falando sério — falei.

Eu não queria entrar numa briga enorme num restaurante de entregas de comida tailandesa no Brooklyn.

Mas vamos lá. Uma garota precisa ter classe.

— Você não pode simplesmente vir me resgatar, duas vezes, me beijar um monte de vezes e depois agir como se nem se importasse comigo. — Sacudi meus cabelos. — Eu não tenho tempo para esse tipo de joguinho. E preciso saber. Se você está a fim de mim ou não. Se estiver, ótimo. Se não estiver, pare de me beijar. É o justo.

Aquilo foi bom. Eu não tinha ideia de onde estava vindo aquilo. Mas gostei.

— Bem — disse Christopher. — Para dizer a verdade, nesse momento, não estou assim tão a fim de você. Porque você está agindo como alguém que eu não conheço. E isso não é nada fofo.

Essa doeu. Tentei limpar as lágrimas nos meus olhos que apareceram por causa de todo o óleo quente no ar em função da fritura. Talvez Lauren Conrad não seja assim um grande exemplo a seguir, afinal de contas.

— Não estou agindo como outra pessoa — disse. — A não ser como eu mesma. Você disse que eu precisava crescer e é exatamente o que estou fazendo. Só estou pedindo alguma honestidade de você. Eu realmente te amo, e quero saber se você...

— Jesus — disse Christopher. Ele ergueu o celular no ar de novo. Não pude deixar de reparar que ele estava corando. — Quer parar de dizer isso?

— Parar de dizer o quê? Que eu te amo?

Eu tinha de admitir, torturá-lo era meio divertido.

— Sim — disse ele, parecendo extremamente desconfortável. — Você fica dizendo isso, mas não age dessa forma.

— Como assim eu não ajo dessa forma? — pergu .tei. Agora eu estava ficando vermelha. Eu realmente esperava que a caixa sentada a poucos metros de nós que estava olhando para o espaço não falasse um inglês bom o suficiente para entender o que estávamos conversando.

— Ao voar para a casa de praia de Brandon Stark, para começar — apontou. — E depois, ao deixar que o mundo inteiro pensasse que você estava apaixonada por ele e não por mim. E depois, quando eu fui resgatar você, você nem sequer veio comigo...

— Ah, você não pode esquecer isso? — perguntei. — Já expliquei!

— Você não pode simplesmente pedir desculpas por alguma coisa e querer que tudo melhore — disse Christopher. — Você pode me amar, mas você não age dessa forma. Você não confia em mim.

— Liguei para você hoje quando eu estava sendo seguida! — lembrei a ele.

— E fui a *primeira* pessoa para quem você ligou? — perguntou ele.

Senti meu rosto corando mais. Como ele descobriu que eu tinha ligado para Lulu primeiro?

— Você foi a primeira pessoa para quem eu *pensei* em ligar — disse. — Mas você foi tão mau comigo no avião. Você tem toda essa coisa às vezes de parecer um supervilão maligno. Não é muito atraente, sabe?

Era meio que o oposto de atraente, na verdade, mas eu não queria que ele soubesse disso. Só iria encorajar o seu mau comportamento.

Como agora. Ele revirou os olhos e se voltou para o telefone.

Foi nesse momento que o *meu* celular tocou. Era Gabriel ligando para perguntar quanto tempo eu achava que ia demorar para chegar lá.

— Hum — falei. — Vou chegar logo.

— É que — disse ele — quanto mais cedo você chegar aqui, melhor, na verdade.

— Ah, por quê? — perguntei.

— Você vai ver quando chegar — foi tudo o que o Gabriel disse, com uma voz levemente agitada.

Aquilo pareceu muito misterioso, mas ele não diria mais nada. Nós íamos pegar o metrô para a casa de Gabriel para despistar qualquer um da Stark que pudesse estar nos seguindo. Mas acabamos com tantos sacos de comida que pegar outro táxi pareceu ser a melhor ideia, então Christopher finalmente chamou um, deixando nossa discussão em espera indefinidamente, e fomos para a casa de Gabriel sem parecer que tivesse alguém atrás de nós. Nem quando olhamos a Avenida A com a Sexta, onde Gabriel morava, vimos alguém que parecesse deslocado, vestindo uma calça bem passada e sapatos pretos, rondando por ali.

Mas quando ele abriu a porta do apartamento, descobri tudo sobre o misterioso comentário de Gabriel. Ele não estava preocupado se a segurança da Stark apareceria inesperadamente. Sua ansiedade era porque seu apartamento de solteiro tinha sido transformado em um salão de beleza improvisado.

Lulu estava lá, fazendo sua mágica. Ou tentando, de qualquer maneira.

— Veja — estava dizendo ela a Nikki. — Você simplesmente não tem mais tipo físico para ser loura, Nikki. Encare os fatos.

Mal-humorada, Nikki estava sentada num banquinho no meio da sala do Gabriel — e o gosto dele parecia se inclinar para a modernidade da metade do século. Tinha uma vibração bem anos 1950, com sofás baixos e uma mesa de café no formato de um grão de feijão e tapetes de pelúcia com longas fibras, arte moderna, obras. Era bem *old-school*.

— Não. — Nikki estava espumando. — Sempre fui loura. E sempre serei loura. Quero ficar loura!

Nikki tinha papel de alumínio colado por toda a cabeça, indicando que algo de natureza química já estava fazendo efeito no seu cabelo. Só não parecia ser o que ela queria.

— Confie em mim — estava dizendo Lulu. — Você vai ficar adorável. Pela primeira vez o seu lado interior vai combinar com o seu exterior.

Aquilo soou sinistro.

— Apenas me dê uma chance — disse Lulu. — Como a esta sombra roxa que eu estava experimentando em você. Vai realçar o verde dos seus olhos.

— Eu lhe disse — Nikki espumou um pouco mais. — Quero ser *loura*. — Ela apontou um dedo em minha direção quando Christopher e eu chegamos com as sacolas do restaurante tailandês. — Como *ela*! Como eu costumava ser!

Steven, sentado ao balcão da cozinha de Gabriel, folheando uma revista sobre arquitetura — Gabriel tinha dezenas delas espalhadas — ficou de pé logo que nos viu.

— Isso está com um cheiro incrível — disse ele, nos aliviando do peso de todas as sacolas que carregávamos. — Vocês são verdadeiros salva-vidas.

Era bom ser chamada de salva-vidas, mesmo que apenas tivéssemos trazido o jantar.

A senhora Howard tinha se trancado em um dos quartos com enxaqueca e não sairia. Eu entendia totalmente a razão.

Parecia que um tornado tinha atingido o apartamento de Gabriel. Havia sacolas de compras de lojas como Intermix e Scoop espalhadas por todo lugar. Como Lulu tinha conseguido comprar tanta coisa para a Nikki em tão pouco tempo eu nunca saberia.

— Eu nem mesmo sei por que estamos fazendo isso — reclamava Nikki enquanto Lulu passava a esponja de base em seu rosto —, já que terei meu antigo corpo de volta logo. Isso já está discutido.

— Isso é discutível — corrigiu Gabriel com seu sotaque inglês, enquanto puxava os pratos para fora do armário da cozinha.

— Foi o que eu disse. — Nikki olhou para ele. Era estranho, mas mesmo com os pacotes de papel alumíno pulando da sua cabeça como uma antena alienígena, ela já estava mais bonita. Lulu a tinha vestido com uma blusa amarrada no pescoço que acentuava seus ombros macios e uma calça jeans que não era herdada de mim e que realmente se ajustava na curva dos seus quadris... bem, bonita. Alienígena bonita. Mas bonita. — E ninguém perguntou nada para você, Príncipe William.

— Ah, isso é muito gentil — disse Gabriel. Ele estava praticamente rosnando para ela. Eu nunca o tinha visto tão esgotado. — Eu te abrigo em minha casa, arriscando minha vida ao fazer isso, e você faz piada do meu sotaque. É extremamente agradável tê-la por perto, sabia disso, Nikki?

— Que seja, Harry Potter — disse ela, zombando.

Ele olhou para mim, desamparado.

— Viu? — perguntou. — Você vê o que eu tenho que aturar?

Eu me senti mal por ter arrastado Gabriel, que realmente era um inocente espectador, para tudo aquilo.

— Coma um pouco de *pad see ew* — falei, lhe entregando um recipiente. Foi a única coisa na qual consegui pensar para compensá-lo por tudo.

— Ah, muito obrigado — disse ele. Eu tinha certeza de que ele estava sendo sarcástico.

Um alarme disparou. Lulu olhou para seu celular e gritou.

— É hora de enxaguar — disse ela, e agarrou Nikki tirando-a da cadeira e entrando no banheiro. Nikki a seguiu, mas não sem resmungar. Quando a porta se fechou, Steven se virou para nós e disse:

— Se não acharmos uma forma de sair dessa confusão logo, acho que todos nós vamos enlouquecer.

— Vou meter uma bala no meu próprio cérebro. — Gabriel soou ameaçador. — Não vou esperar que a Stark faça isso. Sua irmã vai me levar a isso, Howard. Sem ofensa.

— Entendo o que quer dizer — disse Steven enquanto sentava no balcão da cozinha e cavava um recipiente de pa-nang curry sem esperar para colocar em um dos pratos que Gabriel tinha pegado. — Ela sempre foi assim, sempre que não conseguia o que queria.

— Foi assim que chegou onde está hoje — falei. Quando todo mundo olhou para mim, acrescentei: — Bem, quero dizer, uma das modelos de alta-costura mais bem pagas do mundo.

— E também alguém que um dos homens mais ricos do mundo quer ver morta — apontou Steven.

— Bem, ela não vai conseguir o seu antigo corpo de volta — disse Christopher, com um bocado de *pad thai* na boca. — Por mais que ela possa pensar o contrário.

Pisquei para ele. Ele afirmava me odiar, mas me beijava e vinha em minha defesa sempre que possível, enquanto insistia

180

que não poderíamos voltar a ficar juntos por causa dos meus problemas de confiança. O que estava acontecendo com ele?

— Eu sei — disse Steven. — Mas não podemos continuar a viver escondidos por muito tempo. E não podemos pedir para Gabriel nos aturar para sempre.

O som de gritos veio do banheiro. Houve um estrondo, e em seguida o som de água sendo esguichada.

Depois a voz de Nikki gritou:

— Lulu! *O que você fez?* — Sua voz foi abafada pelo som de um secador de cabelos.

Gabriel olhou para o teto, como se estivesse rezando por paciência.

— Algum de vocês já ouviu alguma coisa sobre algo chamado Projeto Fênix? — quis saber Christopher.

— Eu fui a Phoenix uma vez — disse Steven, mastigando. — Ótimo clima.

— Isso é uma banda? — perguntou Gabriel. — Acho que os vi uma vez em Wales.

— Tenho certeza de que não é uma banda — respondeu Christopher. — É algo no qual o Robert Stark está trabalhando.

— Não tenho ideia, então — disse Gabriel.

— O que é isso? — perguntou Steven.

Christopher contou para eles o pouco que sabíamos até então sobre o Projeto Fênix. A explicação nos levou até o fim da caixa de *pad thai* e aos restos de *pad see ew*.

— Isso não faz sentido — disse Steven, quando Christopher terminou.

— Faz sim — disse Christopher. — Apenas não conseguimos enxergar.

— Eu vi no noticiário hoje — comentou Gabriel — que eles estão construindo um elevador para o espaço.

Todos nos viramos para olhar para ele.

— Bem, eles estão — disse ele, engolindo. — Uma empresa americana. Ao invés de lançar uma espaçonave toda vez que tivermos que enviar alguma coisa para a estação espacial, vamos apenas mandá-la em um elevador que estão construindo a partir de uma plataforma marítima móvel que vai chegar até o espaço. Faz sentido, não acham? Enfim, talvez isso seja o Projeto Fênix. O elevador do espaço de Robert Stark.

Christopher deu de ombros.

— Faz mais sentido do que qualquer outra coisa.

Foi então que a porta do banheiro se abriu e Lulu e Nikki saíram.

Ou pelo menos, era para ter sido a Nikki. Porque foi com ela que Lulu tinha entrado no banheiro.

Mas a menina com quem ela saiu era completamente diferente. Tinha cabelo ondulado escuro em vez dos cabelos lisos e ruivos de Nikki e uma cutis brilhante em vez da pele sem vida e com muita base de Nikki.

E havia um balanço na sua forma de andar que eu nunca tinha reparado em Nikki antes. Ela vestia uma blusa preta esvoaçante amarrada abaixo do peito e uma calça legging que se ajustava perfeitamente.

Seu jeito de andar não era o único lugar que tinha ganhado um balanço.

— Jesus — disse a menina rudemente, quando nos viu olhando para ela. E por nós, quero dizer Christopher e Gabriel, embora Steven e eu também estivéssemos um pouco de queixo caído. — Por que vocês não tiram uma foto? Vai durar mais.

Ok. Então *era* a Nikki, afinal de contas.

— Nikki — falei, me sentindo um pouco perplexa. — Você está... linda.

— Gargantilhas são tão 2005 — disse Nikki, tocando na caveira e nos ossos cruzados de prata presos em uma fita de veludo preta no seu pescoço. Será que ela realmente achou que estávamos olhando somente para a gargantilha? — Foi o que eu disse à Lulu. Mas por algum motivo esta funciona.

— A coisa toda funciona — disse Gabriel. Notei que ele estava segurando uma garfada de pad see ew congelada a meio caminho da boca. Ele pareceu estar levemente sem fôlego.

— Imagino que ninguém da vida passada dela irá reconhecê-la — disse Lulu, batendo de leve em um dos novos cachos de Nikki —, no seu novo corpo desse jeito.

— Você pode dizer isso de novo — disse Christopher.

Eu lhe dei uma cotovelada, com força.

— Ai — disse ele e rapidamente fechou a boca depois de me dar um sorriso levemente malicioso.

Gabriel, no entanto, continuou a olhar.

— É bem retrô — arriscou.

— Sim — disse Lulu olhando em volta para a decoração de Gabriel. — Não é?

DEZESSEIS

Quando acordei na manhã seguinte, eu não estava sozinha na cama.

Não me refiro a Cosabella também.

Ou, infelizmente, ao Christopher.

Havia uma agente de 1,75 metro vestindo um casaco de seda cor de berinjela e uma saia sentada à borda do meu colchão, mandando mensagens de texto loucamente, com as pernas com meia-calça cruzadas e um Jimmy Choo balançando na ponta dos pés.

Quando ela percebeu que os meus olhos estavam abertos, Rebecca parou, com seus polegares pairando sobre o BlackBerry, e disse:

— Finalmente! Achei que nunca fosse acordar. Você tomou dez doses de Ambien ou algo assim? Devia realmente ter parado na quinta dose. Bom, você vai sair da cama ou o quê? Nós temos toneladas de coisas para fazer, Nikki, e realmente não temos o dia todo. Mexa-se.

Então voltou a digitar.

Realmente não foi assim que eu tinha sonhado começar a manhã. Em minhas fantasias, eu havia planejado acordar com um bonitão do terceiro ano, embora levemente perverso, entre os meus lençóis.

Mas eu tinha sido incapaz de seduzir Christopher até o meu apartamento, depois que passamos na casa do Gabriel, pois ele decidira voltar para a casa do primo Felix e continuar trabalhando no enigma do projeto Fênix.

Também havia o pequeno problema do seu desgosto contínuo em relação aos meus "problemas de confiança".

Você sabe, se um garoto adolescente recusa um convite para o apartamento de uma menina solteira, isso é um mau sinal. Muito mau. O cara realmente deve me odiar. O que eu iria fazer para convencê-lo de que eu já confiava nele?

Meus problemas de relacionamento não estavam exatamente ajudando a me dar ânimo para receber visitas matinais da minha agente.

— O que você está fazendo aqui? — perguntei para Rebecca enquanto arrastava meu travesseiro para colocá-lo sobre a cabeça, perturbando Cosabella, que estava dormindo profundamente antes de eu fazê-lo. Que cão de guarda ela era. Robert Stark poderia ter mandado vinte dos seus escudeiros para me matar enquanto eu dormia que ela não teria feito nada além de roncar e rolar para encontrar uma posição mais confortável.

— Você tem um dia e tanto hoje — disse Rebecca, ainda digitando em seu teclado minúsculo. — A festa na casa de Robert Stark. E depois o desfile de lingerie da Stark Angel hoje à noite. *Ao vivo*, caso você não se lembre. É véspera de Ano-Novo. Sutiã de diamantes? Sua grande estreia na televisão? Um bilhão de espectadores em potencial? E vamos apenas dizer que você não está entre os meus clientes mais *confiáveis* ultimamente. Toda essa fuga para partir em jatos particulares e casas de praia. Eu queria ter certeza de que você levantou a tempo de fazer o seu cabelo e maquiagem e teste de figurino. — Ela deu uma olhada em mim. — Suas raízes estão aparecendo. E há quanto tempo você não tira as suas cutículas? Suas unhas estão horrorosas. E quando foi a última vez que você depilou *lá embaixo*? Preciso lembrá-la de que você vai vestir praticamente um biquíni em rede nacional esta noite? Sério, o que foi esse lance com Brandon Stark na Carolina do Sul? Não que eu não aplauda sua iniciativa. Ele é um garoto rico. Mas você não pode fazê-lo comprar uma casa em algum lugar perto? Nos Hamptons? Todo o seu *pessoal* está aqui, querida.

Eu sabia o que ela queria dizer com *pessoal*. O pessoal que arruma o meu cabelo. O pessoal que arruma as minhas unhas. Minha depiladora. Minha esteticista. Minha estilista. Minha nutricionista. Meu personal trainer. Minha publicitária. Minha agente. É preciso muita gente para fazer alguém ficar tão bonita como Nikki Howard. Seria errado pensar que ela era tão bonita assim *naturalmente*. Quero dizer, havia alguma genética envolvida, mas trabalho de equipe (e Photoshop) tinha muito a ver com aquilo também.

Mas a única coisa boa no fato de estar na casa de Brandon foi que, pela primeira vez, eu não estava cercada por todo esse pessoal, e pude ser... bem, eu mesma de novo.

Para variar.

Fiquei ali deitada, sem me mexer. Quem tinha deixado Rebecca entrar? Karl, o porteiro? Porque ele a conhecia muito bem? Bem, Karl e eu teríamos uma conversinha. Porque aquilo era inaceitável.

Lulu? Eu duvidava muito. Por que ela não teria me acordado pra avisar que Rebecca estava espreitando por aí? Isso não era típico da Lulu... e nem a forma como eu queria começar o meu dia. Eu queria repousar, abraçando a lembrança de Chistopher me beijando tão rudemente no táxi (porque eu não podia rebobinar o tempo, voltar para aquele momento e fazer tudo de novo, só que do jeito certo, porque aí não brigaríamos depois).

Só que eu não podia. Porque Rebecca estava inclinada sobre mim e batendo no meu bumbum.

— Levante-se! E tome um bom café da manhã. E um bom almoço. Eu não me importo de você mostrar um pouco de gordura na TV essa noite, você não pode desmaiar em cima de mim de novo, como fez na inauguração da Megastore. Sem hipoglicemia hoje. Trabalhando! Trabalhando, trabalhando, trabalhando!

Rebecca se levantou e saiu do meu quarto, sobre seus saltos insanamente altos.

— O carro virá te buscar para a festa da Stark às 19h — berrou. — Esteja aqui, ou vou te cortar em pequenos pedaços e te dar de comida para as outras modelos que represento. Acredite, elas têm fome suficiente para comer cada pedacinho seu.

Ela seguiu em frente com os saltos estalando no chão quarto afora. Alguns segundos depois, ouvi as portas do elevador se abrindo e ela entrando, falando alto em seu celular.

— O quê? — estava dizendo ela. — Não, não o de cobra. Eu disse pele de lagarto. Ninguém mais consegue seguir uma simples instrução? O que há de errado com o mundo?

Suspirando, levantei da cama. Cosabella pulou rapidamente depois de mim, pois é de manhã que ela recebe sua primeira refeição do dia (eu não tenho ideia de como Cosabella consegue comer tanto e ainda continuar tão magra. Provavelmente é porque ela nunca para de se me mexer, a não ser quando cai num sono pesado no meu pescoço à noite).

Enquanto eu abria o pote de comida de Cosabella na cozinha, me perguntava se Chistopher e Felix tinham feito algum progresso tentando descobrir o que era o Projeto Fênix. Obviamente, eu iria bisbilhotar o máximo que pudesse quando chegasse na casa de Robert Stark no Upper East Side. Mas seria bom ter alguma pista do que eu deveria bisbilhotar.

Eu estava colocando um pouco da comida fedorenta de Cosy quando ouvi um barulho e me endireitei somente a ponto de ver uma figura masculina bem grande, quase nua, saindo do quarto de Lulu.

Eu gritei o mais alto que pude, fazendo com que Cosy pulasse quase meio metro no ar e o cara gritasse quase tão alto como eu.

— Em, sou eu! — gritou o homem, e quando os meus olhos tiveram tempo de focar, depois de terem ficado girando em círculos em choque, vi que de fato era alguém que eu conhecia.

Alguém que era, na verdade, Steven Howard, irmão de Nikki Howard.

Vestindo uma camiseta fina, cueca samba-canção e um par de meias.

Saindo do quarto de Lulu! Com o cabelo louro bagunçado, como se tivesse acabado de acordar!

E agora Lulu estava saindo de seu quarto logo depois dele, vestindo um de seus robes extravagantes e esfregando os olhos toda sonolenta, falando:

— Stevie? Tem alguma coisa errada? Eu pensei ter ouvido um grito.

Oh, não. Não, eu não poderia lidar com isso. Não logo de manhã (apesar de uma olhadela no relógio do micro-ondas me dizer que estava mais próximo de meio-dia do que da manhã).

188

Steven e Lulu? Quero dizer, eu sabia que ela *queria* que isso acontecesse, queria que acontecesse mais do que qualquer outra coisa, mas...

— Ah, oi Em — disse Lulu, me dando um sorriso sonolento. — Eu não sabia que você estava em casa.

Mas Steven era... bem, ele era... ele era meu *irmão*!

Não era? Talvez não tecnicamente, mas...

Na verdade, sim, ele era. Tecnicamente. Isso era tão... tão errado. Tão vulgar. Tão...

Tão típico de Lulu.

— Steven passou a noite aqui — disse Lulu, como se fosse a coisa mais natural do mundo, indo até a geladeira e abrindo a porta. — Somos um casal agora. O que vocês querem para o café da manhã? Ovos mexidos? Steven gosta dos seus ovos mexidos, não gosta, Steven?

Steven estava parado ali em suas meias e roupas íntimas, ganhando aspecto intenso, vermelho intenso.

Mas não tão vermelho quanto eu podia me sentir ficando.

— Hum, oi, Em — estava dizendo Steven. Ele foi sentar-se atrás do balcão da cozinha em um dos banquinhos, para que o fato de estar de cueca não ficasse *tão* aparente. — Desculpe por isso. Nós não sabíamos que você estava em casa. Eu, hum, cheguei o gerador acústico de ruídos. Ainda está funcionando. Não há nenhuma escuta no apartamento. Então estamos a salvo aqui.

— Bem, isso é bom, eu acho — falei. Eu estava feliz por estar usando meu pijama de flanela colorido. Ele me cobria do pescoço até o pé.

— Steven e eu estamos tão apaixonados — disse Lulu, sorrindo em êxtase enquanto pegava os ovos, a manteiga, o queijo e o creme perto do fogão. — Ele disse que me amava depois que fiz a transformação em Nikki ontem. Ela está tão bonita agora. Ela estava tão feliz. Ela estava realmente feliz, não estava, Stevie?

— Estava — disse Steven. Ele ainda estava corado. Era tão esquisito ver suas bochechas ficando da mesma cor rosada do meu pijama. — Foi estranho ver Nikki feliz, pela primeira vez.

— Ela diz que vai para a faculdade — falou Lulu. — De administração. Foi ideia do Gabriel. Ela e Gabriel estão se dando estranhamente bem. Quando ela não o está xingando. Eu queria que ela não fosse tão grossa com ele, isso não é muito legal. Mas acho que não podemos esperar milagres. Ah, Em, você está bem?

Acho que eu os estava encarando tão duramente que me esqueci de respirar. Fechei minha boca com um estalido perceptível.

— Aham — falei, assentindo.

— Isso é por causa de Steven e de mim? — perguntou Lulu, olhando para o irmão de Nikki como se não conseguisse entender por que eu estava tão surpresa. — Ele pediu desculpas por deixar escapar que me amava, que tinha saído sem querer — continuou Lulu enquanto quebrava alguns ovos dentro de uma tigela. — Mas eu não o deixaria retirar o que disse. Deixaria?

Steven balançou a cabeça.

— Ela não deixaria — disse ele.

— Eu sabia que ele estava sendo verdadeiro e que fomos feitos para ficarmos juntos para sempre. Porque sou a futura Sra. Capitão Steven Howard. — Lulu parecia pensativa enquanto ligava a cafeteira. — Uau. Sou só eu que acho ou isso soa muito sexy? Sra. Capitão Steven Howard. — Ela olhou para mim e Steven. — Mas vou manter meu nome de solteira para os meus discos, é claro.

Arregalei meus olhos para Steven. Será que ele ao menos sabia no que havia se metido, me perguntei?

Ele me deu um sorriso tímido.

— O que posso dizer? — Ele encolheu os ombros largos e nus. — Eu a amo.

Balancei minha cabeça, admirada. Espetei um garfo nele. Steven estava *acabado*. Lulu o havia fisgado, enrolado, recheado e servido com um bom molho de limão e alho.

E ele parecia realmente feliz com isso, apesar de corado.

— Uau, vocês dois, isso é tão fofo — falei com sinceridade.

Saí da cozinha e fui para a sala de estar, porque tinha muitas coisas para fazer. Rebecca tinha deixado uma lista. Aparentemente, tinha uma estilista vindo com uma seleção de vestidos pra eu escolher para a festa de Robert Stark, sem mencionar minha depiladora, Katerina, que normalmente fazia esse serviço para mim e Lulu, tinha, aparentemente sido dispensada... pelo menos dos serviços de depilação. O que estava tudo bem. Era um pouco estranho a pessoa que limpava o seu banheiro também te depilar; e ainda tinha o cabeleireiro e a manicure...

— Sabe o que mais? — Lulu entrou trazendo uma caneca de café para Steven. — Nunca notei isso antes, mas vocês dois têm a mesma cor de olhos. Azul claro. Essa é a minha cor favorita. Vocês dois. — Ela desviou o olhar de Steven para mim com o sorriso mais bobo que eu já tinha visto. — É como se o céu estivesse no rosto de vocês!

Uau, e eu achava que Steven estava perdido? Lulu estava acabada também.

Era assim que as pessoas apaixonadas ficavam? Talvez fosse bom que eu e Chistopher não conseguíssemos resolver as coisas. Eu não queria virar um zumbi como aqueles dois.

O interfone tocou. Ainda estava me sentindo um pouco atordoada com a descoberta, fui até ele e o atendi. Era Karl, me avisando que o meu primeiro compromisso tinha chegado... era Salvatore com as roupas.

Agradeci e disse para mandá-lo subir.

— Hum, gente — disse para Lulu e Steven. — O cara das roupas chegou.

— Oba — disse Lulu, indo até Steven e pondo seus braços ao redor dele. — Desfile de moda. Que divertido.

Acho que Steven realmente era meu irmão, porque a visão dele se enroscando com uma menina, mesmo sendo uma garota de quem eu realmente gostasse, como a Lulu, me deixava arrepiada do mesmo jeito que eu ficaria ao ver Frida se agarrando com alguém.

— Sim — falei. — Tudo bem. Se vocês dois pudessem pelo menos fazer isso depois de eu tomar meu café da manhã, seria ótimo.

— Desculpe — falou Steven, parecendo sincero.

— Ah, me desculpe, Em — disse Lulu, tirando seus braços de Steven como se ele a tivesse eletrocutado. — Esqueci que você ainda não encontrou o amor, como nós encontramos. Eu não deveria esfregar isso na sua cara.

— Não — falei. — Encontrei o amor e tudo mais. Chistopher e eu só precisamos resolver algumas coisas.

— Ah. — Lulu parecia triste. — Me sinto tão mal por você.

— É — disse Steven. — Você quer que eu... eu não sei. O estrangule ou algo assim?

Não pude evitar sorrir depois dessa.

— Não acho que isso vá ajudar — falei. — Mas obrigada. Que tal vocês dois entrarem e colocarem mais alguma roupa para quando o cara chegar? Porque ele estará aqui a qualquer minuto.

Eles saíram da sala — bem, Steven mais atropelou tudo do que simplesmente saiu depressa, levando em consideração seu tamanho — assim que as portas do elevador se abriram e revelaram Salvatore arrastando uma arara cheia de vestidos para a festa de Robert Stark.

— Ciao, bella — disse ele beijando as minhas bochechas. Sua assistente, uma mulher muito magra com cabelos escuros, começou a abrir o zíper dos sacos dos vestidos para me mostrar o que havia dentro.

— Muito chique esse — disse Salvatore, apontando para a manga do meu pijama. — Eu o vi na *Vogue* desse mês, não é?

— Muito engraçado — falei. — Obrigada por terem vindo até aqui. Vocês aceitariam um café?

Salvatore e sua assistente aceitaram o café. E então, mais tarde, a depiladora, o cabeleireiro e seus assistentes também aceitaram quando apareceram. E a manicure e seu assistente também. Parecia que eu tinha passado o dia inteiro fazendo café e sanduíches para as pessoas e, nos intervalos, sendo enfeitada e vestida para a apresentação da noite, e tentando evitar ver Lulu e Steven metendo a língua um na garganta do outro.

Isso, no entanto, mostrou-se mais difícil do que pensei, uma vez que os dois ficavam se agarrando sem parar e Steven não voltava para a casa de Gabriel. Lulu pediu para ele ficar para ajudar a escolher o que eu iria usar na festa de Robert Stark: um vestido curto de paetê preto Dolce & Gabbana. Depois ela o convenceu a ficar porque concluiu que queria que ele fosse para a festa de Robert Stark como seu acompanhante.

— Eu acho que seria uma péssima ideia — falei. E não só porque não queria que os seus amassos com Steven durante toda a noite me distraíssem da minha espionagem. — E se alguém o reconhecer?

— Ah, querido — falou Lulu, segurando o rosto de Steven com as duas mãos e lhe dando um beijo longo. — Eu não tinha pensado nisso.

Tentei não vomitar.

— É melhor que eu fique com a minha mãe e Nikki, de qualquer forma — falou Steven. — Eu não as vejo desde ontem.

Sim, pensei. Volte agora para a casa do Gabriel.

Nosso interfone tocou. Fui até ele para atender, e meu celular vibrou.

— Sim? — falei no interfone. Chequei meu celular. Era o Christopher.

— Brandon Stark está aqui, Srta. Howard — disse Karl. — Para levá-la à festa do pai dele.

Perfeito, pensei, revirando os olhos. Brandon esteve me ignorando completamente desde minha ligação de ontem. Era tão típico dele pensar que sua recompensa seria aceitar que ele aparecesse no meu apartamento para me acompanhar à festa do pai sem nem perguntar.

— Diga para ele que já estou descendo — falei e desliguei o interfone para atender o celular.

— Chistopher? — falei.

— Em — disse ele. — Você não pode ir à festa hoje à noite.

— Hã — falei. — Não tenho escolha. O sutiã de um milhão de dólares foi tirado do cofre. Estou depilada, polida e brilhando. Já coloquei meu vestido emprestado. O carro está aqui.

Não mencionei que Brandon estava dentro dele. Chistopher e eu já havíamos brigado o suficiente.

— Em — disse ele. — Você não está entendendo. *Você* é o Projeto Fênix.

DEZESSETE

— Espere — falei, apertando o telefone com mais força ao ouvido. Um arrepio passou pelo meu corpo.

Mas isso com toda certeza só ocorreu porque eu estava usando um vestido muito curto sem mangas em uma noite fria de 31 de dezembro.

— Do que você está falando? — perguntei. — Como posso ser o Projeto Fênix?

— Eu não sei — disse Christopher. — Eu não... nós não... ainda nem sequer sabemos exatamente o que o Projeto Fênix é. Mas encontramos uma conexão dele com o Instituto Stark de Neurologia e Neurocirurgia. E o seu nome.

— Meu nome? — repeti. — Emerson Watts? Ou...

— Não. Nikki Howard. Em, pense sobre isso. Pense sobre o que todas essas pessoas têm em comum. Elas são jovens. Elas são saudáveis. Elas são bonitas.

— Então?

— Assim como Nikki Howard.

— Do que vocês estão falando? — me perguntou Lulu, curiosa, ajeitando a meia arrastão que tinha ficado retorcida em uma de suas pernas.

— Nada — disse a ela. — Vá indo para o carro e diga ao Brandon que já estou indo, tudo bem?

Lulu deu de ombros.

— Tudo bem.

— Não! — gritou Christopher, ao me ouvir. — Em, você não pode ir a essa festa!

— Christopher, eu tenho que ir — falei. — Se eu não for, Robert Stark saberá que tem alguma coisa acontecendo. — E um bilhão de fãs ficariam tragicamente desapontados. Sem mencionar a patrocinadora do programa, a joalheria De Beers. — E, de qualquer forma, não vejo conexão entre mim, o Instituto Stark e todas essas outras pessoas.

— Não vê? — Christopher soou levemente histérico. — Em, você não percebe? Curt? Ele está indo fazer trilha em Cascades. Sozinho. Ele desaparece. Quem vai saber o que realmente aconteceu com ele? Kerry, que está indo para a Guatemala para ensinar as crianças a ler? Ela desaparece pelo caminho? Ela é uma das milhares de pessoas que desaparecem todos os anos. O mesmo com todas essas outras pessoas. É genial, Em. Garotos jovens e saudáveis... e a Stark faz a seleção. Eles podem estar fazendo isso há anos. Todas essas garotas bonitas desaparecidas que ouvimos falar na CNN todos os dias... pelo que sabemos, a Stark pode estar por trás de tudo isso.

— Christopher... — Balancei a cabeça. Eu amava o meu namorado. Eu realmente amava.

Mas seu ódio pela Stark, devido ao que ele tinha visto fazerem comigo, talvez o tivesse deixado maluco.

Acho que eu conseguia entender. Ele tinha me visto morrer bem na frente dele. O estresse pós-traumático que isso inevitavelmente causou deve ter sido bem grave. Eu o amava, mas ele era um cara confuso.

E então ele descobriu que o acidente não tinha sido um acidente, e sim tinha sido causado por Stark. E que eu não estava nem um pouco morta, mas vivendo no corpo de outra garota.

Não é de se admirar que ele tivesse ficado maluco e se transformado no Homem de Ferro.

Só que sem aquele uniforme de super-herói e na forma de um adolescente.

— Em — disse Christopher. Ele ainda estava falando depressa e ofegando um pouco. — Me escute. Robert Stark é um gênio do marketing. Ele dedicou a vida a encontrar uma demanda, então fornecer o produto a essa demanda a um preço que tira todos os outros concorrentes do negócio. A pergunta não é *se* ele está fazendo isso. *E sim por que ninguém nunca o pegou?*

O interfone tocou novamente. Era o motorista de Brandon, eu sabia, querendo saber onde eu estava. Lulu já tinha descido.

— Olha — falei. — Provavelmente você está certo.

O que mais eu poderia dizer? Eu tinha de simplesmente cooperar com ele. Não era assim que tinha de ser? Para ser Lois Lane, Lana Lang, Mary Jane Watson, ou qualquer uma dessas mulheres que eram namoradas de super-heróis? Quero dizer, todos esses caras eram loucos, certo? Os homens que pensavam ser super-heróis. Como você deveria lidar com eles? Você não queria chateá-los ou atiçá-los, ou eles simplesmente colocavam suas capas e pulavam pela janela para serem baleados.

Então você simplesmente cooperava com a loucura deles, tentando acalmá-los da melhor maneira possível, na esperança de que ficassem em casa, onde é seguro.

Depois você saía e fazia o que queria pelas costas deles.

— Nós conversaremos sobre isso quando eu chegar em casa — falei, com a voz mais calma que consegui. — E então, descobriremos qual é a melhor coisa a se fazer.

— O quê? — gritou Chistopher. — Em, *não*...

— Você não pode fazer nada agora, de qualquer forma — falei. — Quero dizer, o que você vai fazer? Ligar para a polícia? Você não tem nenhuma prova. Alguma dessas pessoas já está desaparecida?

— Bem — disse ele. — Não. E tecnicamente não existe nenhuma prova com exceção do que aconteceu com você. Que também não foi um acidente. Mas...

O interfone tocou de novo, só que dessa vez por muito mais tempo.

— Certo — falei. — Olha, eu tenho que correr. Tudo vai ficar bem. Vou te ligar da casa do Robert Stark para te provar.

— Não vá para aquela casa, Em. — Christopher soava bravo. Ele soava mais do que bravo. Ele soava furioso. E também assustado. — Estou te avisando, Em. Nem pense em...

— Eu amo você — falei, pegando a minha bolsa e meu casaco de pele falsa e correndo para o elevador. — Tchau.

— Não desligue — disse Christopher. — Estou falando sério. Não ouse...

— Ah, estou no elevador — disse enquanto apertava o botão. — Sua voz está falhando. Estou perdendo você...

— Você não está me perdendo — disse Christopher. — Em, não seja idiota. Eu...

Desliguei.

Realmente, eu não estava tentando ser má. Era só que eu não tinha tempo para essas coisas de supervilão de Christopher agora. Os avisos de Rebecca daquela manhã ainda estavam soando em meus ouvidos. Eu precisava chegar à festa de Robert Stark, e depois no estúdio onde o desfile de lingerie seria transmitido, ou eu estava frita. Eu valorizava totalmente a minha relação com Christopher e realmente achava que Robert Stark estava tramando alguma coisa.

Mas eu tinha minhas obrigações profissionais para cumprir.

E, além disso... O que Robert Stark iria fazer comigo?

Que ele já não tivesse feito, quero dizer.

— Onde você *estava*? — quis saber Lulu, quando finalmente sentei no banco de trás da limusine.

— Desculpa — murmurei, passando por cima das pernas esticadas do Brandon. — Ligação importante. Você pode chegar um pouco para lá? — Esta última pergunta foi direcionada ao Brandon.

— Desculpe. — Brandon já estava claramente bêbado. Já que era assim que ele ficava toda vez que tinha de encontrar o pai, não era nenhuma surpresa.

— Mas, sério — disse Lulu. — O que Christopher queria?

— Não tenho a menor ideia — disse sinceramente.

— Ele queria vir — disse Lulu de um jeito simpático. — Não é? Como seu acompanhante?

Brandon ergueu os olhos do copo de uísque.

— Você voltou com aquele cara? O cara da jaqueta de couro? — Ele parecia decepcionado.

— Não é da sua conta — falei, balançando um dedo para ele. — Volte para a bebida.

Brandon olhou de maneira grogue para o uísque.

— Caras que usam jaquetas de couro sempre ficam com as garotas — murmurou ele.

Se pelo menos ele soubesse a verdade.

A casa enorme de dez quartos e quatro andares de Robert, com seu revestimento delicado, garagem privativa, piscina coberta, salão de festas e com um quintal vasto e particular, era muito perto de uptown. Ao final da Quinta Avenida, a passos do Central Park e do Metropolitan Museum of Art.

Sua festa anual de véspera do Ano-Novo era tão popular e frequentada por tantas celebridades, políticos ricos e acionistas da Stark, que já havia engarrafamento para chegar à casa. Lulu, Brandon e eu tivemos de sair, andar a última quadra e depois lutar contra a multidão de paparazzi que havia se reunido do lado de fora.

Durante todo o tempo, bem, pelo menos durante a caminhada até a casa de seu pai, de qualquer forma, interroguei Brandon tentando ver se ele sabia algo sobre o Projeto Fênix.

— O que é isso? — perguntou ele ainda bebendo ruidosamente o uísque do copo que havia trazido durante o passeio da limusine. — Um estádio novo que alguém está construindo no Arizona?

Sério. Uma banda? Um elevador espacial? E agora um estádio?

— Não — respondi. — É alguma coisa que seu pai está fazendo com os dados das pessoas que compraram seu Quarks novo.

— Como é que vai funcionar? — quis saber Brandon.

— É isso que estou lhe perguntando — falei, frustrada.

— Bem, se eu soubesse disso, eu estaria aqui com você? — perguntou Brandon. — Não, eu estaria no escritório do meu pai, dizendo a ele tudo que sei para conseguir sair desse inferno. Certo? Então, tente novamente.

Arqueei as costas ao lado dele, derrotada. Christopher e Felix tinham de ter descoberto alguma coisa... mas que *eu* era o Projeto Fênix? Isso era muito louco.

Ainda assim, pelo menos Christopher estava tentando.

O que já era mais do que poderia ser dito a meu respeito. Eu estava em uma festa. Pior, uma festa chata para celebridades. Vi a Madonna saindo de uma limusine bem diante do tapete vermelho que conduzia até a porta da frente totalmente aberta (o que era um pouco estranho, porque ela morava logo ali na esquina. Ela quase poderia ter ido andando. Se bem que não naqueles saltos, entendi quando olhei para suas plataformas de gladiador). O governador de Nova York estava entrando bem na frente dela.

— Ali está Nikki Howard! — Os paparazzi se reuniram nos dois lados das cordas douradas de segurança gritando quando me viram com Brandon. — Nikki! É verdade que você e Brandon Stark estão noivos?

— Com certeza — disse Brandon bêbado ao primeiro microfone colocado na sua direção. — Ei, cuidado com a bebida.

— Não — falei. — Somos apenas amigos.

— Estou comprometida — disse Lulu a um repórter que lhe perguntou quando seu disco iria ser lançado. — Bem, ok, comprometida em ficar comprometida algum dia. Estou um pouco ocupada no momento para pensar em casar, gravando o meu novo disco.

— Lulu. — Assobiei para ela. — Cuidado com esse assunto de noivado. Ninguém pode saber sobre Você Sabe Quem.

— Ah, a identidade do meu futuro marido é um segredo — gritou Lulu enquanto eu a arrastava para passar pelos guardas de segurança uniformizados, dispostos em ambos os lados da porta, para entrar na casa. — Ele é muito tímido. Vocês sabem. Não está acostumado a ficar sob os holofotes ainda.

Dentro da mansão Stark havia modelos vestidas com conjuntos de lingerie da Stark Angel e com asas — nenhum dos modelos do desfile que eu iria fazer depois, no entanto, e as suas asas eram menores, para se movimentar com maior facilidade — oferecendo taças de champanhe a todos e tirando o casacos das pessoas logo que entravam. Mais para dentro da casa, que estava suntuosamente decorada e era totalmente composta de mármore e painéis de madeira preta, havia mágicos, malabaristas, um engolidor de fogo e acrobatas do Cirque du Soleil.

Lulu deu uma olhada para o engolidor de fogo, que estava sob um círculo de admiradores e disse, batendo o pé:

— Eu *sabia* que deveria ter tido um engolidor de fogo na minha festa.

Brandon, que tinha trocado seu copo vazio da limusine por um flute de champanhe que havia passado em uma bandeja de prata da Stark Angel, fez uma careta.

— Engolidores de fogo são um saco — disse ele. — Sua menina trapezista era ótima.

— Sério? — Lulu pareceu cética. — Acho que ninguém a notou. Ela estava pendurada acima da cabeça de todo mundo.

Fiquei ali segurando meu champanhe, que obviamente eu não estava bebendo, me perguntando o que eu estava fazendo lá mesmo. Nós vagamos pelo salão cavernoso de Robert Stark — o teto ficava a uns 6 metros de altura, pelo menos, e era pintado com querubins que pareciam versões gordinhas das Stark Angels que estavam vagando ao redor (mas sem sutiãs) e espalhavam-se por todo lado com lustres de cristal monstruosos que brilhavam como os brincos que eu estava usando. Por toda a nossa volta estavam as celebridades, que estavam bebendo, conversando e se aglomerando no impressionante bufê, onde folhados bem finos de roast beef, morangos gordos vermelho-rubi, caviar em tigelas douradas com colheres de madrepérola e camarões enormes enrolados em tigelas refrigeradas estavam sendo servidos em pratos de porcelana fina por empregados vestindo ternos brancos. Eu vi Madonna de novo, desta vez falando com Gwyneth Paltrow, e Jay-Z se divertindo com Bono. Todo mundo estava lá, pelo menos por um tempo. Não parecia ser o tipo de festa na qual você fica por um longo tempo... apenas uma daquelas festas onde você dá uma passada, diz oi e sai...

Em parte deve ter sido porque as portas francesas que conduziam do salão ao jardim de trás estavam bem abertas e uma brisa fria estava entrando. Então, novamente, a sala estava assombrosamente quente por causa de todas as pessoas dentro dela. As pessoas entravam e saíam, sem se preocupar em pegar seus casacos para ir para o lado de fora.

— Ah, olha — falou Lulu, apontando para alguém perto do bufê. — Ali está a Taylor Swift. Vou lá contar para ela do Steven. Ela vai ficar muito feliz por mim.

Agarrei o braço de Lulu antes que ela andasse mais do que 5 centímetros de distância.

— Quer parar? — sussurrei. — Ninguém deve saber sobre Steven.

— Eu não direi a ela o sobrenome dele, bobinha — disse Lulu. — Mas é que estou tão feliz! Estou louca para contar para todo mundo que conheço!

Ela puxou o braço para longe da minha mão e correu. Realmente, não havia nada que eu pudesse fazer para impedi-la além de atacá-la e sentar nela, o que eu tinha certeza que não passaria despercebido.

Brandon, que tinha desaparecido por um minuto ou dois, reapareceu segurando um prato de camarão que mastigava ruidosamente ao meu ouvido.

— Você já experimentou estes camarões? — perguntou ele. — Estão absurdamente maravilhosos.

— Você poderia se afastar de mim? — falei, irritada. — Eu te odeio.

— Você esta tão mal-humorada — comentou Brandon, mastigando alto. — Só porque eu sequestrei você e tentei forçá-la a ser minha namorada. Achei que você já tivesse superado isso. Aqui, dê apenas uma mordida. — Ele fez aviãozinho com uma garfada de camarão em direção ao meu rosto. — O molho do coquetel é realmente bom.

— Pare! — falei, e caminhei para longe dele...

Exatamente para onde estava Rebecca, usando um vestido de noite preto longo que caía no seu corpo como uma segunda pele e tinha uma fenda que ia praticamente até o osso pélvico.

— Ah, Deus, aí está você. — Ela agarrou meu braço. — Eu estava te procurando por toda parte. O que você está fazendo se escondendo neste canto com o Brandon? Por que não está se misturando? Você está aqui para se misturar. Você é a Garota do Sutiã de Um Milhão de Dólares.

Brandon soltou uma gargalhada gigante ao ouvir aquilo.

— Garota do Sutiã de Um Milhão de Dólares — disse ele, fazendo uma ótima imitação de Rebecca. — É melhor pegar bara ela o zutiã!

Rebecca deu um olhar mortal para Brandon.

— Brandon — disse ela seriamente. — Você está bêbado?

— Claro — respondeu ele, lambendo um camarão.

— Então saia da minha frente — disse Rebecca. Ela começou a me levar para longe de Brandon, na direção do centro da sala. — O Stark Pai tem perguntando por você a noite toda. Ele quer apresentá-la para alguns de seus investidores.

Eu me apressava ao lado dela, tendo praticamente que correr. Eu não tinha ideia de como ela caminhava tão depres-

204

sa em saltos tão altos. Estávamos nos aproximando de um grupo de homens de terno e mulheres em vestidos de gala.

— Eu a encontrei — falou Rebecca com seu sotaque do Brooklyn.

As pessoas se viraram e o grupo se afastou um pouco. E vi que no centro dele estava Robert Stark, tão absurdamente bonito, apenas mais velho, é claro, como seu filho. Ele sorriu para mim com seus dentes assustadoramente brancos em contraste com o rosto bronzeado e maltratado pelo tempo. Percebi que ele andou usando sua própria fita clareadora de dentes Stark.

— Ah, aí está ela — falou, e colocou sua mão em minhas costas nuas. — Nikki Howard, pessoal, a estrela do desfile de hoje à noite.

Todas as pessoas velhas sorriram para mim. Elas pareciam gentis, bonitas e ricas. Muito, muito ricas. As mulheres tinham muitos diamantes pendurados ao redor de seus pescoços, e os rostos dos homens estavam bem inchados e vermelhos, como se já tivessem bebido o suficiente.

— Que bom finalmente conhecê-la, querida — disse uma mulher em um longo vestido bege decorado com bom gosto com brilhos na barra, estendendo sua mão para me cumprimentar. Ela disse seu nome, mas eu me esqueci na mesma hora.

— Prazer em conhecê-la também — falei.

Ela pareceu segurar minha mão por tempo demais. Aquilo foi arrepiante. Eu queria me afastar dela, de Robert Stark e do restante de seus amigos. Ou investidores, que é o que eu acho que eram.

Só que duas coisas aconteceram de uma vez só.

A primeira, foi que olhei para baixo para as nossas mãos apertadas, e notei que em volta de seu pulso fino com veias azuis havia uma corda de veludo preta e que daquela corda pendia algo que parecia um pássaro dourado em chamas.

Ou, vocês sabem. A Fênix.

E quando olhei para cima, me perguntando se eu estava interpretando o que estava vendo corretamente, vi alguém sobre os ombros dela, entrando no salão.

Era Gabriel.

Que, como eu, estava, sem dúvida, sendo forçado pelo seu agente a vir para essa festa.

Só que ele estava com alguém. Uma morena bonita de altura mediana, usando um vestido roxo com um espartilho amarrado *bem apertadamente* para favorecer sua boa aparência, e combinando com sua sombra de olho roxa. Levou um segundo para que eu reconhecesse quem era, porque a transformação de Lulu tinha sido completa.

Não era ninguém menos do que Nikki Howard.

DEZOITO

— COM LICENÇA — FALEI À MULHER, QUE AINDA ESTAVA SEGU-
rando minha mão. — Tenho que dar um telefonema.

Eu não queria dizer que tinha de cumprimentar alguém
que conhecia porque não queria chamar a atenção de Robert
Stark para a acompanhante de Gabriel. Eu não tinha ideia se
ele tinha sido alertado para o fato de que Nikki ainda estava
viva, se sabia em que corpo ela estava ou como ela era.

Mas imaginei que quanto menos atenção eu chamasse
para Nikki, melhor.

Mas parecia que Robert Stark ainda tinha algo para
tratar comigo.

— Ah, tenho certeza de que essa ligação pode esperar —
disse ele, colocando seu braço em volta de mim e me virando
de modo que eu não conseguisse mais ver Gabriel ou Nikki.
— Tem mais algumas pessoas que eu gostaria que conhecesse.
Esses são Bill e Ellen Anderson, também acionistas da Stark,
como tenho certeza que você já sabe.

Vi-me apertando as mãos de mais pessoas velhas em trajes de noite... novamente cheios de diamantes e rosácea... e

novamente com as cordas pretas em torno do pulso, com o que parecia, para mim, ser uma Fênix dourada pendurada.

Ei, eu não era especialista em aves mitológicas. Mas se tinha fogo saindo de suas asas, era uma Fênix, certo?

Parecia que todas as pessoas para quem Robert Stark me arrastou pela sala para me apresentar naquela noite tinham uma Fênix em seu pulso ou pendurada nas bolsas. Era tão bizarro!

Eu não tinha visto nenhum brinde sendo distribuído na porta. Mas talvez tenha passado despercebido por mim. Talvez Christopher estivesse completamente errado, e o Projeto Fênix fosse uma espécie de caridade e todos os acionistas Stark fossem doadores.

Parecia um pouco rude perguntar, especialmente quando estavam sendo tão gentis comigo, perdendo tanto tempo querendo saber como eu estava e dizendo que era ótimo me conhecer e essas coisas. Minha mãe sempre me disse para ser gentil com os mais velhos. Eu não podia fugir, embora realmente quisesse. Eu estava morrendo de vontade de perguntar ao Gabriel no que ele estava pensando ao trazer Nikki para cá.

Ela ia fazer uma cena? Confrontar Robert Stark por causa do que ele tinha feito a ela? Será que ela não sabia que ele chamaria seu pessoal da segurança para arrastá-la para fora? Ninguém acreditaria nela, de qualquer maneira.

Finalmente, Robert Stark pareceu se dar por satisfeito por eu ter conhecido o suficiente de seus acionistas e disse, olhando para seu relógio de platina:

— Bem, você deve estar precisando ir para o estúdio se preparar para a apresentação de hoje à noite.

Ele não estava brincando, vi que os ponteiros do seu relógio diziam que eram quase 20h30.

— Realmente tenho que ir — falei. — Foi muito bom conhecer seus amigos.

— Acionistas — corrigiu ele. — Nunca misture negócios com amizade, Nikki. Isso é algo que você nunca entendeu, não é?

Eu o encarei. Ele estava brincando comigo? Ele realmente achava que eu era a Nikki? Quero dizer, a verdadeira Nikki? Será que ele realmente não se lembrava?

— Hum — falei. — Não sou a Nikki. Você sabe disso, certo? Você sabe que na verdade eu sou Emerson Watts?

Você me matou, eu queria acrescentar. *Você me matou e colocou meu cérebro no corpo de Nikki Howard, porque ela estava chantageando você. A verdadeira Nikki está aqui nesta sala, você sabe. Ela pode trazer toda essa história à tona. Você quer que eu vá buscá-la?*

Mas meu coração estava batendo com tanta força apenas pelas poucas palavras que eu tinha dito, esperando por alguma resposta dele, por alguma confirmação. Eu não pude ir além de *Você sabe que na verdade sou Emerson Watts?* antes de Robert Stark abaixar sua manga sobre o relógio, olhar por cima do meu ombro e dar um largo sorriso.

— Ah, Gabriel — disse ele. — É tão bom vê-lo. Obrigado por ter vindo. Mal posso esperar para ver sua apresentação esta noite. Quem é essa criatura adorável que você trouxe com você?

Virei-me devagar, sem acreditar que aquilo estava acontecendo. Robert Stark. Robert Stark, o homem que tinha arruinado minha vida, estava realmente a ponto de falar com Nikki Howard, a verdadeira Nikki Howard, aquela que ele tinha tentado assassinar.

E ele nem sabia disso.

Nikki estava ainda mais incrível de perto do que quando a vi do outro lado da sala. Não é que estivesse muito diferente do que era antes. Ela estava, obviamente, pois havia deixado de parecer um trapo desbotado e agora era uma princesa punk rock.

Seu cabelo, agora tingido quase de preto absoluto, tinha sido amassado em vez de alisado com chapinha, de modo que as ondas naturais emolduravam o seu rosto redondo de uma forma mais lisonjeira.

E a maquiagem, em vez de ser uma cópia carbono do que costumava fazer quando estava em seu antigo corpo, tinha sido feita para o seu novo rosto, de modo que os tons realçassem sua nova cor de olho e enfatizassem a curva de seus lábios e bochechas.

Era mais como se ela estivesse se sentindo diferente a respeito de si. Parecia... orgulhosa. E divertida. E, sim... sexy.

De repente, eu podia ver por que todos aqueles caras, até mesmo os namorados de outras meninas, tinham sido atraídos para Nikki. Era completamente óbvio para mim agora que nunca tinha sido tudo somente por causa de sua aparência. Tratava-se de algo mais. Algo que eu sabia que não tinha, porque eu tinha outra coisa. Algo que era essencialmente e irrevogavelmente... Nikki.

— Ora, olá — disse Nikki, estendendo a mão em direção a Robert Stark. Não para um aperto de mão. Mas para que ele pudesse beijá-la. — Você pode me chamar de Diana Prince.

Diana Prince? *Diana Prince*? De onde eu conhecia aquele nome?

Ai, meu Deus. Diana Prince? Aquele era o alter ego da Mulher-Maravilha.

Nikki Howard tinha chamado a si mesma de Mulher-Maravilha.

— Bom conhecer você, Srta. Prince — falou Robert Stark. E ele realmente levou os dedos dela aos lábios e os beijou. — Já nos conhecemos em algum lugar antes? Você me parece familiar.

— Ah — disse Nikki, com um sorriso encantador. — Acho que você se lembraria de ter me conhecido.

— Certamente — disse Robert Stark, sorrindo de volta. — Bem, Gabriel, como eu já disse... boa sorte esta noite. Srta. Prince... Srta. Howard... boa noite para vocês duas.

E ele foi embora, em direção a um grupo de convidados que o esperava às portas do salão.

Apenas depois de ele estar fora do alcance para ouvir nossas vozes é que percebi que estava prendendo minha respiração o tempo todo, então a soltei.

— Ai, meu Deus — gritei. — Vocês. Quase tive um ataque cardíaco. Nikki, quero dizer, Diana. O que você está *fazendo* aqui?

— Ah — disse Nikki, olhando para Robert Stark com seus olhos pequenos pintados de roxo. — Eu só queria ver o rosto dele uma última vez. Antes de vê-lo atrás das grades.

— Tentei impedi-la de vir — disse Gabriel. Foi somente aí que eu percebi como ele estava desapontado. — Mas ela insistiu. Com todas as forças. Acho que meus tímpanos já eram.

Mas agora eu estava começando a suspeitar que seu desapontamento não tivesse nada a ver com o fato de ele não gostar de Nikki. E sim o oposto, na verdade.

Nikki revirou os olhos com desdém na direção do Gabriel. Virando-se para mim, ela disse:

— Por favor, me diga que seu amigo da jaqueta de couro descobriu alguma coisa que a gente possa usar para colocar esse canalha na cadeia. Outra coisa que não seja a nossa palavra dizendo que o que aconteceu é verdade.

— Ele descobriu — falei. — Um tipo de teoria, de qualquer forma. — Eu não queria dizer a ela que a teoria de

Christopher era completamente insana, e que girava em torno de... bem, de nós duas. — Mas ele não tem nenhuma prova... — Deixei minha voz sumir ao olhar em direção às portas do salão, notando alguma coisa. — Ou talvez ele tenha — acrescentei pensativa.

Nikki e Gabriel se viraram para olhar em direção ao que eu estava olhando.

— Ah — disse Nikki, ainda entediada. — Isso não é nada. Todos os velhos estão indo embora. Eles sempre fazem isso. Porque já passa das 20h. Passou da hora de eles dormirem.

— Não são somente velhos — falei. — Mas os velhos que acabei de conhecer. Os acionistas da Stark. Onde eles estão indo? Eles não estão pegando seus casacos.

Comecei a caminhar rapidamente em direção às portas.

— Hum, Nikki — disse Gabriel, consciente de que, mesmo com a saída em massa dos acionistas, o salão ainda estava lotado por pessoas que poderiam achar estranho caso o ouvissem me chamando de Em. — Aonde você está indo?

— Eu já volto — disse a ele. Eu estava correndo agora. O que não era fácil fazer de saltos.

Mas quando cheguei no corredor, os acionistas haviam desaparecido, ele estava vazio. Bem, exceto por uma escadaria isolada por uma corda de veludo e vigiada por um segurança da Stark.

— Com licença — falei, indo em direção a ele. — Você viu Robert Stark passar por aqui?

— Sim, madame — disse ele. — Ele está lá em cima.

— Ah, ótimo — falei, jogando meu cabelo na frente do olho de um jeito que eu esperava que ele achasse irresistivelmente atraente. — Você pode me deixar subir para vê-lo por um minuto? Sou Nikki Howard. Eu só tenho que lhe falar algo sobre a apresentação hoje à noite. Só vai levar um segundo.

— Sei quem você é, Srta. Howard — disse o segurança, com um sorriso educado. — Infelizmente, não posso deixá-la subir. Apenas pessoas autorizadas.

Quando ele disse isso, a Sra. Seja Lá Qual For o Seu Nome, com as veias azuis e com brilhos ao redor da barra da saia, veio correndo.

— Ah, olá de novo — me disse ela, com um sorriso vago.

— Oi — falei, sorrindo de volta.

Então, ela disse para o segurança:

— Sinto muito, estou atrasada. Eu tive que ir ao banheiro das meninas.

Ela realmente disse aquilo. Banheiro das meninas.

Então ela fez algo extraordinário. Levantou sua pulseira. Aquela com a Fênix pendurada, ou o que eu achava ser uma Fênix, de qualquer forma.

E o segurança disse:

— Claro, minha senhora.

E ele desamarrou a corda de veludo e a deixou subir as escadas.

Agora é claro que eu estava morrendo de curiosidade para subir aquelas escadas e descobrir o que estava acontecendo lá em cima.

Porque parecia que, sem dúvida, aquelas pulseiras, ou seja lá o que fossem, tinham algum tipo de significado.

Virei-me e, ignorando o guarda que tinha me repreendido, corri de volta para encontrar Gabriel e Nikki, que estavam esperando que eu retornasse às portas do salão.

— O que foi aquilo? — perguntou Gabriel.

— Tem alguma coisa acontecendo lá em cima — falei. — Precisamos subir.

— Em — falou Gabriel, pegando o celular. — Estão precisando de nós no palco para o desfile da Stark Angel, que vai ao ar ao vivo em aproximadamente... duas horas.

— Onde está Brandon? — perguntei. Olhei em volta do salão e finalmente o vi, dançando lentamente com alguém que se parecia muito com Rebecca. Eu estava a meio caminho do salão até perceber que *era* a Rebecca.

Assim que ela levantou a cabeça do ombro dele após eu tê-la cutucado, ela balançou os ombros expressivamente.

— O que posso dizer? — perguntou ela. — Eu ainda sirvo. Ele acha que eu sou sexy. E de qualquer forma, por que você se importa? Você não o quer.

— Eu não disse nada — falei. — Eu só preciso dele emprestado por um minuto.

— Bem, seja rápida — disse Rebecca. — E é melhor você não estar com segundas intenções sobre seus 300 milhões de dólares. Você os deixou escapar por entre os dedos, senhorita. Você não pode me culpar por pegar suas sobras.

Eu sabia que ela estava se referindo ao dinheiro de Brandon, que ela sempre tinha me incentivado a tentar abocanhar ficando noiva dele. Acho que ela pensou que, se eu não iria correr atrás disso, ela iria.

— Ele é todo seu! — assegurei. Eu preferia o meu supervilão pobre Christopher, que eu nem tinha certeza se me queria, ao multimilionário Brandon, sempre.

Eu só queria que Christopher percebesse isso.

— Tudo bem — disse Rebecca. — Brandon, Nikki está aqui. Ela quer te perguntar alguma coisa.

Brandon pareceu assustado.

— Ah, não, não a Nikki. Ela é uma vadia. — Então, quando ele me viu, sorriu. — Ah, *essa* Nikki. Tudo bem. Oi! Você pegou o seu sutiã?

— Ah, pelo amor de Deus. — Segurei o Brandon pelo braço e o conduzi a alguns metros de Rebecca para que não fôssemos cuvidos. — Brandon, preciso que você me coloque lá em cima. Seu pai está fazendo algum tipo de reunião e eu quero saber do que se trata sem que ele saiba que eu estou lá. Existe alguma outra forma de eu subir lá que não seja pela escada? Ele tem um segurança que não me deixa entrar.

— Claro — disse Brandon. — Escada de serviço, nos fundos. Por aqui.

Ele deslizou um braço ao redor dos meus ombros e me guiou do salão de festas até as portas francesas que davam para o jardim dos fundos. Tenho certeza de que todos que nos viram devem ter pensado que estávamos saindo da festa para dar uns amassos. Inclusive as pessoas que estavam no jardim, com suas fontes e os arbustos esculpidos arquitetonicamente, teriam visto Brandon me levar do salão de baile para o caminho pavimentado, e até a uma porta que os garçons estavam usando para levar e trazer a comida... que dava diretamente na enorme cozinha industrial. Todos que estavam trabalhando lá olharam para nós enquanto passávamos com nossas roupas de gala em meio às bandejas refrigeradas de camarão e de minúsculos canapés de queijo de cabra.

— Ei — disse Brandon, notando os canapés. — Eu não vi esses. — Ele pegou alguns e enfiou na boca, enquanto eu revirava os olhos.

Depois Brandon abriu uma porta e nós chegamos em um corredor sombrio, com uma escada estreita que se curvava para cima.

— Está vendo? — disse ele. — Escada de serviço. Eu costumava passar horas brincando aqui quando era criança. Fingia que era um órfão e que pais amorosos estavam vindo me adotar e me levar para longe deste lugar terrível. Ha!

O seu *"Ha!"* amargo ecoou do começo ao fim da escada.

— Obrigada, Brandon — falei. — Você poderia dizer ao Gabriel e à Nikki que voltarei assim que puder? E que, se eu não voltar... eles devem chamar a polícia?

— Claro — disse Brandon afavelmente. — Aquela lá atrás é a Nikki, de cabelo preto?

— É — falei sem ter certeza se queria ouvir o que ele tinha a dizer a respeito.

— Ela está um bocado sexy agora — comentou. — Mas você sabe quem é realmente sexy. Sua agente. O que você acha disso?

— É — falei, tendo realmente certeza de que não queria ouvir aquilo. — Eu não sei, Brandon. Tenho que ir agora.

— Tudo bem — disse ele. — Me fale se descobrir alguma coisa que possa fazer com que eu, você sabe, mande o velho Robert para a cadeia. Eu *realmente* odeio aquele cara.

— Considere isso feito — assegurei a ele.

Então comecei a subir a escada retorcida...

Eu não tinha muita certeza do que esperava encontrar quando chegasse ao topo. Mas certamente não o que encontrei.

Uma empregada em um uniforme preto e de avental branco que abriu a porta quando eu estava prestes a fazê-lo. Ela ficou tão assustada ao me ver, que quase deixou cair a bandeja inteira com copos de champanhe vazios que estava segurando.

— Ai, meu Deus! — gritou ela. — Posso te ajudar?

Eu não tinha ideia se ela havia me reconhecido, muito menos o que eu deveria fazer. Eu não queria que ela me entregasse ao segurança.

Mas eu também não tinha certeza se ela sabia que eu não tinha o direito de estar naquele andar.

— Eu... eu acho que entrei no lugar errado... — gaguejei. Quando todo o restante dá errado e você é uma modelo loura, agir como uma cabeça de vento sempre funciona bem. As pessoas esperam isso de você, de qualquer forma, e invariavelmente acham charmoso. É idiota e machista, mas funciona.

Mesmo com outras mulheres, especialmente se elas forem mais velhas que você. Isso aflora seu instinto maternal ou algo assim.

Bem, provavelmente não iria funcionar com minha mãe. Mas funciona com quase todas as outras.

— Eu... eu estava procurando o... o banheiro das meninas — gaguejei.

Obrigada, Senhora Cujo Nome Eu Esqueci.

— Ah — disse a empregada, com uma risada. — Fica a duas portas para lá, querida.

— Ah, desculpe-me — falei, rindo. — Sou muito distraída. Fiquei me perguntando onde todas estas escadas estariam me levando. Muito obrigada.

— De nada — falou ela calorosamente.

Tinha funcionado. Obrigada, Deus.

Passei por ela e voltei para o corredor. Ao contrário do andar de baixo, estava silencioso e tranquilo. Tinha carpete fofo no chão, cinza, é claro, e paisagens marinhas penduradas nas paredes, cada uma com a sua própria luz individual... a única iluminação existente. Esperei até não conseguir ouvir mais a empregada nas escadas, e então tentei detectar outros sons.

E logo depois, ouvi: o zumbido de uma voz humana vindo de um quarto a algumas portas de onde eu estava. Fui em direção a ele com meus saltos silenciosos sobre o carpete de pelúcia.

Pressionando o ouvido na porta grossa, tentei escutar o máximo que conseguia. Era uma voz de mulher. Bonita.

Mas eu não saberia dizer o que ela estava falando. Eu não conseguia ouvir nenhum outro som.

O que eu devia fazer? Abrir a porta e entrar? Quem saberia o que haveria do outro lado? E se eu estivesse adentrando numa espécie de reunião de negócios dos acionistas da Stark ou algo assim e todo mundo se virasse para olhar para mim?

E se Robert Stark, que tinha que estar lá, mandasse um dos capangas atirar em mim?

Ou pior, me arrastasse para fora na frente de todos? Eu ficaria muito envergonhada. Preferia levar um tiro. Eu estaria somente morta, não mortificada.

Mas e se não fosse apenas uma reunião de negócios? E se o Projeto Fênix fosse realmente o que Christopher disse que era... o que quer que fosse? Eu tinha o dever moral de ir lá e descobrir. Ele estava confiando em mim para descobrir. Todo o meu relacionamento dependia daquilo.

Para começar, eu tinha passado por tudo aquilo exatamente para virar aquela maçaneta e ver o que estava acontecendo ali, certo? Eu tinha de fazer aquilo.

Meu coração estava batendo com muita força em meu peito. Eu estava agindo, percebi, como uma dessas heroínas dos livros de Frida, aquelas Burras Demais para Viver. Entrar naquele quarto seria uma atitude burra. Qualquer menina que fizesse isso seria uma idiota. Se eu estivesse vendo isto acontecer em uma tela de cinema, eu iria gritar "Vá para casa!" para a TV.

— Com licença?

Saltei quase 2 metros e me virei, relaxando um pouco então ao ver que a empregada com a bandeja estava atrás de mim. Só que agora tinha reabastecido sua bandeja com os copos que estavam cheios até a borda com champanhe espumante.

— Tenho que passar — disse a empregada, parecendo constrangida.

— Ah, claro — falei, e então, como se fosse a coisa mais natural do mundo, abri a porta para ela, pois ela estava com as mãos ocupadas.

E depois que ela entrou, eu a segui.

DEZENOVE

Estava escuro dentro da sala.

Isso porque era uma espécie de sala de mídia, como a que Brandon tinha na sua casa de praia, para exibir filmes. Havia uma enorme tela em uma das extremidades do cômodo, onde imagens estavam piscando. Todos os acionistas da Stark, mesmo no escuro, reconheci as senhoras às quais fui apresentada lá embaixo por causa dos diamantes no pescoço, estavam sentados em grandes cadeiras vermelhas de camurça confortáveis em frente à tela. Eles estavam assistindo às imagens piscantes com muita atenção.

Eu não deveria ter me preocupado por alguém me vir entrando. Ninguém se importou. Estavam ocupados demais assistindo à apresentação.

Encontrei uma cadeira vazia e me sentei para assistir. A empregada, percebendo, me ofereceu uma taça de champanhe, que aceitei com um sorriso, apenas para ser gentil. Havia uma pequena mesa ao lado da minha cadeira de teatro com costas altas onde eu podia apoiar o copo, que foi o que fiz, derrubando algo no escuro. Aquilo foi constrangedor. Também perigoso. Eu não queria chamar a atenção para mim, mesmo estando atrás e só havendo algumas outras pessoas sentadas na minha fileira.

Procurei pelo chão de carpete o que eu poderia ter derrubado. Encontrei logo. Era algo tipo um joystick de jogos, percebi logo que meus dedos o pegaram. O objeto tinha uma corda presa a ele que desaparecia no chão, mas apenas um único botão. Fui cuidadosa em não pressionar o botão, mas o mantive no meu colo, depois que notei que todos os outros na minha fileira estavam fazendo a mesma coisa.

Depois disso, voltei minha atenção à apresentação que estava passando. A bela voz feminina que ouvi no corredor estava muito mais alta agora. Pertencia a uma mulher francesa muito bonita, vestida impecavelmente, que estava em pé em um dos lados da tela. Ela era responsável pela apresentação, pelo que vi. Também estava segurando um joystick, mas parecia mais um controle, do tipo que você usa durante uma apresentação de PowerPoint. Na verdade, a apresentação que estávamos vendo era exatamente isso. PowerPoint.

Tive de reprimir um bocejo automático. Sério? Power-Point? Quase desejei que alguém *atirasse* em mim.

Então vi sobre o que era o tal PowerPoint e me sentei um pouco mais ereta em meu lugar.

O slide que a francesa deslumbrante estava nos mostrando tinha a foto de um jovem musculoso com quadris magros, usando calças cargo, sem camisa, sorrindo para a câmera com os braços em torno de um cão pastor. O cão pastor tinha uma bandana ao redor do pescoço.

— Este é Matthew — disse a francesa bonita com a voz fria e sem emoção. — Matthew é um universitário de 20 anos que está estudando filosofia e está na equipe de Frisbee do seu dormitório. Matthew tem 1,90m de altura, pesa 77 quilos e tem uma pequena tatuagem de um peixe no seu tornozelo esquerdo. Matthew é vegetariano e acredita na abstinência de drogas e álcool para manter seu corpo e sua mente pura.

Com dedos que pareciam paralisados, abri minha bolsa e peguei meu celular. Não foi fácil fazer aquilo sem chamar a atenção para mim.

Mas eu encontrei o botão que filmava. E apertei para gravar.

Eu não tinha certeza do que estava acontecendo. Mas com base no que Christopher tinha me dito ao telefone, eu estava começando a ter um pressentimento bastante assustador.

E eu só queria estar no lado seguro.

— Matthew não tem histórico de doenças cardíacas ou câncer em sua família — continuou a mulher francesa. — E estará disponível quando partir para uma viagem para Honduras para ser voluntário no Habitat for Humanity durante as férias da primavera em abril próximo. Matthew começa a ser leiloado com o lance inicial de 500 mil dólares. Por favor, comecem a dar seus lances agora.

Ao meu redor, escutei o som dos botões dos joysticks. Olhei por cima do meu celular, imaginando se o que eu pensava estar acontecendo podia realmente estar acontecendo.

Porque não parecia ser possível para mim que Christopher pudesse estar certo.

— Quinhentos e cinquenta mil — disse inexpressivamente a mulher francesa. Ela estava olhando para um pequeno monitor de computador em sua mesa. — Seiscentos. Seiscentos e cinquenta. Ouvi setecentos? Setecentos e cinquenta. Oitocentos. Oitocentos e cinquenta. Matthew tem um metabolismo naturalmente rápido e cresceu em uma área com água fluoridratada, então não tem mesmo cáries ou problemas nos dentes. Ele realmente é uma espécie excelente. Você não conseguiria encontrar um jovem mais saudável. Novecentos mil. Um milhão. Tenho uma oferta de um milhão de dólares. Matthew, dou-lhe uma. Dou-lhe duas. Matthew foi fechado por um lance de um milhão de dólares. Obrigada.

A imagem de Matthew desapareceu da tela e o barulho dos botões dos joysticks sendo apertados parou ao meu redor. Quase imediatamente, antes mesmo que eu tivesse tempo de processar o que havia acabado de testemunhar, uma nova imagem apareceu na tela. Era de uma mulher jovem com cabelos pretos longos e lisos. Ela estava deitada em uma cama, rindo para a câmera, segurando um gato listrado de cinza e preto. Estava usando um short fofo e uma camiseta. Na parede, tinha um cartaz que dizia *Salve o Tibet*.

— Esta é Kim Su — disse a francesa com a mesma voz levemente entediada, mas com um perfil totalmente corporativo. — Ela tem 19 anos, 1,55m de altura e pesa 45 quilos. Ela não tem tatuagens e sempre foi vegetariana. Ela não tem problemas de saúde, incluindo ausência de histórico de problemas dentais. É caloura em uma universidade de prestígio e malha regularmente. Sua família tem uma expectativa de vida bastante longa, incluindo bisavôs que ainda estão vivos e que estão agora em seus cento e poucos anos. Ter você transplantado para dentro de Kim Su seria um excelente investimento, pois ela não é somente dotada de uma beleza incrível, mas também de uma grande expectativa de vida. Como Kim Su é um achado tão maravilhoso, o lance inicial por ela é de 800 mil. Kim Su estará disponível neste verão, quando viajará para fazer um intercâmbio trabalhando como babá nos Hamptons.

Os cliques dos botões eram ainda mais entusiasmados por Kim Su do que haviam sido por Matthew. Os lances imediatamente foram para milhões. Não fiquei tão surpresa quando a senhora com os brilhos na barra do vestido a arrebatou por 3 milhões e 500 mil.

— Isso! — gritou ela, quase pulando do assento.

Várias outras senhoras se inclinaram para parabenizá-la pela excelente compra.

Eu fiquei apenas ali sentada, me sentindo meio enjoada. Achei que talvez eu estivesse em choque. Eu não podia acreditar que era tudo verdade. Era tudo verdade, tudo o que Christopher tinha me dito ao telefone. O Projeto Fênix era exatamente aquilo: pessoas comprando corpos de pessoas mais atraentes para ter seus cérebros transplantados para dentro deles.

Aquelas crianças que tínhamos visto na internet, bem, a maioria era criança. Adolescentes, na verdade, todos aqueles que tinham comprado o Stark Quarks. A razão de a Stark ter guardado seus dados... a razão pela qual eles tinham vasculhado tão cuidadosamente, guardando alguns e não outros? Era porque a Stark os considerava doadores.

Como eu.

Eu era o Projeto Fênix. O protótipo.

Claro. Os médicos do Instituto Stark de Neurologia e Neurocirurgia tinham dito que havia uma lista de espera de candidatos ricos querendo a cirurgia, candidatos com o funcionamento do cérebro perfeitamente saudável, mas cujos corpos não eram mais o que costumavam ser: um pouco de flacidez aqui, um pouco de rugas ali. Talvez alguns homens com calvície. E a única coisa que impedia o instituto de fazer mais cirurgias era a escassez de corpos de doadores. E que os corpos de doadores que eles tinham nem sempre eram os mais desejáveis... o corpo que Nikki recebeu era de uma motorista que morreu porque dirigia bêbada.

E Nikki quase morreu durante sua cirurgia porque o corpo que recebeu não era nada saudável. Então por que a Stark não faria isso? O que os faria parar?

Nada. Nada mesmo.

Senti um frio tomar conta de mim. E não era por causa do meu vestido muito curto.

Não sei por quanto tempo fiquei ali sentada, vendo imagem após imagem passando pela tela e sendo arrematada, até minha vista ficar turva por uma figura masculina grande.

E não era um dos homens na tela que eu tinha acabado de ver ser vendido.

Era um homem vestido com trajes da segurança da Stark.

— Senhorita Howard? — disse ele gentilmente. — Poderia vir comigo, por favor?

Fui pega. Eu não deveria ter ficado sentada lá por tanto tempo.

Mas como poderia me mexer? O que Robert Stark estava fazendo...

Era a coisa mais nojenta que eu já tinha visto na vida.

Todos os acionistas da Stark se viraram para olhar enquanto eu era escoltada para fora da sala, até mesmo a francesa com sua voz calma:

— Por favor, não prestem atenção à leve agitação nos fundos. É apenas uma pequena interrupção. Podemos ir para o próximo candidato?

Ouvi os murmúrios e sussurros. E então ouvi o próprio Robert Stark assegurar aos seus acionistas, com sua voz estrondosa:

— Não se preocupem. É apenas Nikki Howard. Todos vocês a conheceram! Ela é uma de vocês... ou o que todos vocês serão em breve. Ela só queria dar uma passada para se certificar de que vocês estão escolhendo com sabedoria!

Aquilo provocou uma onda de risos pela sala.

Eu não ouvi mais nada. Isso porque, em seguida, o guarda me puxou para fora. Eu fiquei ali no corredor, olhando para o chão, sem realmente ligar muito para o que iria acontecer comigo a seguir. E se Robert Stark me matasse, como tentou fazer com a Nikki?

Eu não tinha certeza se queria viver em um mundo onde as pessoas faziam esse tipo de coisa, de qualquer forma.

— Bem, isso não foi inteligente, foi?

Olhei acima dos meus pés para ver o próprio Robert Stark parado à minha frente, ajustando a gravata-borboleta do seu smoking, parecendo um gato que alguém tinha irritado.

— O que você esperava conseguir lá, afinal? — perguntou ele. Ele se inclinou e puxou minha bolsa. Depois a abriu e derrubou seu conteúdo no chão. Meu iPhone caiu com todo o restante. Ele se inclinou e o pegou.

— Suponho que tenha gravado tudo aquilo — disse ele. — E pensou que fosse esperta e mandaria para alguém. CNN? Bem, não vai sair nada daqui.

Com uma força surpreendente, ele se virou e lançou o telefone o mais forte que pôde em direção ao final do corredor. O aparelho quebrou em mil pedaços quando atingiu a parede.

Eu recuei. O telefone explodindo me lembrou de como meu corpo deve ter parecido para Christopher, explodindo sob o peso de uma TV de plasma.

Não me admirava ele estar tão maluco agora.

Só que...

Só que tudo que ele vinha falando sobre a Stark Enterprises era verdade?

Realmente era verdade o tempo todo. Ele não era o louco.

O restante de nós é que era por não acreditar nele.

— E não é só porque você não tem mais a gravação — disse Robert Stark, se voltando para mim. Ele estava falando absolutamente sem rancor. Essa era a parte assustadora. Ele não estava nem zangado comigo. Ele não se importava. Ele estava completamente frio e calmo.

Com exceção da parte em que destruiu meu telefone.

— Aquelas crianças que você viu lá? — continuou ele. — Aqueles que meus amigos acabaram de comprar? Eles vão sofrer acidentes durante suas viagens em breve. O mesmo tipo de acidente que sua irmã vai sofrer esta noite, voltando do acampamento de animadoras de torcida se alguma palavra sobre isso vazar. Entendeu? Porque acredite ou não, eu tenho pessoas que ficariam muito felizes em arrematá-la também.

Eu o encarei com meu coração congelando de repente. Como ele sabia sobre Frida e seu acampamento de animadoras de torcida?

Mas é claro.

Frida tinha um Stark Quark. O próprio Robert Stark havia lhe dado um.

Assenti lentamente. Eu entendi. Entendi perfeitamente bem.

— Uma palavra — disse ele. — Uma palavra esta noite quando o desfile da Stark Agel entrar ao vivo, caso queira dar uma de esperta e tentar alguma coisa, e sua irmã não voltará esta noite para aquele pequeno apartamento que ela e seus pais compartilham na Universidade de Nova York. Entendeu?

— Entendi. — Precisei descolar minha língua do céu da boca para responder. — Você não quer que eu conte a ninguém que Robert Stark está oferecendo aos seus acionistas doadores de corpos saudáveis, para que possam ter os cérebros transplantados para dentro deles e serem jovens novamente. Se eu fizer isso, minha irmã morre.

Robert Stark apenas olhou para mim. A expressão dele não estava tão fria e calma como antes. Agora uma de suas sobrancelhas escuras ligeiramente grisalhas estava um pouco levantada.

— Você simplesmente não entende, não é? — perguntou ele. — Nós te demos um dom incrível, o dom da beleza, algo pelo qual muitas mulheres matariam. Você sabe quantas mulheres morreriam para estar no seu lugar agora? Você tem o mundo em suas mãos. E tudo no qual consegue pensar é em me derrubar.

— E o Matthew? — perguntei. — E Kim Su? Você acha que eles vão gostar de ser *mortos* por você para que estas pessoas velhas ricas possam viver suas vidas por eles?

— Ah, eles não vão viver suas vidas por eles — assegurou Robert Stark. — Eles viverão as próprias vidas, só que com corpos novos. Claro, eles vão ter que explicar aos seus amigos como conseguiram resultados melhores do que os de "uma pequena plástica". Mas isso só vai trazer mais clientes para mim. E valerá a pena não ter que acordar todas as manhãs com articulações rangendo, precisar de nove tipos diferentes de medicamentos para o coração... acredite, vai valer cada centavo para eles.

— Mas e quanto à família do Matthew? — perguntei. — E se eles o virem um dia, andando por aí com o cérebro de outro cara em sua cabeça, e ele não os reconhecer?

— Essas pessoas vivem em classes sociais muito diferentes — falou Robert Stark com um sorriso de escárnio — daquelas das famílias dos doadores. Eles nunca vão ver um ao outro. Você pode ter certeza disso.

Balancei minha cabeça diante de seu esnobismo.

— Você vai ser pego — falei. — Isso é assassinato. Você não pode manter isso em segredo para sempre.

— Por que não? — perguntou ele. E agora as duas sobrancelhas estavam arqueadas. — Consegui até agora. Há quanto tempo você acha que estamos fazendo isso, afinal? — Foi quando ele riu. — Nikki... para mim, querida, você sempre será a Nikki... estamos fazendo isso há anos. *Anos.* Com esta tecnologia de ponta, somos capazes de oferecer aos nossos clientes uma seleção mais diversificada e única de produtos com uma variedade maior, enquanto continuamos a aumentar nossa margem de lucro.

Então ele olhou para o oficial da segurança e disse:

— Limpe isso. — Ele se referia à bagunça que havia feito ao esvaziar minha bolsa sobre o carpete. — E leve-a de volta ao térreo e ao carro que está esperando para levar a ela e a seus amigos para o estúdio. Ela está bastante atrasada para o desfile da Stark Angel.

Para mim, ele disse:

— O mínimo que você poderia fazer é agradecer, você sabe.

Agora era a minha vez de erguer minhas sobrancelhas.

— Pelo *quê*?

— Por eu ter te dado o maior presente que alguém poderia dar a outro ser humano — disse ele. — Uma segunda chance na vida. Só que desta vez — acrescentou —, bonita.

Só olhei para ele. Honestamente, o que se poderia responder àquilo?

Pensei em cuspir na cara dele.

Mas não pareceu ser a coisa certa a se fazer.

Principalmente depois de ele acabar de dizer que sabia sobre os planos de viagem da minha irmã caçula.

Eu realmente queria ver Frida lá em cima na tela, sendo arrebatada como se fosse uma espécie de vaso Ming na Sotheby's...

Só para ter seu crânio aberto e o cérebro retirado para ser substituído pelo da senhora de veias azuis?

Peguei de volta a bolsa que o segurança me entregou, menos meu iPhone. Enquanto isso, Robert Stark já estava indo embora, de volta para seu leilão macabro. Ele não olhou mais para mim.

Não que eu esperasse que ele olhasse, acho.

Eu estava bem por ele não ter olhado. Ele teria visto meu olhar assassino.

E não teria gostado. Ele não teria gostado nem um pouco.

O segurança me pegou pelo braço e começou a me guiar pelas escadas. Não as escadas dos fundos que Brandon tinha me mostrado, mas a escadaria principal imensa pela qual eu não tinha sido capaz de subir antes, porque não tinha uma pulseira da Fênix.

O outro segurança ainda estava de pé ao final dela. Ele pareceu confuso ao me ver sendo escoltada para baixo por um de seus colegas, mas levantou a corda de veludo e me deixou passar.

— Aqui está — disse o segurança que pegou meu braço, quando chegamos ao guarda-volumes, onde Gabriel e Nikki estavam me esperando com Lulu, que estava com o meu casaco. Eles estavam sendo escoltados por outros seguranças.

— Ai, meu Deus — sussurrou Lulu, estendendo meu casaco de pele falsa para mim. — Você está bem? Você está pálida como um fantasma. Você vai vomitar?

— Vamos sair daqui — sussurrei de volta. — Onde está Brandon?

— Eu não sei — disse Lulu. — Ele desapareceu há algum tempo com a sua agente.

— Ótimo — falei sarcasticamente. Os seguranças estavam nos apressando para descer os degraus do tapete vermelho e ir até a limusine que estava parada do lado de fora. Os paparazzi bateram dúzias de fotos enquanto entrávamos no carro, gritando: "Nikki! Onde está seu namorado?" e "Nikki! Você se divertiu na festa?".

Uma vez dentro do carro com as portas fechadas, Nikki disse:

— É tão estranho como eles fazem isso.

— Fazem o quê? — perguntou Gabriel.

— Gritam o *meu* nome. Mas eles estão falando com *ela*. — Ela apontou para mim.

— Deve ser estranho — disse Gabriel, mas sua voz era mais suave do que quando ele falava com Nikki antes, como se estivesse simpatizando com ela pela primeira vez. — Você deve sentir falta disso.

— Disso? — Os olhos de Nikki arregalaram. — Ter seu nome gritado pelos paparazzi? *Você* provavelmente gosta disso. Mas eu meio que estou começando a apreciar essa coisa de anonimato para variar. — Ela olhou para mim e perguntou: — Então? Você descobriu alguma coisa?

— Ah — falei, me recostando contra o assento de couro e inspirando longamente. — Eu aprendi muito.

— Hã? — perguntou Gabriel. — Se incomoda de nos esclarecer?

Enfiei a mão no meu sutiã e tirei meu telefone celular da Stark.

— Você não tem ideia — falei. — Posso pegar seu telefone emprestado? Este é grampeado. Preciso ligar para Christopher.

Gabriel tateou os bolsos, enquanto Nikki apenas revirava os olhos.

— Ninguém vai me deixar ter um telefone — disse ela. — Não sou de confiança, evidentemente.

— Ah, pelo amor de Deus — disse Lulu, abrindo a bolsa dourada Prada e me dando seu telefone. — Mas é melhor você nos contar o que ouviu lá em cima...

Eu já estava discando.

— Ah — falei. — Você vai descobrir, certamente. Alô, Christopher? — Ele atendeu no primeiro toque.

— Em? — disse ele, confuso, porque no seu identificador de chamadas estava o nome da Lulu.

— Sim — falei. — Sou eu. Ouça, você estava certo. Sobre tudo. O Projeto Fênix é exatamente o que você disse que era. E eu tenho uma prova. Filmada. O problema é que eu fui pega. Pelo próprio Robert Stark.

— Jesus Cristo, Em. — Christopher soou como se alguém tivesse lhe dado um soco no estômago. — Você está bem?

— Estou bem. — falei. — Até agora. Eles pensam ter destruído a única prova. É por isso que não posso enviar um e-mail para você ou algo do tipo... porque, se eu o fizer, vou enviar uma bandeira vermelha. Porque está em um telefone da Stark que eles grampearam, o que significa que também está no computador principal deles, tenho certeza. O que significa que Felix provavelmente poderia levantá-la... mas então eles talvez notassem. Então, para garantir, estou mandando para ele agora através de Lulu e Nikki. — Olhei para as duas interrogativamente. Elas se entreolharam e depois assentiram, ansiosas. — Então você pode estar lá daqui a uns vinte minutos, Christopher, e se preparar para isso?

— Eu já estou na casa do Felix — disse Christopher. — Ele está pronto para o que você tiver. O que você fará enquanto isso?

— O desfile de lingerie da Stark Angel — falei, incapaz de evitar o sarcasmo em minha voz. — Ao vivo.

— Nós já estamos sintonizados no Canal Sete — ouvi Felix gritar no fundo. — Todos os dez monitores! Em alta definição!

Ouvi um ruído e, em seguida, um grito de dor. Presumi que Christopher tivesse batido no primo.

— Não ligue pra ele — disse Christopher. — Se você não quiser que a gente veja, Em, nós não vamos ver. Além disso, parece que vamos estar muito ocupados.

— Não — falei. Eu precisava ser madura em relação àquilo, percebi. Era apenas um corpo. Meu corpo.

E, com alguma sorte, Christopher iria vê-lo nu algum dia, de qualquer forma.

— Você pode assistir ao desfile se quiser. Apenas faça essa outra coisa primeiro. Só que... seja lá o que você for fazer com isso — falei tentando controlar o tremor em minha voz —, pode esperar até o avião de Frida pousar e ela chegar a salvo em casa? Porque Robert Stark disse... — De repente, eu estava contendo um soluço.

— O quê, Em? — perguntou Christopher. Ele soava tão preocupado quanto eu. — O que o Robert Stark disse?

A preocupação delicada em sua voz apenas tornou mais difícil dizer. Eu não podia acreditar que aquele era o mesmo Christopher com quem eu estava discutindo há apenas uma hora.

— Ele disse que se alguma coisa sobre o Projeto Fênix vazar — respondi, tentando não chorar —, ele vai... ele vai...

— Não diga mais nada — falou Christopher. — Sei o que fazer.

— Mas... — Como ele poderia saber? Eu não tinha lhe dito o que Robert Stark disse que faria. Algo tão terrível, que eu nem podia pensar a respeito.

232

— Em — disse Christopher. Sua voz era calorosa. Calorosa de amor por mim. Por *mim*. — Eu sei. Não se preocupe. Considere isso feito. Frida vai ficar bem. Estamos cuidando disso aqui, tudo bem? Somos profissionais.

— Mas — falei novamente. Agora eu não podia deixar de sorrir um pouco. A imagem de Christopher e seu primo como profissionais era ridícula. — Um de vocês está usando uma tornozeleira.

E um de vocês é um arquivilão, com luvas sem dedos e uma faixa escura com um quilômetro de largura.

— Ela vai ficar bem — me tranquilizou Christopher. — Você fez a sua parte. Diga a Nikki e a Lulu para virem até aqui com esse celular. E farei o que tenho que fazer. E, Em?

— Sim? — perguntei com uma voz trêmula.

— Estou muito orgulhoso de você — disse ele. — Furioso como o diabo por você ter se colocado em perigo. Mas muito, muito orgulhoso.

— É — falei. Agora as lágrimas estavam chegando.

Mas eram lágrimas de felicidade.

— Eu também — concordei.

VINTE

ESTAVA UM CAOS NO DESFILE DE LINGERIE DA STARK ANGEL. PARA começar, Ryan Seacrest estava lá para transmiti-lo. Ele não foi aos dois últimos ensaios do mês porque... bem, porque ele era Ryan Seacrest. Um homem ocupado.

E mais, Gabriel e eu estávamos mais de duas horas atrasados para a nossa chamada. Aquilo não havia causado muita ansiedade em Alessandro, o diretor de palco. Ele basicamente queria nos matar.

— Camarins para maquiagem e figurino — gritou ele quando viu a mim e ao Gabriel entrando furtivamente pela porta do palco. — Agora.

Imaginei que se Alessandro tivesse escolha, nós nunca mais seríamos chamados para participar em outra produção da Stark.

Mas, depois dessa noite, se as coisas fossem do jeito que eu esperava que fossem, não haveria nenhuma outra produção da Stark. Nunca mais.

Jerri, a maquiadora, veio correndo enquanto eu me contorcia para tirar o vestido da festa, e as figurinistas se perguntavam sobre o que fazer com as marcas que a minha meia-calça havia deixado na minha barriga. Sério. Essas são as coisas com que nós, modelos de lingerie, temos de nos preocupar.

— Não se preocupem — disse Jerri. — Vou passar spray nisso. Ninguém vai ver nada.

Jerri tinha uma pequena máquina que espirrava um líquido de base igual às máquinas de autobronzeamento que espirravam bronzeador nas pessoas. Era basicamente o mesmo princípio, só que Jerri planejava jogar esse spray de base em todo meu corpo em vez de apenas no meu rosto...

O que ela fazia na maioria dos seus clientes, muitos deles eram comentadores esportivos.

— Eles também têm que estar bonitos — explicava ela. — Agora que todo mundo tem TV de alta definição. Você não pode ter nenhum defeito ou algo do tipo. Passo nas mãos deles também, para quando eles estão segurando um microfone, entrevistando as pessoas. Se você não passa spray, não rola.

Era incrível. Eu pensava que Jessica Biel e todas essas estrelas de cinema tivessem corpos perfeitos, quando isso não era verdade. *Tudo* na TV era mentira.

Na TV, nas revistas e nos filmes também. Não me admira aqueles acionistas da Stark acharem que precisavam assassinar pessoas jovens e roubar seus corpos.

— Ah, claro — disse Jerri enquanto eu ficava lá parada de sutiã e calcinha, sentindo o spray gelado em todo o meu corpo. — Todas as atrizes fazem isso nas suas cenas de nudez? Elas passam spray em tudo. Cobre sua celulite também. Não que você tenha celulite. Ah, espere. Sim, desculpe. Até Nikki Howard! Ha, espere até eu contar isso para a minha irmã. Ela acha que você é perfeita. Não que você não seja... — Jerri levantou a cabeça para olhar para mim. — Você sabe, você é quase perfeita.

Eu sorri para ela, desconfortável.

— Tudo bem. Posso pegar seu celular emprestado? — perguntei. — Preciso fazer uma ligação. É local.

— Ah, vá em frente, querida — disse Jerri. — Faça quantas quiser. Estou recebendo o subsídio de férias por este trabalho, por ser véspera de Ano-Novo e tudo o mais.

Ela me deu seu telefone e eu rapidamente disquei o número dos meus pais. Minha mãe atendeu após o segundo toque.

— Alô? — perguntou com curiosidade, não reconhecendo o número no identificador de chamadas.

— Oi, mãe — falei. — Sou eu. — Eu não disse que era eu, Em, porque Jerri estava lá. — Eu estava me perguntando... você sabe se Frida fez uma boa viagem?

— Bem, claro que sim — disse mamãe. — Ela ligou do caminho há três horas. Deve estar aterrissando no LaGuardia a qualquer minuto. As meninas vão todas dividir táxis para a cidade. Por que quer saber?

— É só que não tenho notícias dela há um tempo — falei, tentando soar casual. — É só isso. Você acha que pode pedir a ela para me ligar assim que ela entrar em casa?

— Claro — falou mamãe. — Mas você não está um pouco ocupada? Achei que você fosse fazer aquele, hum, desfile de lingerie essa noite no Canal Sete.

Droga. Eu estava meio que esperando que mamãe tivesse se esquecido disso.

— Eu vou — disse firmemente. — Mas isso não significa que eu não me preocupe com a minha irmã caçula.

— Bem — disse mamãe. — Vou garantir que ela te ligue.

Tardiamente, me lembrei que não tinha um celular. Um havia sido esmagado em pedaços sobre o carpete do corredor do andar de cima da casa de Robert Stark. E o outro estava a caminho do porão de Felix em um táxi com Lulu e Nikki. Se tudo desse certo, já estava lá agora.

— Na verdade — falei, pensando rapidamente. — Você poderia dizer a ela para ligar para a Lulu? Meu telefone está uma bagunça. — Dei a ela o número. — É melhor, de qualquer forma, no caso de eu estar no palco.

— Tudo bem — disse mamãe. Em seu estilo típico de mãe, no entanto, ela não soou como se achasse que estivesse tudo bem. — Escute, querida, já que estou falando com você... sobre ontem.

— Sim — falei. Eu estava consciente de que Jerri estava vindo com a pistola de spray em direção à minha cabeça. — Me desculpe...

— Não — disse mamãe. — *Eu* peço desculpas. Percebi agora que quando você me perguntou se era bonita... bem, é uma pergunta cheia de significados, querida. Eu quero dizer, para mim. Não quero que vocês se julguem por suas aparências...

— Mamãe — falei. Eu não conseguia acreditar que estávamos tendo aquela conversa. Meu chefe tinha acabado de ameaçar matar minha irmã mais nova caso eu expusesse o fato de que ele era basicamente um assassino sociopata.

E se as coisas acontecessem do jeito que eu esperava, eu estava prestes a fazer exatamente isso.

E minha mãe queria jogar conversa fora pelo telefone.

— Realmente não tenho tempo para isso. Eu só queria saber de Frida.

— Mas isso é importante — continuou mamãe. — Percebi que talvez, na sua escola, isso seja o que todas as meninas façam. Julguem umas às outras por suas aparências.

— Não apenas na escola, mamãe — falei. — Toda a sociedade ocidental contemporânea.

Alô, mãe? Isso são os Estados Unidos. Bem-vinda. Isso se chama McDonald's. Consegue dizer essa palavra?

McDonald's. Eles servem x-búrgueres aqui. E batatas fritas. Consegue dizer *batata frita*?

— Eu sei — continuou mamãe. Ela soou como se estivesse quase chorando. — E isso é tão errado. Não *quero* que vocês se julguem desse jeito. Vocês têm tanta coisa a mais que isso. Vocês são tão maravilhosas, você e Frida, tão espertas, fortes e criativas. Eu queria dar ênfase a *esse* lado de vocês. Mas toda vez que ligam a televisão, o que veem? Bem, meninas magras com peitos grandes, vestindo calça apertada e blusas cortadas que mostram seus umbigos. E toda vez que eu levava vocês à loja, as duas queriam exatamente o que essas meninas, Nikki Howard, estavam usando. Você acabou se desvencilhando disso, mas Frida... As mães não têm vez. E minha mãe dizia que eu era exatamente assim, e por isso parou de me dizer que eu era bonita... porque eu deixei subir à cabeça quando estava crescendo...

Isso era novidade para mim. Vovó? Vovó sempre disse para Frida e para mim que éramos bonitas. Tantas vezes, que realmente não significava nada. É claro que éramos bonitas. Éramos as netas dela. Não significa nada quando sua avó diz que você é bonita.

Mas mamãe? Mamãe nunca disse que éramos bonitas, ou que estávamos bonitas. Era sempre "Sua mente é tudo que importa!".

E claro que é verdade.

Mas teria sido bom ter escutado que nosso cabelo estava bonito, de vez em quando.

E agora que eu sabia que mamãe tinha gostado dessas roupas de patricinha? Mamãe, que sempre se vestiu tão racionalmente com terninhos cinza e sapatos de salto baixo? Vovó teve que parar de dizer à mamãe que ela era bonita porque ela ficou muito convencida?

Isso era fantástico. Mal podia esperar para contar para a Frida.

Se eu a visse novamente.

— E eu acho — continuou mamãe, ela estava praticamente balbuciando —, eu só achava que se fizesse como ela, vocês se tornariam como eu... mais interessadas em coisas acadêmicas do que em... bom...

O quê? Como a mamãe tinha sido quando era garota? Eu estava morrendo de curiosidade para descobrir.

Mas então Jerri chegou com o spray na minha cabeça.

— Olha, mãe — falei. — Preciso me preparar para o desfile. Entendo tudo o que você está dizendo. Sei que é tudo falso. Ninguém sabe isso mais do que eu. Mas ainda assim é bom ouvir sua mãe dizer que você é bonita de vez em quando, sabe? Mas não se preocupe comigo, tudo bem? Tudo vai ficar bem. — Aquela era uma mentira deslavada. Eu não tinha como saber isso. Mas o que mais eu iria dizer? Olha, mãe, por causa da minha burrice, meu chefe pode estar prestes a matar sua filha mais nova? — Apenas ligue para a Lulu quando souber da Frida.

— Vou ligar — falou mamãe. Ela hesitou, mas depois disse: — Eu te amo, Em. Caso isso não esteja claro. Não importa como esteja sua aparência. Ou o que vista.

Isso trouxe lágrimas aos meus olhos. Porque eu realmente não merecia.

— Obrigada, mãe — falei. — Eu também.

Desliguei e entreguei o telefone de volta para Jerri.

— Mães... — falei para ela, revirando meus olhos numa tentativa de não explodir em lágrimas.

— Nem me fale — disse Jerri, guardando seu telefone de volta no bolso. — A minha fuma um maço de Camel Light por dia. Consigo fazê-la parar? De jeito nenhum. Feche seus olhos agora, querida, vou fazer no rosto.

Quarenta e cinco minutos depois, o que Jerri disse ser um recorde de velocidade para ela, eu estava com o cabelo e a maquiagem prontos, com o sutiã de diamantes e a calcinha e minhas asas colocadas e flutuando atrás de mim. Eu parecia, quando me vi no espelho, uma mistura de um anjo e... bom, uma menina usando um biquíni de diamantes.

Ah, bem. Esperava que mamãe não estivesse assistindo.

Caminhei com meus saltos plataforma em direção ao palco enquanto Jerri trotava ao meu lado, dando um último toque no gloss.

— Aí está você. — Rebecca apareceu do nada, ainda em seu vestido preto de noite com fenda. — Ouvi que estava atrasada. O que eu te alertei? Não te disse para não se atrasar? Você comeu alguma coisa? Posso ver seus ossos do quadril. Sei que você não comeu nada. Se você desmaiar em mim, Nikki, juro por Deus...

— Não vou desmaiar — assegurei a ela. — Brandon está aqui com você? Porque eu realmente preciso falar com ele.

— Na verdade, ele está — falou Rebecca, parecendo acanhada. Ou o máximo que ela conseguisse parecer, tratando-se de Rebecca, o que não era muito. — Você também deve saber que estamos juntos agora. E sei que tem uma pequena diferença de idade, mas, honestamente, acho que ele precisa de uma mulher madura em sua vida. Sem ofensas, Nikki, mas você não tem sido a influência mais estável para ele. E ele precisa de estabilidade.

— Realmente não ligo para isso — falei. — Você pode ficar com ele. Não é sobre isso que eu quero falar com ele. É sobre o pai dele, na verdade.

— O pai dele? — Rebecca deu de ombros. — Não é exatamente o seu assunto favorito. A não ser que seja sobre o funeral dele. — Ela puxou o BlackBerry da bolsa Chanel e

240

começou a martelar no teclado. — Tem certeza de que quer entrar nesse assunto agora, logo antes do desfile? Não pode esperar? Você entrará no palco em cinco minutos. E não fale com o Ryan Seacrest, tudo bem, querida? Todas as meninas estão falando com o Ryan, e ele está ficando nervoso.

Olhei para o corredor. Havia modelos da Stark usando lingeries e asas por todo lugar. Vi Kelley, minha amiga do ensaio geral, acenar com seu celular para mim e mostrar seu toque. Tocou o Grito de Guerra do Dragão de *JourneyQuest*. Kelley riu e apontou para mim, e depois me fez o sinal de "tudo bem" com os polegares. Também ri para ela como se dissesse "*Ha! Que engraçado.*"

Mas, sobretudo, eu estava pensando no quanto queria vomitar.

— Eu não vou — falei.

Rebecca deu de ombros e continuou martelando no teclado.

O que Robert Stark estaria fazendo exatamente agora? Eu me perguntei. Ele estaria tentando matar minha irmã?

E Christopher? Lulu e Nikki tinham dado o meu celular a ele? Eu me sentia tão vulnerável por não saber o que estava acontecendo.

Eu não era a única. Gabriel saiu do camarim maquiado e usando seu smoking. Ele estava com sua banda — todos eram bonitos o suficiente para causar uma onda de animação entre as outras modelos, fazendo com que o Ryan Seacrest fosse esquecido de repente.

Mas Gabriel ignorou. Quando me viu, na verdade, ele disse para os outros caras:

— Ei. Eu já vou. — E voltou para sussurrar para mim: — Então, soube de alguma coisa?

Balancei minha cabeça.

— Nada. E você?

Ele balançou a cabeça.

— Tenho certeza de que vai ficar tudo bem.

— Ou — falei — vamos sair do palco e um equipamento de som vai cair sobre nós, matando-nos instantaneamente, cortesia de Robert Stark.

— É sempre bom — falou Gabriel — pensar positivamente.

— Brandon vai te encontrar depois do desfile — anunciou Rebecca lendo da tela do seu BlackBerry.

— Mas realmente preciso falar com ele agora — falei, incapaz de disfarçar o desânimo no meu tom de voz.

— Bem. — Rebecca deu de ombros. — O que você quer que eu faça? O homem disse que está ocupado. Ele está dizendo que te encontrará no andar de cima, no Stark Sky Bar. Vai ter champanhe para todos nós para brindarmos o Ano-Novo. É de onde vamos assistir à bola do Times Square cair. Lá tem uma vista perfeita....

— Para os seus lugares! — Alessandro veio correndo pelo corredor, cumprimentando os demais. — Todos vocês, para atrás do palco, agora! Por que estão perdendo tempo? Estão tentando me causar um ataque do coração? O desfile começou! Estamos ao vivo! Sem mais conversa ao passarem pela porta à prova de som. Vão! VÃO!

Alcancei instintivamente a mão de Gabriel. A minha estava muito fria. Mas a dele estava quente... assim como seu olhar quando encontrou o meu.

— Vai ficar tudo bem — assegurou, com um sorriso. — Você fez a coisa certa.

— Fiz? — perguntei. Eu queria poder acreditar nele. Teoricamente, eu acreditava.

Mas Frida! Minha própria irmã! Como pude ter sido tão burra?

— Ai, Deus — disse Rebecca, reparando em nossas mãos apertadas. — O que está acontecendo aqui? Vocês estão juntos? Isso é perfeito. Posso anunciar para a imprensa? Você tem alguma ideia de como isso vai aumentar suas vendas, Gabriel? Você já está na estratosfera, mas isso, querido, estamos falando de Marte...

Mas naquele instante eu estava passando pelas portas do estúdio, e todos os câmeras e engenheiros de som estavam falando para Rebecca ficar quieta.

Mesmo assim, ela continuou atrás das portas, mesmo com elas fechando, sussurrando-gritando:

— Você não pode esconder as coisas de mim, Nikki! Você não pode fugir! Sei de todos os seus segredos!

Se ela soubesse.

Dentro do espaço dos bastidores do estúdio, onde estávamos todos reunidos esperando nossa vez de entrar no palco, estava tão silencioso que quase se podia ouvir meu coração bater. Na frente do estúdio, onde o palco estava, a situação era outra completamente diferente. Lá, estava estrondosamente barulhento. O auditório ao vivo estava gritando com apreço por Ryan e pelas modelos que já estavam desfilando pelo palco, passeando para cima e para baixo pela passarela, exibindo seus diferentes conjuntos de sutiã e calcinha.

Gabriel e sua banda tinham saído por trás do cenário rotativo, para reaparecerem no palco assim que recebessem a deixa para tocarem a canção de Gabriel que era primeiro lugar nas paradas, "Nikki".

Aquilo não era para acontecer até o penúltimo intervalo comercial. Enquanto eu ficava lá esperando pela minha deixa musical, percebi que Verônica, a modelo que me odiava tanto, porque achava que eu estava mandado e-mails para seu namorado, Justin, quando, na verdade, tinha sido a verdadeira Nikki, estava parada na minha frente. Ela estava claramente me ignorando.

Como eu precisava de algo para me distrair do fato de que minha irmã, naquele momento, poderia estar morrendo, a cutuquei no ombro.

— Oi — falei. — Eu só estava pensando. Os e-mails pararam?

Verônica olhou em volta. Seus olhos se arregalaram quando me viu.

— Nós... nós não deveríamos estar conversando — gaguejou.

— Eu sei — falei. — Mas eles pararam?

— Sim — disse ela, e se voltou em direção ao show, roendo uma unha falsa.

Ha. Porque Nikki tinha coisas melhores para fazer esses dias.

Como torturar Gabriel Luna.

Poucos minutos depois, Verônica recebeu o sinal para andar e entrou desfilando no palco. E então eu ouvi:

"Nikki, oh, Nikki... a questão é que, menina... apesar de tudo... Eu realmente acho que... Eu te amo."

Minha deixa.

Por um segundo, com o coração martelando, hesitei. Achei que fosse vomitar. O que eu estava fazendo? Quem eu *era*? Eu, Em Watts, a menina que nem tomava banho na frente de outras meninas durante a aula de Educação Física, ia realmente entrar naquela passarela, na frente de milhões, talvez até mesmo um bilhão, de telespectadores, sem mencionar as muitas pessoas que estavam na plateia ao vivo, vestindo apenas uma calcinha, um sutiã, um par de asas e muito spray corporal?

"Não é o jeito como você anda, menina... o jeito como sorri e nem o jeito como olha..."

Por outro lado...

... se as coisas fossem do jeito que deveriam e Christopher fizesse o que disse que ia fazer, por minha causa, Robert Stark, o quarto homem mais rico do mundo, ia ser derrubado hoje à noite. O que tinha acontecido comigo nunca iria acontecer com outra pessoa novamente.

E talvez nunca mais houvesse outro desfile de lingerie da Stark Angel de novo.

Isso certamente iria fazer minha mãe feliz.

"É o jeito como você mexe comigo... o jeito como você mexe comigo... que me faz dizer, Nikki, oh, Nikki... A questão é que, menina... apesar de tudo... Eu realmente acho que... Eu te amo."

— Nikki — sussurrou Alessandro em algum lugar na escuridão atrás de mim. — VÁ!

Entrei na luz ofuscante do palco, movendo meus quadris no ritmo da música, tentando seguir as marcações na pista, pisar exatamente onde me disseram para pisar e não trombar no Ryan Seacrest.

Os reflexos dos diamantes no meu sutiã estavam me deixando louca. Eu mal conseguia ver onde estava indo. Se algo fosse se soltar do teto e cair, batendo na minha cabeça, eu nunca saberia. Eu estava completamente cega.

Quem usaria alguma dessas coisas idiotas na vida real? E *por quê*?

"Nikki, oh, Nikki ... a questão é que, menina... apesar de tudo... Eu realmente acho que... Eu te amo."

Pelo menos eu tinha a voz de Gabriel para me guiar. O estranho era que ele realmente soava sincero.

Mas não é isso que os músicos fazem? Como os modelos e atrizes, fazem você acreditar no que eles estão te dizendo.

A menos que... ele realmente amasse a Nikki. Não eu. Mas a verdadeira Nikki.

Isso não seria engraçado? Por mais que os dois brigassem, realmente se amassem? Eles realmente pareciam brigar demais.

Mas não era assim comigo e Christopher? Nós estávamos sempre brigando. Sempre!

Mas então, quando nós nos tocávamos, víamos que realmente nos amávamos. Pelo menos, eu realmente amava Christopher.

Eu esperava que ele realmente me amasse. Senti amor da parte dele quando falamos no telefone há pouco. Mas só saberei com certeza da próxima vez em que eu o vir... se ele realmente me ama ou não. Eu seria capaz de ver isso em seus olhos. Eu tinha certeza disso. Talvez a gente não tenha tido o mais fácil dos romances, mas era um, tenho certeza, que ia durar para sempre.

Se Nikki e Gabriel estivessem apaixonados, aquilo iria matar a minha irmã, Frida.

Ah, Deus. *Frida. Por que eu tive que pensar em Frida?*

"Não é o jeito como você anda, menina... o jeito como sorri e nem o jeito como olha..."

— Ah, olhem para ela, senhoras e senhores — estava dizendo Ryan Seacrest. — A supermodelo número um no mundo, Nikki Howard, da Stark. Ela está usando mais de um milhão de dólares em diamantes, senhoras e senhores. Não sei quando vi algo tão lindo. Com exceção, talvez, dos juros bem baixos, que tenho no meu cartão de crédito Stark. Inscreva-se agora para receber promoções exclusivas e ofertas especiais de financiamento ao longo do ano... somente para quem possui o cartão...

Ao chegar ao final da passarela, olhei para a plateia que gritava e torcia e o vi. Robert Stark. Sentado lá, olhando para mim.

Sorrindo. Sorrindo do jeito que somente uma pessoa que sabe que ganhou, pode sorrir.

Por que ele estava sorrindo daquele jeito? O que ele havia feito?

Escapado de um assassinato, era isso.

Só que ele não tinha se safado.

Ainda não. Não se eu pudesse evitar.

Frida, meu coração gritava durante todo o tempo em que eu estava lá. *Por favor, faça com que Frida esteja bem.*

Eu saí da passarela sem tropeçar ou sem nada cair sobre a minha cabeça. Apenas com meu coração martelando na garganta.

E ninguém, eu tinha certeza, tinha sido capaz de perceber o quanto.

Porque eu era uma profissional agora.

Eu era Nikki Howard.

Foi quando cheguei ao Stark Sky Bar meia hora mais tarde, depois de devolver o sutiã de diamantes e a calcinha para os seguranças que tinham sido designados para guardá-los, tirar as asas de anjo e colocado de volta as minhas roupas, que o mundo então desabou.

VINTE E UM

O SKY BAR, QUE ERA UM RESTAURANTE ENORME E CIRCULAR NO topo do Stark Building, com as paredes feitas de vidro do chão ao teto por todo o lugar, disponibilizando uma vista sem impedimentos das luzes cintilantes, ou, neste caso, da multidão na Times Square e da bola de Ano-Novo, estava lotado. Ryan Seacrest estava lá, com seu agente e seu empresário, desfrutando um Dom Perignon. Avistei Rebecca lá também, pendurada em Brandon como se estivessem colados pelo quadril, eca, e Gabriel e sua banda.

Em qualquer lugar para onde se olhava estavam as celebridades da festa na casa de Robert Stark, assim como os acionistas que eu tinha conhecido.

Os mesmos que estavam arrematando os "doadores" para seus transplantes de cérebro. É claro que eles não sabiam que eu tinha filmado seu pequeno leilão e levado o filme comigo, e que aqueles dois gênios da computação estavam (assim espero) fazendo seja lá o que esse tipo de gente faz com esse tipo de coisa.

O que eles iriam fazer com aquilo? Eu me perguntava.

— Ei — disse Gabriel, vindo até mim com um copo de água com gás poucos minutos depois de eu ter entrado. Ele era uma visão bem-vinda. Eu tinha sido cercada pelos acionistas Stark querendo conversar comigo um pouco mais.

Claro que eu sabia o que eles realmente queriam. Falar sobre o protótipo do Projeto Fênix, um beneficiário de transplante de cérebro de verdade vivendo e respirando. Eles não disseram isso, mas era totalmente óbvio. Eles estavam loucos para saber como era morrer... e depois ser ressuscitado no corpo de alguém totalmente sexy.

Se eles tivessem vindo diretamente a mim e perguntado, eu poderia ter lhes dito: Era um inferno. E o paraíso. Ao mesmo tempo.

Eu faria isso novamente?

Sem chances.

— Estou feliz por não estarmos lá embaixo — disse Gabriel, indicando um das muitas televisões de tela plana que pendiam do teto, mostrando closes de Anderson Cooper falando ao vivo sobre a queda iminente da bola da Times Square. Estava tão frio que dava para ver o vapor da respiração de Anderson.

— Eu também — falei.

— Você soube de alguma coisa? — perguntou Gabriel. Ele não estava falando sobre a queda da bola.

— Estou sem telefone — o lembrei.

— Certo — disse ele, franzindo a testa. — Desculpe, esqueci. Eu também não soube de nada. — Seu olhar se moveu em direção a Robert Stark, que estava rindo por causa de alguma coisa que Rush Limbaugh tinha dito e dado um tapinha nas costas dele.

— Nikki! — gritou Robert Stark ao me ver por sobre o ombro de Rush.

Estremeci. O pai do Brandon estendeu um braço, acenando para que eu fosse até lá, com um grande sorriso no rosto. Rodeado por adoradores, ele estava atraindo a atenção de todos. Todo mundo estava sorrindo e segurando copos de champanhe, claramente se divertindo.

E, claro, havia um monte de fotógrafos lá, loucos para tirar algumas fotos de divulgação para os jornais do dia seguinte.

— Ah, não — falei baixinho. Gabriel pareceu solidário a mim.

— Aqui está ela, a estrela da noite — chamou Robert Stark, acenando para que eu me aproximasse novamente. — Nikki Howard, senhoras e senhores. Ela não estava adorável esta noite? Ela não estava linda com todos aqueles diamantes?

Eu não tinha outra escolha senão ir até ele. O que mais eu poderia fazer? Tentei colar no rosto o sorriso mais bonito que consegui. Eu sabia o que estava acontecendo.

E eu sabia o papel que tinha de interpretar... pelo menos até eu descobrir se Frida estava ou não em segurança: Robert Stark estava me exibindo. Eu era o seu melhor produto.

Eu era a Fênix original.

Quando cheguei ao lado dele, o pai de Brandon deslizou um braço ao meu redor. Foi como ser abraçada por uma serpente.

— Uma menina ótima — disse Robert Stark, me abraçando. — Estou tão feliz por tê-la na família Stark.

Mantive o sorriso estampado no rosto. Flashes dispararam. Os fotógrafos disseram coisas para incentivar como: "Ótimo! Está ótimo, Nikki, Sr. Stark. Aqui, agora. Senhor, você poderia levantar o queixo? Para baixo agora. Nikki, olhe para cá. Ótimo. Fabuloso. Vocês estão ótimos juntos. Muito obrigado."

Mas durante todo o tempo eu só conseguia pensar em como queria vomitar.

Quando as manchas roxas dos flashes sumiram, pensei ter visto de soslaio algumas pessoas entrarem no restaurante. Tive de checar de novo, sem ter certeza se acreditava nos meus olhos, antes de registrar quem realmente eram...

Lulu, num vestido de festa preto bizarro e sua crinolina vermelho vivo, caminhando elegantemente até o bar e pedindo um coquetel, trazendo Steven Howard, *Steven Howard*, consigo...

A irmã de Steven, Nikki, com cabelos pretos e corpete preto combinando, desfilando até o bar atrás de seu irmão, como se fosse dona do lugar...

E Christopher, o *meu* Christopher, acompanhando uma menina de aparência muito jovem com cabelos cacheados que olhava para todos os cantos do lugar com a boca levemente entreaberta, como se estivesse muito animada por estar ali...

Frida. *Minha irmã, Frida.*

Tenho certeza de que um pouco de vômito subiu *de fato* até minha garganta quando vi aquilo. Frida? Eles tinham trazido *Frida* aqui? Estavam loucos? Eles não tinham registrado a parte na qual eu disse que Robert Stark havia ameaçado *matar* Frida?

— Hum — falei, me esquivando de debaixo do braço de Robert Stark. — Vocês poderiam me dar licença?

— É claro — disse ele, parecendo um pouco confuso enquanto eu me afastava.

Corri em direção a Frida até conseguir agarrá-la pelos dois braços e girá-la; ela estava prensada contra uma das janelas enormes, olhando para a Times Square e a multidão abaixo.

— Frida — gritei freneticamente. — Você está bem?

— Estou ótima — disse ela, afastando o cabelo que tinha caído em seus olhos por causa da violência do meu gesto.

— O que você acha? Eles foram me buscar. Em, o que está acontecendo? Ninguém quer me dizer. Está tudo bem? E o que aconteceu com a Nikki? Ela está toda sexy agora. Além disso, você viu o jeito como Gabriel a olha? Não é justo, eu o vi primeiro...

Abracei-a.

— Não se preocupe com Gabriel — falei em meio ao seu cabelo. — Ele é velho demais para você, *de qualquer forma.*

— O quê? — disse Frida. Ela estava retribuindo o abraço, mas obviamente tinha outras preocupações. — Ele só tem, tipo, 8 anos a mais. Isso não é nada.

— Sério. — Eu a afastei de mim e a olhei nos olhos. Os meus estavam cheios de lágrimas. — Vai haver muitos garotos da sua idade loucos por você. Então cale a boca.

Christopher tinha se aproximado, segurando dois copos de refrigerante.

— Algum problema, moças? — perguntou ele gentilmente.

— Nenhum — respondi, virando meus olhos cheios de lágrimas em direção a ele. — Está tudo...

— Ah — disse ele, entregando um dos copos para Frida. — Está tudo bem. Olhe para cima.

— Para cima? — Olhei sem saber do que ele estava falando. Mas tudo o que eu vi foram as TVs de tela plana penduradas acima de nossas cabeças.

— Isso mesmo — disse Christopher. — Continue olhando. Ei, alguém falou com Brandon?

— Brandon? — Peguei o refrigerante borbulhante que ele me ofereceu. Tinha perdido o que o Gabriel tinha me dado há muito tempo. — Por quê?

— Porque ele pode querer se preparar para...

Foi quando todas as telas das televisões da sala começaram a mostrar que a bola da Times Square estava começando a cair. E todo mundo começou a correr em direção às janelas para ver.

— Dez — começaram a cantar todos. — Nove...

Todos, com exceção de Nikki, a *verdadeira* Nikki. Ela caminhou até Robert Stark com um grande sorriso engessado na boca pintada de batom vermelho intenso.

— Olá de novo — disse ela, sorrindo para Robert Stark.

Ele pareceu um pouco assustado por ser interrompido durante a contagem regressiva para o Ano-Novo. Mas não de um jeito irritado, porque Nikki não parecia ser uma interrupção tão ruim.

— Bem, olá — disse ele, retribuindo o sorriso. — Senhorita, er... Prince, não é?

— Isso mesmo — disse Nikki. — Boa memória. Mas esse não é realmente o meu verdadeiro nome.

Ela levantou o controle remoto que tinha roubado do bar e aumentou o som em todas as TVs.

— Cinco — estava gritando todo mundo. — Quatro...

— Não é? — perguntou Robert Stark, parecendo interessado apenas por educação. — Qual é, então?

— Nikki Howard — disse ela. — Você devia ter simplesmente dado o dinheiro, Robert. — Então, inclinou a cabeça para olhá-lo um pouco mais de perto. — Mas pensando bem... Eu devia ter simplesmente acabado com você.

— Feliz Ano-Novo!— gritaram todos.

Perto do bar, vi Lulu jogar os braços ao redor de Steven e beijá-lo. Rebecca e Brandon já tinham se envolvido num amasso tão apertado, que eu tive de desviar o olhar, um pouco chocada. Até mesmo Nikki abandonou um confuso Robert Stark para ir até Gabriel Luna, que estava abraçando seus colegas de banda, puxá-lo pela camisa e plantar um grande beijo em seus lábios... para o desânimo de Frida, que soltou um gemido fraco ao ver.

Christopher, por sua vez, estava sorrindo para mim. Ele parecia mais diabólico do que romântico. Eu estava tão assustada com tudo o que tinha acontecido nos últimos cinco minutos, que dei um passo para longe dele. Eu realmente não sabia o quão mais conseguiria aguentar.

— Ah — falei, erguendo as duas mãos para repeli-lo, com meu coração começando a descompassar. — Não...

Mas era tarde demais. Ele já havia me tomado pela cintura e me puxado em direção a ele, esmagando meu corpo no dele e, em seguida, deixando sua boca decair sobre a minha.

Acho que deixei escapar um gemido como o de Frida, mas por razões diferentes, é claro, antes de me derreter, como sempre, ao toque dos lábios dele. Por que eu não conseguia resistir a ele? Isso era tão irritante! Seria sempre assim entre nós? Sempre enlouqueceríamos um ao outro, depois nos beijaríamos e tudo ficaria bem... *mais* do que bem, na verdade?

Christopher estava com os braços em volta de mim, parecendo não ter pressa para terminar o nosso beijo de Ano-Novo. Não que eu me importasse.

Quem sabe quanto tempo teríamos ficado lá em pé nos beijando (e na frente da pobre Frida! Me senti mal por isso) se, logo em seguida, cada televisão da sala não tivesse piscado a mesma mensagem laranja: *Notícias de Última Hora*, e uma âncora do telejornal não tivesse aparecido dizendo, com urgência:

— Estamos interrompendo a nossa cobertura de Ano-Novo para dar uma notícia de última hora diretamente de Nova York envolvendo Robert Stark, o empresário que fundou a Stark Enterprises, conhecido mundialmente por sua cadeia de lojas de departamento com grandes descontos.

Uma onda de comentários animados passou pelo Stark Sky Bar quando o anúncio foi feito. Rebecca e Brandon realmente se descolaram tempo suficiente para prestar atenção ao que estava acontecendo. Os acionistas da Stark ficaram todos olhando para as telas das televisões, confusos, alguns deles oscilando um pouco porque tinham bebido demais.

Robert Stark ficou absolutamente imóvel, olhando assustado para o que estava vendo.

Peguei os dedos de Christopher com uma mão e os de Frida com a outra. Frida olhou para mim e perguntou, num sussurro:

— Em. O que é isso?

— Apenas assista — sussurrei de volta. Porém eu estaria mentindo se dissesse que meu coração não estava martelando um pouco.

— Esta noite — disse a âncora solenemente — a CNN conseguiu um vídeo exclusivo, cuja autenticidade foi comprovada pela CNN, que prova que os acionistas da Stark Enterprise, incluindo o próprio Robert Stark, têm participado conscientemente de uma cirurgia altamente experimental conhecida como transplante de corpo inteiro...

Em algum lugar da sala, uma mulher gritou e deixou cair um copo que se despedaçou no chão.

— Em um laboratório secreto em Manhattan chamado Instituto Stark de Neurologia e Neurocirurgia. Aqui está o correspondente médico-chefe da CNN, Dr. Sanjay Gupta, para explicar este controverso, para não dizer ilegal, procedimento.

— Obrigado, Wolf — disse uma nova voz. — Em um transplante de corpo inteiro, o cérebro de um paciente é completamente removido do seu corpo e colocado em um novo corpo, geralmente de um doador declarado como clinicamente morto. Mas, no caso do que a corporação estava chamando de Projeto Fênix, os doadores vivos estavam sendo selecionados de...

— O que é isso? — trovejou Robert Stark, girando ao redor para olhar para nós. — O que é isso? Desliguem isso. Vocês me ouviram? Eu disse para desligarem isso!

Ninguém se mexeu para desligar as televisões, mesmo eu tendo certeza de que os bartenders tinham o controle remoto. Na verdade, vi Nikki levantar um dos controles e aumentar deliberadamente o volume.

— Neste vídeo exclusivo, representantes da corporação podem ser vistos leiloando perfis de jovens que, alega-se, serão colocados em estado vegetativo em uma data posterior para que seus corpos possam resultar em um lance maior, para ter seus cérebros transplantados para dentro deles quando...

As imagens que eu tinha gravado no leilão começaram a passar enquanto o locutor continuava. Devo dizer que o celular da Stark fez um ótimo trabalho na captura das imagens que eu queria. As imagens de Kim Su, da francesa a apresentando e dos acionistas dando lances por ela estavam claras como o dia. Não dava para ver seus rostos exatamente, mas dava para captar a essência do que estava acontecendo muito bem.

E o som, depois de eu ter deslizado o celular para dentro do meu sutiã para escondê-lo?

Ainda cristalino.

Ei, Stark:

Você pode me ouvir agora?

— *Você* — enfureceu-se Robert Stark, girando o rosto para olhar para mim enquanto a gravação dele, reconhecidamente a voz profunda de Robert Stark, dizia: *"Eles viverão suas próprias vidas, só que com corpos novos... E valerá a pena não ter que acordar todas as manhãs com articulações rangendo, precisar tomar nove tipos diferentes de medicamentos para o coração... acredite, vai valer cada centavo para eles...*"

Dei um passo atrás num tropeço. Ele parecia furioso o suficiente para me levantar e lançar meu corpo por uma das janelas de vidro que estavam à nossa volta, como num dos filmes *Duro de matar*. Eu não duvidaria dele.

Mas eu não era a única que tinha notado isso. Christopher foi para a minha frente e se posicionou como um escudo humano entre mim e o bilionário que queria me assassinar.

Se aquilo não era amor, eu não sei o que é.

— Você — rosnou Robert Stark novamente, ignorando Christopher completamente. — *Você* fez isso! Eu destruí aquele telefone! Como isso é possível?

Na tela da televisão, nossas vozes continuaram, a dele e a minha, com uma transcrição escrita para o espectador, no caso de alguém não conseguir entender o que estávamos dizendo na gravação.

— *Você vai ser pego. Isso é assassinato. Você não pode manter isso em segredo para sempre.*

Eu realmente soava assim?

Não. Claro que não.

Mas Nikki sim.

— *Consegui até agora. Há quanto tempo você acha que estamos fazendo isso, afinal? Estamos fazendo isso há anos. Anos. Com esta tecnologia de ponta, somos capazes de oferecer aos nossos clientes uma seleção mais diversificada e única de produtos com uma variedade maior, enquanto continuamos a aumentar nossa margem de lucro.*

Margem de lucro. Isso era tudo o que importava para Robert Stark.

E era isso que estava prestes a destruí-lo.

—Você destruiu o meu iPhone — falei para Robert Stark, da maneira mais resoluta que consegui, falando por cima dos ombros largos de Christopher. — Mas você não achou o meu celular da Stark.

— Aquele que você grampeou todo esse tempo — acrescentou Christopher. — Todo aquele vídeo e áudio estavam disponíveis na sua própria estrutura principal. Apenas o transferimos para a CNN. Wolf Blitzer tem tudo agora. E depois disso, o mundo.

Robert Stark olhou para nós como se tivéssemos acabado de lhe dizer que Mariah Carey era, na verdade, um homem.

— Stark! — gritou um dos acionistas de rosto vermelho. — Você nos disse que isso jamais iria vazar! Você jurou!

— Dois hackers adolescentes da cidade de Nova York descobriram que o novo Stark Quark realmente contém rastreadores que permitem que o gigante corporativo carregue todos os dados dos usuários para sua estrutura principal — continuou Wolf Blitzer. — E nos enviaram esta gravação de Robert Stark e da supermodelo Nikki Howard em um leilão do Projeto Fênix esta noite...

Percebi que os acionistas da Stark começaram, subitamente, a ir em direção às portas do Sky Bar, com expressões de pânico.

Mas ia ser difícil para eles saírem.

Porque logo depois as portas foram abertas e dúzias de policiais de Nova York, em seus uniformes azul-escuros, começaram a entrar com seus distintivos dourados cintilando sob as luzes de discoteca.

— Todo mundo fica onde está — disse um deles, usando um megafone para ser ouvido apesar da cacofonia repentina de convidados chocados. — Ninguém vai a lugar nenhum.

— Preciso do meu remédio de pressão — gritou o marido da senhora com brilhos na barra da saia.

— Nós vamos garantir que alguém os consiga para você — lhe assegurou um policial. — Dentro da Ilha Rikers.

— Isso está realmente acontecendo? — veio me perguntar Nikki.

— Acho que sim — falei, me sentindo atordoada como ela.

Do outro lado do bar, Brandon, finalmente percebendo que este era o seu grande momento, se apressou para enfrentar os fotógrafos que estavam tirando minhas fotos com seu pai mais cedo.

— Tendo em vista as recentes descobertas sobre o meu pai — disse ele, soando de repente como se não tivesse bebido nada durante a noite toda —, com quem minha relação foi sempre problemática, eu gostaria apenas de dizer que vou assumir as operações diárias da Stark Enterprises para o futuro previsível, e que darei o meu melhor para fazer da Stark uma empresa mais verde e mais sustentável. Eu, com certeza, pensarei nos empregados, que têm trabalhado por tanto tempo sem um sindicato ou planos de saúde adequados. Trabalharei para corrigir isso, assim como a impressão que Stark pode ter deixado por não se preocupar com o pequeno empresário...

Mas nenhum dos repórteres estava ouvindo. Eles só estavam interessados no que estava acontecendo no centro da sala.

— Robert Stark? — perguntou o capitão da polícia, caminhando até o pai de Brandon e mostrando a ele o seu distintivo enorme. — Nós gostaríamos de fazer algumas perguntas, se você não se importa.

— Não sem meu advogado — irrompeu Robert Stark.

— Eu não sonharia com isso — disse o capitão da polícia educadamente.

Foi quando ele algemou Robert Stark e o levou.

VINTE E DOIS

PASSARAM-SE MESES ATÉ TUDO SE ASSENTAR.

E, mesmo assim, eu não conseguia ir a nenhum lugar sem que alguém quisesse empurrar um microfone na minha cara para me perguntar sobre o que tinha acontecido.

Mas eu não estava autorizada a falar, porque ainda iria testemunhar contra Robert Stark e todos os acionistas da Stark que estavam na noite do leilão do Projeto Fênix, o Dr. Holcombe, e sim, a Dra. Higgins também, no Tribunal do Júri.

Eu não era a única que iria testemunhar, é claro. Por causa do que tínhamos feito, o Dr. Fong pôde sair da clandestinidade e também contar o que sabia sobre os acontecimentos no Instituto Stark de Neurologia e Neurocirurgia em troca de imunidade.

Algumas das cirurgias, ele sustentou, tinham sido medicamente necessárias, para salvar a vida do paciente, e completamente honestas.

Mas um monte delas...

Bem, vamos admitir, nem tantas assim.

As famílias de alguns dos "doadores de corpo" também tinham se apresentado para testemunhar. Segundo os peritos legais que vi ocasionalmente no noticiário, aquilo não era algo do qual Robert Stark iria ser capaz de escapar. Eram várias acusações de homicídio, tentativa de homicídio e, no caso de Nikki, agressão com arma letal (bisturi).

Robert Stark, antes um dos homens mais poderosos do mundo, ia sumir por muito tempo.

Muito, muito tempo.

O Dr. Fong não era o único que estava a salvo agora. Nikki, Steven e a Sra. Howard estavam a salvo também por causa do que tínhamos feito e capazes de voltarem para suas vidas normais.

Com exceção, é claro, que para alguns deles isso não era tão simples.

A Sra. Howard estava animada e ansiosa para voltar para Gasper e para o seu negócio de adestramento para cães.

Fiquei triste ao vê-la partir. Eu realmente estava começando a pensar nela como uma segunda mãe.

Mas Gasper era o lugar que ela conhecia e amava, e onde estavam todos os seus melhores amigos. E Harry e Winston não gostavam de ficar confinados em apartamentos minúsculos de Nova York. Eles sentiam falta de um quintal para brincar.

Fui com ela ao aeroporto e dei um abraço de adeus. Foi triste, mas era melhor para todos ao redor, principalmente para a Sra. Howard. Muito tempo junto a sua filha tinha lhe causado enxaquecas crônicas, e talvez tivesse sido demais para qualquer um aturar a longo prazo...

Incluindo Steven, que tinha voltado para a sua unidade naval. Ele meio que precisava voltar. Acho que tinha algo a ver com o fato de ele ter se inscrito para estar em um submarino e não poder simplesmente sair, principalmente agora que havia encontrado a mãe e a irmã, única razão para que o tivessem deixado sair.

Lulu estava arrasada. Precisei pedir uma banana split para ela todo dia por quase uma semana até ela começar a olhar o lado positivo da coisa toda.

— Pelo menos — ressaltou — ele não pode me trair. Não tem nenhuma menina no submarino.

Enquanto isso, ela diz que vai realmente terminar seu disco. Ela já finalizou uma música baseada nas suas trocas de e-mails (diárias) com Steven chamada "Amor no Fundo (do Mar)".

Eu não sei. Acho que ela realmente tem potencial. Não sou a única a achar isso. Ela foi a primeira artista a assinar contrato com a Stark sob a nova direção de Brandon como CEO.

Ele realmente não tem feito um trabalho ruim ao assumir o comando, agora que seu pai está na cadeia (sem direito a fiança). Claro, Brandon tem um monte de pessoas talentosas para ajudá-lo (ninguém menos do que Rebecca, de quem ele pareceu se tornar inseparável. Na verdade, ela abandonou o negócio de agenciar. Mas tudo bem. Realmente está. Gosto de acordar e encontrar no meu quarto só as pessoas que convidei).

Uma das primeiras coisas que Brandon fez ao assumir a Stark Enterprises foi contratar Felix e Christopher para fazer um software de graça para todas as pessoas que compraram os Stark Quarks poderem baixar e corrigir o pequeno problema maldito de spyware. Essa foi uma jogada estratégica muito melhor do que recolher todos os PCs (que foi o que muita gente o aconselhou a fazer), e fazer um longo trabalho aprimorando a confiança dos consumidores da Stark, depois de tudo o que o pai dele tinha feito para arruinar a empresa. Por causa desse software grátis e de toda a publicidade que o caso está ganhando, os Stark Quarks são atualmente os PCs mais vendidos de todos os tempos.

O que só serve para nos mostrar: nada como a publicidade.

Felix e Christopher fizeram um ótimo trabalho aparecendo com essa solução com tanta rapidez (sem mencionar o fato de terem derrubado o seu pai Stark do cargo de CEO), que Brandon os contratou como chefes do departamento de TI da Stark, pois quem estava no comando anteriormente era tão ruim, que uma dupla de adolescentes conseguiu invadir a estrutura principal e navegar desenfreadamente pela rede inteira.

Agora os firewalls da Stark são impenetráveis, seus códigos de encriptação inquebráveis e seu departamento de TI tem duas horas de almoço todos os dias para que eles possam ter maratonas de *JourneyQuest*.

E Felix, que teve sua tornozeleira removida há algumas semanas, começou a tomar banho e a vestir um terno para trabalhar. Ele realmente parece quase apresentável...

E por causa dos seminários recém-implementados de treinamento da Stark sobre assédio sexual (obrigatório para todos os administradores de pessoal, sugestão de Christopher), Felix pode realmente falar com as mulheres sem fazer insinuações indecentes e ofensivas.

O que ainda não quer dizer que esteja tudo bem ele chamar a minha irmã, Frida, para ir com ele ao baile de formatura alternativo.

— Não é como um baile de verdade — disse Frida quando levantei esse assunto, enquanto estávamos fazendo compras na Betsey Johnson outro dia. Ela estava realmente pensando em conseguir alguma coisa lá para vestir no baile do Felix, como tênis de cano alto (porque não era um baile de verdade. Se fosse, ela disse, ela usaria sapatos de salto alto). — Não é um *encontro* ou algo do tipo.

— Mas ainda é um baile — falei. — E ele ainda é o Felix. Ele vai tentar te beijar. Provavelmente coisa pior.

— E isso é uma coisa ruim... como? — respondeu Frida.

— Você deixaria Felix te beijar. — Eu não conseguia acreditar que aquilo estava acontecendo. — O *primo* do Christopher?

— Você deixa Christopher beijar você — apontou Frida, vasculhando um cabideiro com vários conjuntos de blusa de ombro de fora e saias grandes e fofas. Roupas totalmente adequadas para um baile de formatura. — O tempo todo, devo acrescentar. Eu quase nunca vejo vocês dois *sem* estarem se beijando. Incluindo na escola. O que nem é *muito* nojento.

— Isso é diferente — respondi com irritação.

E era. Christopher e eu nos conhecíamos há uma vida inteira, praticamente. Nós fomos feitos um para o outro. Nós terminávamos as frases um do outro.

Claro, ainda brigávamos às vezes.

Mas que duas pessoas teimosas profundamente apaixonadas não brigam de vez em quando? Principalmente duas pessoas que tinham sido amigas por muito tempo antes de se apaixonarem. Nós nos conhecíamos tão bem que conseguíamos dizer o que o outro estava pensando na maioria das vezes.

Como no outro dia, na aula de Retórica, quando Whitney Robertson me cutucou nas costas antes de a aula sequer começar e se inclinou para me perguntar:

— Ei. É verdade, esse boato que ouvi... que você fez um desses transplantes de cérebro que estão falando nos noticiários o tempo todo, e que na verdade você é... hum, *Em Watts*?

Ela disse meu nome como se fosse um palavrão.

Além disso, eu diria que não havia nenhuma maneira de ela acreditar que aquilo era verdade. Como poderia eu, Nikki Howard, esbelta como um cisne, estar associada a alguém tão hedionda e em forma de hobbit como aquela Emerson Watts?

Foi Christopher que se inclinou para a frente em sua cadeira e disse a Whitney, com evidente prazer:

— Quer saber, Whitney? *É* verdade. E por você ter sido sempre tão má com ela quando ela era a Em, você pode muito bem jogar fora qualquer chance que tinha de conhecer a Heidi Klum e o Seal nos desfiles de outono. Certo, Em?

Whitney e sua pequena comparsa, Lindsey, viraram seus olhares arrasados de pavor e culpa em minha direção. Não era preciso ler mentes para ver o que elas estavam pensando: *Por favor, fale que o que ele disse não é verdade. Por favor!*

Pensei em aliviá-las de seus tormentos. Mas a outra consequência de tudo aquilo (além do fim da mais recente campanha comercial de Robert Stark para vender corpos jovens e sexy para seus amigos velhos serem sexy e jovens de novo) era o fim de todas as mentiras.

— Ele está certo — falei, dando de ombros. — Eu sou Em Watts, na verdade. A Nikki Howard é somente meu nome artístico de modelo agora. E eu realmente não estou interessada em ser a melhor amiga de vocês. A não ser, é claro, que você pare de cravar a bola de vôlei na cabeça das outras garotas de propósito. E torturá-las por causa do tamanho de suas bundas no corredor. Você se lembra de quando costumava fazer isso comigo, não se lembra, Whitney?

Agora os olhos de Whitney estavam do tamanho de uma moeda de 25 centavos.

— M... Mas — gaguejou ela. — E... Eu só estava brincando.

— Hum — falei. — Você notou que eu não estava rindo de volta? Não dói, sabe, Whitney, ser gentil com as pessoas, não importando como elas sejam. Principalmente porque, hoje em dia, você nunca sabe quem elas se tornarão mais tarde.

— Eu... — Whitney piscou. — *Sinto* muito.

— Eu sei — falei. Eu acreditava que ela *estava* arrependida. Agora. — Sei que sente.

A melhor coisa sobre todo mundo saber quem eu era, quem eu era *realmente,* era o fato de as minhas notas antigas terem sido combinadas às novas, aumentando um bocado a minha média. De repente, deixei de ser uma aluna medíocre para ser uma acima da média. Não só com notas máximas, mas, de qualquer forma, como eu costumava ser.

Mas, considerando o que eu tinha passado e o número de aulas que eu tinha perdido, ainda era um alívio. Com muito trabalho, consegui sobreviver... muito trabalho e as habilidades da Nikki na sua nova carreira em administração.

Porque Nikki, outra testemunha do julgamento de Robert Stark no Tribunal do Júri, decidiu não voltar para Gasper, mas ficar em Nova York... como minha nova agente.

Bem, por que não? Ela sabe tudo sobre os negócios do mundo da moda, principalmente no que diz respeito a Nikki Howard, e obviamente tem um tino perspicaz para os negócios (exceto quando se trata de chantagear as pessoas, que ela jura pela tinta de cabelo Clairol Lady Midnight, que usa para manter seu cabelo tão preto, que ela não vai mais fazer).

Ela demonstrou estar levando a sério a faculdade de administração. Seguiu o conselho da mãe, se matriculou nas aulas e já está infernizando a vida dos professores.

Ei. Ninguém pode dizer que Nikki Howard não é mandona e que não sabe como conseguir o que quer... principalmente de seus clientes (que, até agora, sou só eu. Mas ela está trabalhando nisso).

Fazia sentido eu dar a Nikki uma parte do que eu ganhava, de qualquer forma, já que foi ela quem lançou minha carreira. Nós combinamos que ela teria uma porcentagem de todos os meus ganhos futuros, além de tudo o que estava nas contas que encontrei quando fui "legalmente" declarada Nikki Howard.

E desde que, imediatamente após a transformação que Lulu fez nela, Nikki recuperou o feitiço que lançava nos homens, perdeu todo o interesse em trocar de cérebros (não que tivessem nos permitido fazer isso, mesmo que quiséssemos: houve uma proibição total de cirurgias, com exceção dos casos de acidentes com risco de morte). Não sei o quanto aquilo tinha a ver com o fato de Nikki parecer bem interessada em ser a gótica "Diana Prince", o nome e a persona que ela pegou para seu novo corpo, e o quanto tinha a ver com o fato de Gabriel Luna estar... bem, interessado *nela*.

Mas sei que ela não tem nenhum interesse em vender o apartamento. Ela está bem feliz onde está, morando no apartamento de Gabriel, deixando-o louco ao tomar todo o espaço do armário e insultando seus colegas de banda...

E ele, por sua vez, está mais criativo do que nunca, tendo escrito canções para mais três novos discos, todas sobre a mesma garota maluca que vive com ele, em quatro meses.

Em troca, estou pagando o aluguel para a Nikki, assim como para a Lulu.

Onde devo morar tem sido fonte de altas discussões acaloradas com meus pais, que acharam que eu me mudaria de volta pra casa uma vez que a minha verdadeira identidade havia sido revelada.

Mas para mim, de um jeito estranho, o apartamento com Lulu era o meu lar agora. Como eu poderia deixar a Lulu, que não tinha outra família além de mim e do Steven, que ainda estava longe no mar?

— Talvez quando ele voltar — expliquei para a mamãe e o papai, depois de comermos pizza na casa deles uma noite, que eu agora poderia apreciar sem me preocupar em ser espionada. — E ele e Lulu se casarem algum dia...

Frida bufou.

— Claro.

— O que isso significa? — perguntei.

— Você não vai voltar, mesmo que Lulu se case. Você gosta de morar naquele apartamento — disse Frida acusadoramente. — Encarem isso, mamãe e papai. Ela só quer ficar lá porque lá ela pode ficar com Christo...

— Isso não é verdade! — interrompi, embora fosse, claro, parcialmente verdade. — E isso não quer dizer que eu ame vocês menos. É só que eu ainda tenho uma agenda muito ocupada com trabalho, escola e...

— Ah, por favor — bufou Frida.

— Ela está acostumada a ter seu próprio espaço — disse mamãe muito diplomaticamente. — E quer que continue assim. Nós entendemos.

Papai não parecia ter entendido muito, mas ele não disse nada. Ele sentiu que era minoria entre as mulheres nesse caso, como normalmente acontecia em nossa casa.

— Não ligo — disse Frida, dando de ombros. — Contanto que eu seja convidada para suas festas de vez em quando...

— Fechado — falei. Como eu disse, Frida realmente tinha amadurecido ultimamente.

— E possa levar o Félix.

— Ah, meu Deus, não! Você está falando sério?

— Felix salvou a minha vida — disse Frida de forma truculenta. — E a sua. Como você pode ser tão má com ele?

— Ele não salvou sua vida — falei. — *Eu* salvei. Felix e Christopher ajudaram. Um pouco.

— Isso não é verdade. Eles foram tão importantes quanto você. Ele me contou tudo...

— Meninas — disse mamãe. — Por favor. As duas garotas inteligentes, enérgicas e bonitas com namorados maravilhosos, talentosos e bonitos. Por favor, parem de brigar e lavem os pratos para que eu e seu pai possamos ficar a sós por um tempo.

Tempo a sós é importante se você quiser construir uma relação romântica forte. Christopher e eu tentamos o máximo que conseguimos. Principalmente no Balthazar, que é um dos nossos restaurantes favoritos...

Com um aperitivo *e* sobremesa, apesar das afirmações de Lulu, de que garotos do ensino médio não têm dinheiro para levar suas namoradas lá (eles têm, se trabalharem também meio período no departamento de TI de uma grande corporação. E se a sua namorada insistir em pagar de vez em quando, porque eu trabalho também, e é justo a menina pagar às vezes. Não sei de onde saiu essa ideia arcaica de que o garoto sempre tem que pagar).

Foi no Balthazar, outra noite, que eu estava sentada em frente ao Christopher, cortando alegremente um pedaço de alface e queijo de cabra, quando uma menininha veio até a nossa mesa, segurando uma caneta e um pedaço de papel.

— Com licença — falou para mim timidamente. — Mas, você é Nikki Howard?

Olhei para ela, surpresa. Ela não podia ter mais do que sete ou oito anos de idade. Vi seus pais sentados em uma mesa vizinha, sorrindo para ela de um jeito encorajador.

A verdade é que eu não sabia o que dizer. Eu era Nikki Howard... mais ou menos.

Só que eu também não era, não mais.

Mas a expressão da menina carregava tanta esperança... ela estava em Nova York para passar a noite, toda arrumada (provavelmente iria para um musical da Broadway mais tarde).

E ali estava ela, em um restaurante chique e avistado uma celebridade. O que eu iria fazer? Dizer, *Não, menininha. Na verdade, sou Em Watts.*

— Sim — falei. — Eu sou.

Seu rosto explodiu em um sorriso de alegria. Faltavam dois dentes da frente.

— Você poderia, por favor, me dar um autógrafo? — perguntou ela, empurrando a caneta e o papel para mim.

— Claro — falei, lançando um olhar para Christopher, que apenas sorriu e continuou comendo sua salada. — Qual é o seu nome?

— Emily — disse a menininha.

Evitei dizer: *Em é o meu nome também*, e escrevi *Muitas felicidades, Emily, com amor, Nikki Howard* em seu pedaço de papel, e o entreguei com a caneta de volta para ela.

— Aqui está — falei. — Tenha uma boa noite.

— Ah, muito obrigada — respondeu ela, e correu de volta para sua mesa e para seus pais, parecendo radiante.

— Foi legal da sua parte — disse Christopher, assim que ela foi embora.

— O que eu poderia fazer? — perguntei. — Dispensá-la?

— Dizer a ela que você é Nikki Howard, quero dizer — disse ele.

— Eu sou Nikki Howard — falei. — Enquanto eu estiver presa a esse rosto, sempre serei Nikki Howard.

— Sim — disse Christopher. — Mas isso não é tão ruim assim, é? Quero dizer, ser Nikki Howard tem suas vantagens.

— Tem — falei, sorrindo. — Mas também tem suas desvantagens. Como você deve ter percebido, uma vez que a Nikki Howard verdadeira não quer mais ser Nikki Howard.

— Bem — disse Christopher. — Talvez isso faça com que você se sinta melhor sobre isso.

E ele enfiou a mão no bolso da sua jaqueta e tirou uma caixa de veludo retangular grande, que deslizou sobre a mesa na minha direção.

— O que é isso? — perguntei, surpresa, já que não éramos exatamente o tipo de casal que despejava presentes um para o outro. Meio que tínhamos tudo o que sempre quisemos... que era um ao outro.

— Abra e veja — disse ele, com um brilho malicioso nos seus olhos azuis.

Eu arregalei meus olhos para ele com um falso espanto e, em seguida, abri a caixa...

E meu espanto se tornou uma coisa real.

Porque ali dentro, numa correntinha ultrafina, tinha um pingente de platina em forma de coração, rodeado de pequenos diamantes, onde as palavras *Em Watts* tinham sido gravadas em uma elegante letra cursiva.

— Achei que se você usasse isso, não iria importar o rosto que você fosse ver todas as manhãs no espelho — disse ele com intensidade. — Você nunca vai se esquecer de quem realmente é.

Com meus olhos repletos de lágrimas, estendi minhas mãos sobre a mesa. Ele agarrou meus dedos, com um aperto forte e reconfortante.

— Como se eu pudesse... — falei com a voz cheia de emoção — Com você por perto para me lembrar.

Este livro foi composto na tipologia Sabon
LT Std, em corpo 11/15, e impresso em papel
off-white no Sistema Cameron da Divisão
Gráfica da Distribuidora Record.